Robert C. Marley

Inspector Swanson und der Fluch des Hope-Diamanten

Inspector Swanson

und der Fluch des Hope-Diamanten

Ein Kriminalroman
aus dem Jahre 1893
von Robert C. Marley

DRYAS

Das für dieses Buch eingesetzte Papier ist ein Produkt
aus nachhaltiger Forstwirtschaft.

1. Auflage 2014

Herausgeber: Dryas Verlag, Frankfurt am Main,
gegr. in Mannheim.

Herstellung: Dryas Verlag, Frankfurt am Main
Lektorat: Andreas Barth, Oldenburg
Korrektorat: Birgit Rentz, Itzehoe
Umschlaggestaltung: © Guter Punkt, München (www.guter-punkt.de)
unter Verwendung von Motiven von Shutterstock und Thinkstock
Graphiken: England people and customs © kuco - Fotolia.com /
London cab near Big Ben © Ievgen Melamud - Fotolia.com /
Street Lamp Silhouette © Al - Fotolia.com / Lamplight © Al - Fotolia.com
Satz: Dryas Verlag, Frankfurt am Main
Gesetzt aus der Palatino Linotype
Druck: CPI books GmbH, Ulm

Bibliografische Information der Deutschen Bibliothek:
Die Deutsche Bibliothek verzeichnet diese Publikation in der
Deutschen Nationalbibliografie, detaillierte bibliografische Daten
sind im Internet über http://dnb.ddb.de abrufbar

ISBN 978-3-940855-53-4
www.dryas.de

Für Mario Sarto und Rolf Schepmann,
wahre Meister der Goldschmiedekunst

Und in Erinnerung an K.-J. Pilling,
einen der besten Menschen, die ich je kannte

„Der Mensch liebt Gold so sehr
und bedarf der Luft doch mehr.
Ein Dieb, der dies bedenkt,
wird selten aufgehängt."

frei nach Logau

Vorbemerkung

Auch wenn die Handlung dieses Romans nur lose auf Begebenheiten beruht, die sich gegen Ende des 19. Jahrhunderts tatsächlich zutrugen, so haben doch die meisten der auftretenden Personen wirklich gelebt oder sind (in den wenigen Fällen, in denen ich Figuren erschaffen musste) selbst so sehr davon überzeugt, real zu sein, dass ich es nicht übers Herz bringe, sie vom Gegenteil zu überzeugen. Die Geschichte des blauen Hope-Diamanten dagegen ist vollkommen authentisch. Und auch sämtliche Schauplätze existieren wirklich bzw. haben zum Zeitpunkt der Handlung in ihrer beschriebenen Form existiert.

R. C. M.

Prolog

Paignton, Devon, 20. Dezember 1878

Die Zeit der Kerzen und der Gemütlichkeit. Die Zeit des dampfenden Kakaos und der duftenden Kekse. Die Vorweihnachtszeit. Das war es, worauf sich der blonde Junge und das blasse, kleine Mädchen, das ordentlich neben ihm auf dem Holzschemel saß und mit glänzenden Augen aufmerksam dem bunten Treiben in dem niedrigen Raum zuschaute, schon seit den Sommerferien gefreut hatten.

Als ihr Dad sich geschlagen gegeben hatte (nach all dem Bitten und Quengeln, dem unablässigen Zupfen an seinen Ärmeln, den zwinkernden hellen Kinderaugen und den flehenden „Bitte, Dad. Ja, Dad? Bitte, Daddy!"-Rufen) und sie ihm das Versprechen abgenötigt hatten, dass ihn in diesem Jahr um die Weihnachtszeit herum jeder einmal zur Arbeit begleiten dürfte, waren sie nicht mehr zu halten gewesen. Aus lauter Dankbarkeit und Freude darüber, dass er ihnen diesen Herzenswunsch tatsächlich erfüllen würde, waren sie dort, wo sie gerade standen (unweit der Stallungen in ihrem riesigen, verwilderten Garten nämlich), über ihn hergefallen und hatten ihn zu Boden gerissen. Gott sei Dank war er alles andere als ein strenger Vater. Er hatte sich einfach ins hohe Gras fallen lassen, die Hände über dem Kopf zusammengeschlagen und lauthals gelacht. Eine kindliche Übermacht. So einfach war das gewesen.

Seither hatten die vier Kinder an nichts anderes mehr gedacht.

Nun endlich war es so weit. Dad hatte sie zur Seite genommen und sie daran erinnert, dass sie schön brav sein müssten, wenn er seine beiden Jungs und die zwei Mädchen zur Arbeit mitnahm – allerdings nicht alle vier auf einmal. Sie könnten sich dann zwar alles ansehen, hatte er gesagt, nur anfassen dürften sie nichts. Und was noch wichtiger war: Sie sollten achtgeben, niemandem im Wege zu stehen, weil das Weihnachtsgeschäft, wie er es nannte (ein Wort, das in ihrer aller Ohren nach bunten Geschenkpackungen und farbigen Bändern klang), die wichtigste Zeit des Jahres war. Die Schmuckstücke müssten alle pünktlich fertig werden, und die Goldschmiede hätten alle Hände voll zu tun. Und wenn sie ganz besonders gehorsam wären, würde er ihnen vielleicht sogar den berühmten blauen Hope-Diamanten zeigen, über den sie schon so viele abenteuerliche Geschichten gehört hatten.

Sie hatten natürlich sofort eifrig genickt und ihm fest versprochen, dass sie sich ganz, ganz klein machen würden. Jetzt saßen sie hier, und es war noch viel schöner, als sie es sich vorgestellt hatten.

Über allem schien ein gewisser Zauber zu liegen, so als hinge glitzernder Goldstaub wie feiner Nebel in der Luft. Trotz der fieberhaft arbeitenden Männer war die Werkstatt von einer schier unbeschreiblichen und beinahe körperlich spürbaren Behaglichkeit erfüllt. Draußen, vor den hohen Fenstern, die in den Hof hinausblickten, war es mittlerweile dunkel geworden. Lediglich ein schmaler Streifen des schneebedeckten Kopfsteinpflasters war zu erkennen und funkelte im Schein der Gaslampen an der Decke. Die Werktische, von denen es an der Fensterseite acht oder neun gab, waren voll besetzt. An jedem Platz flackerten die Flämmchen der Lötrohre.

Lötrohre waren etwas extrem Geheimnisvolles für Colleen, so hieß das Mädchen. Sie bestanden aus einem dünnen, am oberen Ende gebogenen Metallröhrchen und hatten etwas unsagbar Magisches an sich. Ganz fasziniert beobachtete Colleen einen der Goldschmiede, um dem Geheimnis dieses merkwürdigen Dingsbums auf die Schliche zu kommen. Zwei Schläuche befanden sich am anderen Ende des Rohres. Der erste verschwand irgendwo in der Tischplatte, und sie konnte nicht erkennen, wohin er führte. Der zweite jedoch war nur kurz. Es war eine Art Mundstück daran, wie Großmutter es für ihre Zigaretten benutzte. Jedes Mal, wenn der Goldschmied es in den Mund nahm und hineinblies (während er einen zierlichen Hebel an dem Lötrohr in seiner Hand betätigte), bewegte sich oben das Flämmchen, wuchs, wurde größer und schrumpfte schließlich wieder zusammen.

Colleen stand von ihrem Beobachtungsposten in der Ecke auf und ging zu den Arbeitern hinüber. „Was tust du da?"

Der Mann mit dem lustigen Schnurrbart nahm das Schlauchende aus dem Mundwinkel und hängte das Rohr an einen Ständer. „Ich löte eine Schiene an den Ring, mein Kleines", sagte er und tippte mit einer Pinzette an ein bräunlich-rotes Etwas, das Colleen unmöglich als Ring akzeptieren konnte.

„Das ist kein Ring", sagte sie.

Der Mann schob die Unterlippe vor. „Vielleicht hast du recht." Dann lachte er leise. „Sieht wirklich nicht aus wie ein Ring, was?"

„Was ist eine Schiene?"

„Oh, das ist der Reif – der Teil vom Ring, durch den man den Finger steckt."

Sie schien mit der Antwort zufrieden. Dann stützte sie beide Ellenbogen auf den Tisch. Ihr Kinn ruhte auf ihren Handflächen, als sie fragte: „Wie heißt du denn?"

„Für dich Mr Osbourne", sagte der Goldschmied.

„Und du musst alles machen, was mein Dad dir sagt, Mr Osbourne, stimmt's?" Sie konnte mit ihren acht Jahren sehr wohl zwischen Chef und Arbeitern unterscheiden.

Zwar wusste Colleen, dass ihr Vater den Betrieb vor einigen Jahren übernommen hatte, aber sie hatte keinen blassen Schimmer, was er dort eigentlich tat. In Wahrheit kümmerte er sich nämlich allein um die Geschäfte.

Er stand im Laden, ließ den betuchten Kunden eine hervorragende Beratung angedeihen und sorgte dafür, dass es ihnen an Luxusgütern nicht mangelte. Tagtäglich überprüfte er die Lagerbestände, kaufte bei Bedarf die gängigsten Juwelen und Perlen nach und achtete darauf, dass die Arbeiten für die Woche verteilt waren und die Termine eingehalten wurden. Colleens Dad war der Kaufmann – von der Fertigung der Schmuckstücke und dem Umgang mit den edlen Metallen hatte er allerdings keine Ahnung. Aus diesem Grund hatten die Goldschmiede, unter denen es Männer gab, die ihr halbes Leben nichts anderes getan hatten, als aus dem unansehnlichen Rohmaterial die kostbarste Augenschmeichlerei zu zaubern, im heimeligen Reich ihrer Werkstatt relativ freie Hand.

Der Goldschmied drehte das Stück pechschwarzer Holzkohle herum, das ihm als Unterlage für den halbfertigen Ring diente. „Jaaha." Er verstellte die Stimme, bis sie ganz tief und brummig klang, und verzog das Gesicht zu einer bedrohlichen Maske. „Und wenn ich es nicht tue, dann ..." Das letzte Wort dehnte er, als bestünde es aus zwanzig Silben. Dann nichts. Er hob nur den Zeigefinger, denn ihm fiel offenbar nichts wirklich Schreckliches ein. Über das ganze Gesicht grinsend fuhr er mit seiner Arbeit fort.

„Du weißt, was Dad gesagt hat." Ihr Bruder blickte ihr koboldhaft über die Schulter. „Du störst den Mann. Dad hat gesagt, wir sollen nicht stören."

„Hab ihn gar nicht gestört, Schlaumeier", giftete sie zurück. Adam hatte es aber auch immer nötig, sich aufzuspielen, wenn sie zu zweit waren; dabei war er gerade mal ein Jahr älter als sie. Colleen beugte sich wieder über den Werktisch. „Ich hab dich nicht gestört, oder?" Das war keine Frage, sondern eine Feststellung gewesen.

Der Goldschmied runzelte die Stirn.

„Was wird das?", fragte Adam. Angestrengt sah er dem Mann zu.

„Ein Ring natürlich, du Dummkopf", gab Colleen rasch zur Antwort. Sie bemerkte (nicht ohne Genugtuung), dass dem Mann mit dem lustigen Bart um ein Haar das Schlauchende aus dem Mund gefallen wäre, und sie musste sich ein Kichern verkneifen.

„Selber Dummkopf", sagte Adam.

„Sei still." Sie stieß ihm ihren Ellenbogen in die Seite. „Jetzt wird's spannend."

Das Lötrohr kam erneut zum Einsatz. Der Goldschmied blies sachte in das Mundstück und die Flamme wurde größer und größer, wobei sie wie ein im Wind wehendes bläulich-rotes Tuch über den vermeintlichen Ring leckte, bis das Metall hell aufglühte. Unvermittelt erstarb die rauschende Flamme, und das Rohr wurde zurück auf den Haken gehängt. Colleen und ihr Bruder, der sich die Hände schützend vor die Augen hielt (was seine kleine Schwester zu einem gehässigen Grunzlaut veranlasste), wichen erschrocken zur Seite, als der Goldschmied den Ring mithilfe der Pinzette aufhob und in ein Glas mit Wasser tauchte. Zischend und gurgelnd erkaltete das Metall.

„Angsthase, Angsthase", sang das Mädchen. Dabei hüpfte es von einem Bein auf das andere.

In diesem Augenblick schrillte die Ladenglocke.

Was für ein entsetzliches Geräusch, dachte Colleen, es hörte überhaupt nicht mehr auf. Der Mann mit dem lustigen Schnurrbart schnellte plötzlich in die Höhe, so als hätte er Sprungfedern unter den Schuhsohlen. Zwei, drei der anderen Arbeiter waren ebenfalls von ihren Stühlen aufgesprungen. Sie wusste nicht recht, was das zu bedeuten hatte.

Es war nicht die Türglocke, die da kreischte, es war ihr Dad. Er taumelte rückwärts in die Werkstatt hinein – ein schwarzes Tuch in der rechten Hand und die linke um den Schaft des Messers geschlossen, das aus seiner Brust ragte. Sein Schreien wurde kläglich leise, als er auf den kalten Steinboden schlug, und schließlich verstummte er.

Sie waren zu fünft.

Vier der Gesichter schwarze Schatten.

In ihren Fäusten blitzten Klingen. Wie eine Wand aus hässlicher Schwärze waren sie, und diese Wand begrub gerade ihren Dad unter sich.

Colleen schrie.

ERSTER TEIL

Morgenstund' hat Gold im Mund

KAPITEL 1

Der Himmel über London war klar. Die nebelige Dunstglocke des Vortages hatte sich aufgelöst, und es versprach ein warmer und sonniger Morgen Mitte September zu werden. Es war das Jahr 1893. Jenes Jahr, in welchem die Welt ihr Augenmerk skeptisch auf Neuseeland gerichtet hatte. Man sprach vom Verfall der Moral, man sah sich einer unglaublichen Bedrohung ausgesetzt, man zitterte und schauderte bei dem Gedanken daran, eine Welle weiblicher Gewalt könne amazonenhaft und feministisch auf die heilen Kontinente männlicher Herrschaft schwappen und sie überspülen. Kurzum, die Erde war in ihren Grundfesten erschüttert worden, weil ein abtrünniges Land kapituliert und den Frauen das Wahlrecht zugesprochen hatte. Was dabei herauskam, wenn man dem schwachen Geschlecht zu viele Freiheiten gestattete, war der Kirche seit Adam und Eva hinlänglich bekannt, und als Murray's Magazine in der Montagsausgabe einen Artikel über den steigenden Obstkonsum der britischen Damenwelt (mit dem Titel „Die Vertreibung aus dem Paradies") veröffentlichte, sahen gelehrte Geistliche und bibelfeste Aristokraten bereits den Tag des Jüngsten Gerichts am Horizont heraufdämmern.

Mr Archibald Horne, dem es niemals in den Sinn gekommen wäre, sich als besonders gottesfürchtig zu bezeichnen, faltete, immer noch schläfrig, Murray's Magazine zusammen und sah mit leisem Schrecken zur Obstschale auf dem Frühstückstisch hinüber. Er war viel zu spät aufgewacht, und in seinem Schädel schien ein Sturm zu tosen.

Catherine, seine Frau, die seit gut zwei Jahren ein mehr oder weniger strenges Regiment im Hause Horne führte, wog den Apfel wie ein Wurfgeschoss in der Hand, ehe sie hineinbiss. Zaghaft kauend sah sie Archibald an und lächelte. „Habe ich irgendeinen Ausschlag im Gesicht?" Ihr Lächeln wurde breiter.

„Bitte was?" Ihm wurde plötzlich klar, dass er sie mit großen Augen angestarrt hatte, und er blinzelte hektisch. „Nein, nein. Ich dachte nur gerade an diesen bemerkenswerten Artikel. Frauen seien gefährlich, schreiben sie da. Was meinst du?" Trotz seiner pochenden Kopfschmerzen grinste er verschmitzt.

„Natürlich sind wir gefährlich. Sehr sogar. Und grins nur nicht so." Catherine lächelte und zog die Augenbrauen hoch. „Wir werden ziemlich unterschätzt, weil man uns für schwach und schutzbedürftig hält."

Archibald dachte darüber nach und stimmte ihr zu. „Also dich, Liebes, halte ich sogar für außerordentlich gefährlich. Vielleicht fühle ich mich auch deshalb so hundeelend, weil du mir gestern irgend so ein Gift ins Abendessen gemischt hast."

Begeistert entgegnete sie: „Oh ja! Ich nahm Laudanum und mischte es unter die Erbsen."

„Hoffentlich vergisst du nicht, das Rezept deiner Stiefmutter zu geben, ich glaube, sie kennt es noch nicht." Er warf ihr einen Kuss zu. Vor drei Tagen erst war sie aus den Ferien bei ihr zurückgekommen.

„Ach, mach sie nicht immer so schlecht, Archie. Ich habe sie wirklich sehr gern." Sie schüttelte den Kopf. „Hauptsache, du vergisst nicht, Mr Wigfield um eine Gehaltserhöhung zu bitten. Du weißt, wie sehr wir das Geld brauchen." Jetzt blinzelte sie ihn mädchenhaft an. „Es ist übrigens bereits zwanzig vor acht, mein Lieber."

„Was? Großer Gott!" Archibald warf einen verzweifelten Blick auf seine Taschenuhr, schleuderte die Zeitung auf den Tisch und sprang wie von Nadeln gestochen auf. „Catherine, oh Gott, warum sagst du denn nichts? Ich komme zu spät!" Eine halbe Sekunde später war er in seinen leichten Mantel geschlüpft und band sich, auf einem Fuß stehend, die Schnürsenkel zu.

„Ich liebe dich, Archie." Catherine umschlang ihn mit den Armen und drückte ihm einen Kuss auf die Lippen. „Liebst du mich auch?"

„Verdammt!" Bei dem Versuch, eine doppelte Schleife zu binden, fiel er beinahe um. „Aber natürlich doch. Ich liebe dich. Aber jetzt muss ich wirklich los. Habe ich Sandwiches?"

Sie reichte ihm seine Tasche und klopfte mit der flachen Hand darauf. „Alles da drin. Bis heute Abend." Als sie ihm die Haustür öffnete, weil er im Flur nach seinem Hut suchte, sagte sie: „Pass auf dich auf, und renn um Gottes willen nicht unter den Bus."

Archibald verdrehte die Augen und nickte. „Ich werd's beherzigen, Schatz. Bis heute Abend." Er hastete auf den Gehsteig hinaus und spurtete davon. Der Mantel wehte in der Morgenluft.

„Die Schlüssel, Archie!", rief sie ihm hinterher, wobei sie den klimpernden Bund hoch über ihren Kopf hielt und damit herumfuchtelte. „Du hast die Schlüssel vergessen!"

Er blieb stehen, wandte sich um und sah sie winken. „Ja, ich liebe dich auch!", rief er zurück. Dann rannte er am Rinnstein entlang und bog nach rechts in die Ave Maria Lane ein.

Als Archibald Horne bei Somerset House aus dem Bus auf die Straße sprang und sich das Knie schmerzhaft an der Strebe eines Geländers prellte, drang von irgendwoher der schwere Klang einer Kirchenglocke an seine Ohren. Viertel nach acht. Zu Fuß wäre er wahrscheinlich schneller gewesen. Zu seinem Unglück stellte er außerdem fest, dass er sich auf der falschen Straßenseite befand.

Was für ein Tag! Er spähte über die Straße und suchte

nach einer Lücke im Verkehr. Er wich einem heranpolternden Viehwagen aus, bahnte sich einen Weg durch wartende Droschken und erreichte vollkommen außer Atem die Nordseite des Strand, wo er zu allem Überfluss einen Haufen Hundefäkalien übersah und ausglitt. Fluchend taumelte Archibald vorwärts, direkt in die Arme einer ihm entgegenkommenden Passantin. Wenn das so weiterging, würde er vermutlich doch noch unter einem verdammten Pferdehuf enden.

„Passen Sie doch auf, wo Sie hinlaufen, Sie Sittenstrolch", zischte die junge Lady. Sie machte sich aus seiner Umklammerung los und eilte kopfschüttelnd und murmelnd davon. Ihr roter Hut schimmerte in der Morgensonne leicht violett. Ihre Schuhe klapperten auf dem Pflaster.

Ein herrlicher Morgen, um im Boden zu versinken, fand Archibald. Halbherzig strich er den Kot von seinem Schuh an einem Fahrradständer ab und setzte seinen strapaziösen Marsch zur Arbeit im Eiltempo fort.

Es war fast halb neun, als er das kleine Ladenlokal der Messrs Greenland, Grand & Wigfield erreichte. Sein Haar war zerzaust, ein Zipfel seines Hemdes lugte zerknittert über den Hosenbund, und die ungewohnte Geschwindigkeit hatte ihn ins Schwitzen gebracht. Ehe Archibald zum Messingknauf der Ladentür griff, blieb er noch kurz vor den Auslagen des Schaufensters stehen und überprüfte sein Spiegelbild in den Scheiben.

Er stopfte das Hemd in die Hose und schüttelte den Kopf. Alles in allem sah er wie jemand aus, der einen langen Tag harter Arbeit hinter sich gebracht hatte.

Die Glocke schlug zur halben Stunde.

Der Verkaufsraum lag im Dunkeln. Keine der zahlreichen Lampen brannte. Das war merkwürdig, zumal das Geschäft seit acht Uhr geöffnet war und Mr Wigfields Pedanterie einem ausgewachsenen Fetisch gleichkam.

Archibald erinnerte sich an einen Tag im letzten Frühjahr, kurz nachdem man ihn eingestellt hatte. Wigfield hatte ihm aufgetragen, den Laden zu schließen, während er selbst mit Hingabe die Zahnräder der Goldwalze eingeölt und die Feilung aus den Fellen unter den Werkbrettern zusammengefegt hatte. Er hatte gerade die Lichter gelöscht und war im Begriff gewesen, die Tür zu verriegeln, als der Werkstattleiter ihm seinen spitzen Finger in den Rücken gebohrt und Archibald mit anklagenden Blicken bedacht hatte. „Niemals, hören Sie", hatte er gemahnt, „niemals die Lampen aus, solange das Geschäft nicht geschlossen ist, Mr Horne. Niemals! Wir wollen unserer Kundschaft doch Gelegenheit geben, die erlesenen Juwelenarbeiten in der Auslage bei Licht betrachten zu können, nicht wahr, Mr Horne? Erst wenn die Gitter vorgelegt sind, haben wir offiziell geschlossen. Aber das nur am Rande; für die Zukunft wissen Sie ja dann Bescheid." Und Archibald hatte genickt und geschluckt.

Jetzt waren die Lampen aus.

„Na, endlich rührt sich was." Die schrille, zittrige Stimme einer Frau, gefolgt vom heiseren Bellen eines Hundes, riss ihn aus seinen Überlegungen. „Was ist denn hier los? Ich bin es nicht gewohnt, dass man mich warten lässt." Es war Miss Lydia Rose, eine exzentrische alte Jungfer, die sich augenblicklich aus dem Ledersofa links von ihm schälte und ihren Pudel auf den Boden setzte.

„Guten Morgen, Miss Rose. Wie schön, dass Sie uns mal wieder beehren." Lieber Gott, die hatte ihm gerade noch gefehlt. Er lächelte sie verbindlich an. „Sie werden bereits bedient?"

„Nichts werde ich!" Der Griff ihres Stockes schoss hoch. „Man lässt mich warten, junger Mann. Ich kann es nicht ausstehen, wenn man mich warten lässt." Die alte Lady war ganz nahe an ihn herangerückt. Ein Paar harter, von Falten und Tränensäcken eingerahmter Augen blinzelte

Archibald argwöhnisch von unten her an. Dann rümpfte Miss Rose die Nase und wandte ihr spitzes Gesicht mit dem fliehenden Kinn und der immerfort arbeitenden Kiefermuskulatur ihrem grässlichen Pudel zu. Der hatte sich in Archibalds linken Hosenaufschlag verbissen und war hartnäckig damit beschäftigt, ihn zu zerstören. „Verbrannter Speck."

„Wie meinen?" Mr Horne hatte sich, das quiekende und knurrende Etwas immer noch wie einen Klotz am Bein, bis zu den Lichtschaltern hinter dem Ladentisch vorgearbeitet.

Surrend sprangen die Lampen an.

„Dieser Gestank, junger Mann", sagte Miss Rose. „Mr Wigfield hat sein Frühstück anbrennen lassen."

„Oh, ich glaube, ich bin da vorhin in etwas hineingeschlittert ..." Und er spreizte einen Schuh ab, an dem Hundekot trocknete.

Die alte Dame kaute sichtlich verärgert auf ihrem Gebiss herum. „Sie denken wohl, ich könnte gebratenen Speck nicht von Hundescheiße unterscheiden, was, junger Mann?" Der Stock lag bedrohlich lose in ihrer Hand. „Ich sage Ihnen, er hat sein Frühstück anbrennen lassen. Vielleicht ist er eingeschlafen. Kein Wunder, wenn er jeden Tag so hart arbeitet." Der Blick, mit dem Miss Rose Mr Horne bedachte, verriet, dass sie ihn hingegen für alles andere als einen harten Arbeiter hielt.

Jetzt bemerkte Archibald es auch. Es roch mehr nach Hühnchen als nach Speck. Ein eigenartig süßlicher Geruch, nicht sehr penetrant und irgendwie fade. „Wenn Sie mich einen Moment entschuldigen würden? Ich will mal nach dem Rechten sehen, Miss Rose."

„Das sollten Sie auch, junger Mann."

Er tauchte für eine Sekunde hinter die Verkaufstheke. Der Pudel jaulte auf und preschte mit eingezogenem Schwanz davon.

„Penelope!“, keifte Miss Rose und schwang den Stock. „Was haben Sie ihr angetan? Sehen Sie nur, Sie ungehobelter Flegel haben ihr das Pfötchen gebrochen!“

Nichts dergleichen hatte Archibald getan. Er hatte dem Hündchen einen Klaps auf den verwöhnten Hintern gegeben. Das empfindliche Pfötchen hatte er überhaupt nicht angerührt. Aber Penelope schien über beachtliches schauspielerisches Talent zu verfügen. Sie rollte sich winselnd zu Füßen ihrer Besitzerin zusammen und leckte sich theatralisch den Vorderlauf.

Archibald schlug den Vorhang beiseite, der den Verkaufsraum von den Werkstätten trennte, und schaute über die Schulter zurück. Miss Rose kniete am Boden. Ihre sehnige Hand tätschelte den Kopf der sterbenden Penelope, wobei sie unablässig „Armes, tapferes, kleines Ding, was hat er dir nur angetan?“ vor sich hinmurmelte.

„Der Kunde ist König“, hatte Wigfield ihm eingebläut, „vor allem der Stammkunde. Ganz gleich, was geschieht, haben Sie immer ein freundliches Wort parat.“

„Es tut mir leid, Miss Rose“, meinte Archibald. „Wenn sie stirbt, werden wir sie Ihnen selbstverständlich ersetzen.“ Als sich der Vorhang hinter ihm schloss, konnte er sie beide um die Wette knurren hören – den Hund und die Lady.

Hier war der Hühnchengeruch stärker, fast würzig.

Der junge Goldschmied durchquerte den Raum mit den mannshohen Walzen und trat durch eine Schiebetür in der Mitte in den Bereich der Werkstatt, der für Juwelenarbeiten vorgesehen war. Normalerweise war Wigfield dort zu finden. Ekstatisch über eine Platinarbeit gebeugt und Brillanten in die Krappenfassungen setzend.

Nicht jedoch heute.

Sein Platz am Fenster war unberührt, verlassen, verwaist.

Es gab noch zwei weitere Räume. Der erste war mit fünf Werkbrettern ausgestattet, von denen lediglich zwei täglich besetzt waren, weil Wigfield und er die beiden einzigen Angestellten waren. Hier entstanden die eigentlichen Kostbarkeiten und Kleinodien.

Wigfield gehörte das Juweliergeschäft nämlich nicht; er war lediglich Teilhaber und hatte den Posten des Werkstattleiters inne. Die Herren Greenland & Grand kannte Archibald nicht. Nach allem, was Wigfield ihm erzählt hatte, war ihr Interesse an dem Geschäft nicht allzu groß. Der Werkstattleiter hatte ihm gegenüber nie einen Hehl daraus gemacht, dass er die Gentlemen für ausgemachte Snobs hielt. Einer von ihnen lebe noch hier in London, sei ein Ausbund an Faulheit und verprasse das Erbe des Firmengründers, hatte er gesagt. Und der andere? Der wäre so ein Predigertyp gewesen und leite jetzt in Südafrika wahrscheinlich eine Leprakolonie.

Nichts, niemand.

„Mr Wigfield, Sir?" Archibald blieb stehen. Vom Werkstattleiter keine Spur. Er bemerkte, dass die Lötlampe auf Wigfields Tisch brannte und eine granatbesetzte Silberbrosche auf der Arbeitsfläche lag. Er setzte sich zögernd wieder in Bewegung. „Mr Wigfield?"

Der Brandgeruch, da war Archibald jetzt sicher, rührte von etwas her, das sich im hinteren, letzten Teil der Werkstatt befinden musste. Der Raum, in dem die Schmiedewerkzeuge aufbewahrt und Gold und Silber geschmolzen wurden. Der Raum mit der Esse.

Der Hühnchenduft war mittlerweile dermaßen intensiv, dass er dem jungen Goldschmied Übelkeit bereitete. Seine Kehle fühlte sich an, als wäre sie mit Schimmelpilzen gefüllt, und er musste mehrmals heftig schlucken.

Die Tür war nur angelehnt. Als er die Klinke ergriff und die untere Kante des verzogenen Türblattes hörbar über den nackten Steinfußboden schabte, da hoffte

Archibald noch, seinen Chef bei der Arbeit vorzufinden. „Mr Wigfield?", sagte er und trat ein.

Der Werkstattleiter antwortete nicht. Er saß auf einem Stuhl vor dem hüfthohen Schmelztisch mit den grauen Schamotttiegeln, den Kopf in den Nacken gelegt, und strahlte eine ungewohnte Ruhe aus. Wigfields Mund war wie zu einem Schrei geöffnet. Bräunliche Rauchschwaden stiegen daraus auf und kräuselten sich um das, was von seinen Lippen noch übrig geblieben war.

Vor Archibalds Augen entstanden bunte, sich überlagernde Farbkreise und Spiralen. Durch das Rauschen in seinen Ohren hindurch hörte er einen entsetzlichen Schrei. Er hielt sich reflexartig die Hand vor den Mund, als er feststellen musste, dass er selbst es gewesen war, der geschrien hatte. Seine Beine fühlten sich auf einmal weich und biegsam an, wie Silberdraht. Der süßliche Gestank raubte ihm den Atem, und er glaubte, unweigerlich ersticken zu müssen, wenn er nicht augenblicklich das Fenster aufriss. Er nahm sich zusammen, sprang zum Fenster hinüber und entriegelte es.

Der Rauch zog ab.

Archibald ließ sich auf den Boden sinken und wartete, bis die Übelkeit verging und die bunten Kreise verblassten.

Dann erhob er sich wieder.

Der Werkstattleiter allerdings blieb weiterhin reglos sitzen, den schielenden Blick zu den feinen Rissen im Verputz der Decke aufgerichtet und die gefesselten Hände um die eisernen Stuhlbeine gekrampft.

Miss Lydia Rose und ihr kläffender Pudel warfen ihm maliziöse Blicke zu, als Archibald zitternd und blass hinter dem Vorhang auftauchte und in den Verkaufsraum taumelte.

„Er *hat* es anbrennen lassen, nicht wahr?" Sie krächzte

wie eine Krähe. „Werde ich nun endlich bedient, oder muss ich bis zum Sankt-Nimmerleins-Tag warten, junger Mann?"

„Er ist tot." Archibald wackelte mit dem Kopf. „Mr Wigfield ist tot."

„Unverschämtheit!", zischte Miss Rose.

Während der ganzen langen Zeit seines Bestehens dürfte das kleine Juweliergeschäft am Strand wohl keinen solchen Zulauf erfahren haben, dachte Chief Inspector Donald Sutherland Swanson von Scotland Yard, als er gemeinsam mit seinem Sergeant Peter Phelps am Tatort eintraf, um die Leiche in Augenschein zu nehmen. Im Verkaufsraum und dem hinteren Teil der Werkstatt drängte sich ein gutes Dutzend Männer zusammen. Es war Spätsommer, die meisten der Anwesenden trugen Polizeiuniformen, und kein einziger von ihnen war wegen des Schmuckes in den Vitrinen gekommen.

Swanson hatte sich bereits auf eine ruhige Woche auf dem Land gefreut. Hätte sich der Mord nur einen Tag später ereignet, wäre er bereits im Urlaub gewesen, den er bei seiner Familie zu Hause in Surrey hatte verbringen wollen. Mit Gartenarbeit, ausgedehnten Spaziergängen mit seiner Frau und vielleicht dem Besuch seiner beiden Söhne, die in Cambridge studierten. Doch Mörder scherten sich nun mal nicht um Urlaubspläne, wie ihm Sir Edward Bradford, der Commissioner von Scotland Yard, heute Morgen schulterklopfend mit auf den Weg gegeben hatte. Je schneller Sie den Fall abschließen, hatte er gesagt, desto eher können Sie Ihren Urlaub antreten. Bei jedem anderen hätten diese Worte nur so vor Sarkasmus getrieft, doch aus Bradfords Mund hatten sie vollkommen ernsthaft und vernünftig geklungen. Der Mann war ein Pragmatiker durch und durch. Swanson mochte ihn. Bradford war ein Polizeibeamter, der sich hochgearbeitet hatte. Vom einfachen Constable zum Chef von Scotland Yard. Ein Umstand, der auf die allerwenigsten Commissioner zutraf, hatten die meisten doch ihren Posten allein dem Zusammenspiel einflussreicher Seilschaften und Verbindungen zu verdanken gehabt.

Während er die Räume durchquerte, nickte Swanson den uniformierten Polizisten zu, die er zwar nicht alle namentlich, aber doch vom Sehen kannte, und sah sich den Toten an.

Die Hände mit Draht gefesselt. Der Kopf im Nacken. Die Augen entsetzt aufgerissen. Schwache Rauchschwaden stiegen noch immer aus der verbrannten Mundhöhle auf. Wenn Swanson einen Tatort betrat, nahm er zunächst die Fakten auf. Wie war dieser Mensch zu Tode gekommen? In diesem Fall war es offensichtlich: Der Mörder hatte den Mann auf den Stuhl gesetzt und ihm das geschmolzene Gold in den Rachen gegossen. Doch was Swanson stets weit mehr interessierte, war das Vorgehen des Täters. Was hatte Gordon Wigfields Mörder an unnötigen Schritten unternommen? Wieso hatte er sich solche Mühe gemacht? Hätte es nicht gereicht, ihn zu erschlagen oder zu erschießen? Sich diese Fragen zu stellen half Swanson, sich ein Bild vom Täter zu machen. Das Fesseln am Stuhl, das Einschmelzen des Goldes. Was für ein sinnloser Aufwand. Für ihn deutete all das auf großen Hass oder blinde Eifersucht als Motiv. Während er um den Leichnam herumging, diktierte er seinem Sergeant, der alles in seinen Notizblock schrieb. Peter Phelps war Swanson vor gut sechs Jahren als Detective Constable unterstellt worden und hatte es in Rekordzeit zum Sergeant gebracht. Ein Mann mit Biss. Auch wenn man nicht umhinkam, ihn ab und an zu bremsen.

Nachdem Swanson und Phelps sich einen kurzen Überblick verschafft hatten, stellte ihnen der wachhabende

Constable den jungen Mann vor, der die Leiche gefunden hatte.

„Wie spät war es, als Sie die Leiche fanden, Mr Horne?", fragte Swanson.

„Gegen zwanzig vor neun etwa." Archibald Horne zog die Schultern hoch und schüttelte den Kopf. „Ich hatte mich verspätet, wissen Sie?"

Swanson nickte und Sergeant Phelps kritzelte etwas in seinen Block. „Man hat ihn also auf den Stuhl gefesselt und ihm dann das geschmolzene Gold in den Mund gegossen?" Er blickte Archibald fragend an.

„Na, hören Sie mal!", sagte Horne. „Ich habe nicht dabeigestanden."

Swanson konnte die Angst in seinem Blick sehen. Ganz offensichtlich hatte er das unangenehme Gefühl, ihr einziger Verdächtiger zu sein. Er legte Horne eine Hand auf die Schulter und sagte freundlich: „Sehen Sie, mein Junge, ich weiß, wie unangenehm das für Sie ist. Aber machen Sie sich bitte keine Sorgen. Alles, was wir wollen, ist herausfinden, wer dem Mann das angetan hat." Er lächelte ihn aufmunternd an.

Archibald Horne nickte.

„Wie geht das vonstatten?", fragte Swanson dann und wies in die Ecke der Werkstatt, wo die Tiegel standen und noch immer der Leichnam saß.

„Vonstatten? Was meinen Sie damit?"

„Das Verflüssigen von Gold, meine ich. Wie stellt man es an, Mr Horne?" Swanson verschränkte die Arme vor der Brust und wartete.

„Es wird eingeschmolzen. Man gibt es in einen von den Tiegeln da drüben und stellt es in den Koksofen. Das ist das große gemauerte Ding dort hinten mit dem schwenkbaren Deckel. Wenn das Gold flüssig ist, nimmt man den Tiegel heraus – dazu benutzt man eine von diesen langen Zangen." Archibald streckte die Hand aus und zeigte darauf. Sie hingen sorgfältig aufgereiht an der gegenüberliegenden Wand.

„Was geschieht dann?", fragte Sergeant Phelps. „Wohin mit dem geschmolzenen Metall?"

„Nun ja –" Archibald zögerte. „Es wird in die Kokille gegossen, Sir."

„Kuk... Kuk..." Der Scotland-Yard-Beamte starrte ihn entgeistert an. „Zum Kuckuck, *Kehle* wollten Sie sagen, wie?"

So ruhig er konnte (denn die schlichte Anwesenheit seines toten Arbeitgebers machte ihn ziemlich nervös, wie er zugab), erklärte Archibald dem Sergeant, dass es sich bei der sogenannten Kokille um eine Gussform handelte.

„Es ist also ein gewisses Maß an Fachkenntnis vonnöten", sagte Swanson, während Phelps' flinke Bleistiftspitze über das Papier seines aufgeklappten Notizblocks kratzte. „Würden Sie mir da zustimmen, Mr Horne?"

„Ich denke schon. Der Ofen muss angefeuert werden, und es dauert eine Weile, bis er die richtige Temperatur erreicht hat. Man gibt zu Anfang nur wenig Koks hinein; erst wenn es glüht, folgt der Tiegel. Zwischendurch wird immer wieder Brennstoff aufgefüllt, bis die volle Tiegelhöhe erreicht ist, und das dauert seine Zeit. Während des Schmelzprozesses muss ständig Koks nachgelegt werden, damit ..."

„Schon gut, schon gut, Mr Horne." Swanson hob lächelnd beide Hände. Schließlich hatte er nicht vor, bei Archibald in die Lehre zu gehen. „Nicht ganz simpel, wie ich höre."

„Allerdings nicht. Nichts ist simpel an unserem Beruf."

„Ein Fachmann also?", fragte Sergeant Phelps. „Ein Goldschmied wie Sie und der selige Wigfield, nicht wahr?" Der Block wurde zugeklappt. „Wie kamen Sie mit Ihrem Chef aus, Mr Horne? Was hatten Sie für ein Verhältnis zu ihm? War es ein freundschaftliches, oder würden Sie es als eher gespannt bezeichnen?"

Als ob es nur diese zwei Möglichkeiten gab, dachte Swanson bei sich. Phelps war ein Heißsporn, der bei Vernehmungen noch manchmal über das Ziel hinausschoss, das wusste Swanson, aber er ließ den Sergeant vorerst gewähren und schwieg.

„Er war mein Arbeitgeber", sagte Archibald. „Und ich verhielt mich dementsprechend. Es war ein Arbeitsverhältnis wie jedes andere. Einer muss ja das Sagen haben."

„Und es hat Sie nicht insgeheim gestört, dass nicht Sie es waren, der das Sagen hatte?"

„Nein, Sir, das hat es nicht."

„Aber unbedingt gemocht haben Sie Mr Wigfield auch nicht, was?" Phelps hatte es augenscheinlich auf ihn abgesehen. „Man weiß ja, wie das so geht. Dies ewige Duckmäusern vor dem Chef, hm? Seine Launen ertragen zu müssen, herumgescheucht zu werden ..." Der Sergeant war ins Schwärmen geraten.

Swanson schmunzelte. Er fragte sich, ob Phelps aus eigener Erfahrung sprach. Er hoffte, nicht.

„Das tägliche Auf und Ab des Lebens", bemerkte Archibald. „Ich nehme an, jeder kennt das. Es gibt immer gute und schlechte Tage."

„Ja", stellte Phelps fest, „und Mr Wigfield hat heute einen der ganz schlechten erwischt."

„Kommen Sie mal, Phelps", sagte Swanson und nahm den Sergeant beiseite. „Ich fürchte, zu zweit schüchtern wir den jungen Mann bloß ein. Ich denke, ich komme hier zurecht. Tun Sie mir den Gefallen, und nehmen Sie unterdessen die Aussage der alten Lady auf, die vorne im Verkaufsraum wartet."

„Wie Sie meinen, Sir."

„Erzählen Sie mir bitte, wie Sie den Toten auffanden,

Mr Horne", sagte Swanson, als Phelps gegangen war. „Ist Ihnen irgendetwas aufgefallen? Etwas, das anders war als sonst?"

Archibald Horne trat nervös von einem Fuß auf den anderen. „Wie ich schon sagte, ich war spät dran heute Morgen. Daher wunderte ich mich darüber, das Geschäft geöffnet, aber unbeleuchtet vorzufinden. Das war schon sehr ungewöhnlich. Und als ich dann Miss Rose, eine gute Kundin, wartend im Verkaufsraum vorfand, hatte ich gleich ein ungutes Gefühl. Man kann ja immer mal krank werden. Mr Wigfield hatte ein aufbrausendes Gemüt. Sein Herz vielleicht, dachte ich. Er war ja auch nicht mehr der Jüngste. Aber wer denkt schon gleich an so was ..."

„Verstehe. Fahren Sie fort, Mr Horne."

„Ich ging in die Werkstatträume und rief nach ihm." Er schauderte. „Und dann fand ich ihn. Es war schrecklich. Einfach schrecklich."

Ein Constable in Uniform tauchte neben ihnen auf und erkundigte sich, ob man die Leiche nun fortschaffen könne, da der Arzt mit der vorläufigen Untersuchung so weit fertig wäre.

„Ja, bringen Sie sie weg", sagte Swanson.

„Außerdem lässt Sergeant Stedman anfragen, ob er die Tiegelzange ins Labor mitnehmen darf, Sir."

„Er soll alles mitnehmen, was er für nützlich hält." Trotz seiner Offenheit den geheimnisvollen wissenschaftlichen Methoden der noch jungen forensischen Abteilung des Yard gegenüber war Swanson ein skeptischer Mann der alten Schule. Er fuchtelte mit der Hand und meinte scherzhaft: „Aber sagen Sie ihm, er soll nicht wieder Säure draufschütten."

„Ich werd's ihm ausrichten, Sir."

„Und schicken Sie mir den Doktor her. Ich habe da auch noch einige Fragen."

„Jawohl, Mr Swanson, Sir." Der Constable salutierte und trat weg.

„Abrahamsen", flüsterte der Polizeiarzt mit einer Stimme, die so brüchig klang wie uraltes Pergament. „Dr. Alfons Abrahamsen." Er war ein kleiner, vornübergebeugt stehender Mann von sicherlich siebzig Jahren. Er reichte dem Beamten gerade mal bis ans Kinn, und seine Haut war ebenso braun und rissig wie der glimmende Zigarrenstumpen, der zwischen seinen Zähnen steckte. Ständig blinzelte er, als wolle er Fliegen damit verscheuchen.

„Was können Sie mir zur Todesursache sagen, Dr. Abrahamsen?"

Eine knorpelige, gichtgeplagte und von dunklen Altersflecken gesprenkelte Hand fuhr zum rechten Ohr hoch, und Swanson wiederholte seine Frage. „Oh, Schock natürlich." Die Augenlider des Arztes flatterten sehr rasch. „Tod infolge des Schocks."

„Was ist mit den Verbrennungen?"

Abrahamsens Hand war hinter der Ohrmuschel eingerastet. „Bewirkten den Schockzustand. So was macht das stärkste Herz nicht mit." Und er klopfte sich schmunzelnd ein paar Mal mit der flachen Hand auf die linke Brusthälfte.

„Sonst noch was, Doktor?" Swanson betrachtete die zwischen den Lippen hin- und herwandernde Zigarre, während er auf eine Antwort wartete.

„Der Tote hat eine schlimme Schwellung am Hinterkopf." Abrahamsen sprach so leise, dass Swanson sich die Frage stellte, wie der Mann es nur fertigbrachte, sich selbst nicht zu überhören. Für gewöhnlich wurden schlechte Ohren durch Stimmgewaltigkeit wettgemacht.

„Eine Beule, Doktor?", rief er in das aufgestellte Ohr hinein.

Die Augen des Polizeiarztes verengten sich missbilligend. „Äh, Beule. Eine Schwellung habe ich gesagt.

Einen Schlag auf den Kopf hat er abgekriegt; mit einem schweren, stumpfen Gegenstand. Höchstwahrscheinlich eine Fraktur der Schädeldecke. Eine lächerliche Beule fängt man sich beim Bumsen am Bettgestell ein, Jungchen." Er kicherte.

Donald Swanson schnappte nach Luft. Für jemanden, der es in seiner Jugend einmal für seine Berufung gehalten hatte, Pfarrer zu werden, blieb er bemerkenswert gefasst. Aber er bemerkte, wie Mr Horne die viktorianische Röte in die Wangen stieg. „Nun ja."

Swanson murmelte einen Dank und ließ den Doktor gehen. Abrahamsen bahnte sich – mithilfe seiner Tasche die im Gang stehenden Polizisten vertreibend – einen Weg durch die Menge. Hinter ihm schlossen sich die Reihen wieder. Eine Bahre wurde hereingetragen und die sterblichen Überreste Wigfields sorgfältig daraufgelegt. Zwei Constables kümmerten sich um den Abtransport.

Swanson sah ihnen nach. Jetzt, da der Stuhl vor dem Schmelztisch nichts weiter war als ein leerer Stuhl, und nur die dünnen Drahtschlingen, die um Wigfields Handgelenke gewickelt gewesen waren, noch lose um die schwarzlackierten Eisenbeine hingen, erinnerte kaum noch etwas an die grausige Tat.

Der junge Goldschmied sah erleichtert aus, fand Swanson. Er konnte das gut verstehen. Trotz all der Leichen, die er selbst im Laufe seiner langen Karriere zu Gesicht bekommen hatte, war es ihm nie wirklich gelungen, sich an ihren Anblick zu gewöhnen. *Die weit hervortretenden Augäpfel, der angeschwollene Hals und die rußgeschwärzten Nasenflügel; verbrannte Lippen, Haut wie glasierte Pflaumen ...* Die meisten seiner Kollegen versuchten, durch den sachlichen Umgang mit den Toten und dem Tatort ihre Gefühle auszuschalten, sie womöglich hinter der Fassade professioneller Geschäftigkeit zu verbergen. Doch er selbst hatte das nie geschafft. Eine Leiche war auch immer ein Mensch gewesen. Ein Mensch, dessen Leben gewaltsam beendet worden war. Ein Mensch, den irgendjemand geliebt hatte.

Sie trugen die Bahre an ihnen vorbei. Geschäftig, fast rücksichtslos, so als schleppten sie ein altes Möbelstück auf den Müll, bei dem es nicht mehr darauf ankam, ob man irgendwo damit aneckte und es noch mehr Schrammen und Risse bekam, zwängten sie sich durch die Türen. Einer der beiden Constables fluchte leise vor sich hin, als er feststellte, dass die Bahre dermaßen breit war, dass sie sie kanten mussten, um den Türrahmen zu passieren. Der unglückselige Wigfield (aufgrund der noch nicht abgeklungenen Leichenstarre in eine mehr hockende als liegende Haltung gezwungen) wurde hin- und hergeschaukelt und kippte schließlich auf die Seite. Wieder wurde halblaut geflucht. Diesmal war es ein dritter Constable, den man hinzugerufen hatte, um eine Hand des Werkstattleiters zu befreien. Sie war unter dem Tuch zum Vorschein gekommen und irgendwie zwischen Türfüllung und Tragestange geraten, wo sie wie ein Keil wirkte. Nach einem halben Dutzend weiterer Flüche und mehrmaligem Vor- und Zurückschieben gelangten sie endlich in den angrenzenden Raum und verschwanden damit aus Swansons Blickfeld. Doch er hörte sie weiterhin herumpoltern, und dass ihnen der Leichnam nicht herunterfiel, grenzte praktisch an ein Wunder.

„Gehen Sie nach Hause, Mr Horne“, sagte Swanson plötzlich in sehr freundlichem Ton.

„Sir?“ Er riss seinen Blick vom Türrahmen los und sah ihn mit glasigen Augen an.

„Sie können gehen, Mr Horne“, sagte Swanson und steckte die Hände in die Taschen seiner fusselnden Strickjacke. „Aber hinterlassen Sie für alle Fälle Ihre Adresse, damit wir Sie erreichen können, falls es für die Ermittlungen erforderlich wird.“

Horne nickte schwach. „Ja", sagte er. „Ja, selbstverständlich, Sir."

„Ach, und eines noch." Swanson ließ beiläufig den Deckel seiner Taschenuhr aufschnappen. „Wir müssen die Angehörigen benachrichtigen, Mr Horne. Wissen Sie, ob der Tote Familie hatte?"

„Mr Wigfield hat nie davon gesprochen." Archibald zog die Schultern hoch. Dann schnippte er mit den Fingern. „Nein, warten Sie. Ja natürlich, ab und zu kam eine Schwester zu Besuch."

„Kennen Sie vielleicht ihren Namen?" Swanson zückte eilig Bleistift und Block.

„Nicht ihren und nicht die der anderen. Tut mir leid, Sir." Und im Weggehen murmelte er nachdenklich: „Aber wenn ich es recht überlege, muss er ein halbes Dutzend davon gehabt haben."

Das Fare Well Pub in der schmalen Hogan Mew, mit ihren windschiefen, verwinkelten Häuschen und dem in der Septembersonne wie poliert glänzenden Kopfsteinpflaster, war für seine beruhigende Atmosphäre weithin bekannt und nicht zuletzt wegen seines Starkbiers auch außerordentlich beliebt.

Archibald hatte gefunden, dass es, wenn man es unter strategischen Gesichtspunkten betrachtete, viel klüger war, erst zur gewohnten Zeit nach Hause zu kommen, und so hatte er sich eine Zeitung gekauft und war im Fare Well eingekehrt.

Warum Catherine unnötig erschrecken?

Nein, nein, sie hatte weiß Gott genug Sorgen mit der leeren Haushaltskasse. Und wenn er, was er noch nicht sicher wusste, mit Wigfields Tod tatsächlich seinen Arbeitsplatz eingebüßt hatte, dann waren diese neuen Sorgen sicherlich groß genug, die arme Cathy endgültig an den Rand der Verzweiflung zu bringen. Es gab drei Möglichkeiten, und Archibald hatte die hartnäckigste von ihnen (die nämlich, sich den schmutzigen Fluten des Flusses anheimzugeben) nach drei Pint des berühmten Fare Well Bitters von seiner Liste gestrichen. Blieben noch zwei. Er konnte entweder losgehen und auf gut Glück sämtliche Juweliere von St. James und Mayfair abklappern, um nach Arbeit zu fragen, oder aber hier sitzen bleiben und ein Bier nach dem anderen in sich hineinschütten, bis er schließlich unter den Tisch kippen und die Welt mit all ihren Schrecken vergessen würde.

Archibald blinzelte nachdenklich in die Sonne. Dann trank er aus, faltete die Zeitung auf dem Tisch zusammen und trat in die kühlen Schatten des Pubs.

„Noch mal dasselbe", sagte er, während er das leere Glas auf das blank polierte Holz der Theke stellte und in seiner Hosentasche nach den Münzen kramte.

Er konnte es drehen, wie er wollte – die letzte Möglichkeit gefiel ihm eben doch am besten.

Der offene Einspänner ratterte und kurvte durch die Straßen von Bloomsbury. Die beiden Männer, die es sich in den Sitzen bequem zu machen versuchten, wurden immer wieder hin- und hergeschaukelt.

„Diese Alte mit dem Köter", sagte Sergeant Peter Phelps und schlug eine Seite seines Notizblockes um, „hat ausgesagt, sie habe das Geschäft etwa gegen acht Uhr betreten. Zwar hätte noch kein Licht gebrannt, aber der Tote sei für seine Pünktlichkeit bekannt gewesen, und sie habe vermutet, er hätte vielleicht vergessen, es einzuschalten. Weiter gibt sie an, mehrfach nach ihm gerufen zu haben. Natürlich hat er nicht geantwortet, wie wir wissen. Dann habe sie gewartet. Bis halb neun. Da kam Mr Horne."

„Den sie als Mörder bezeichnet hat", warf Chief Inspector Donald Swanson grinsend ein.

„Hat ihren Pudel angeblich fast umgebracht." Phelps

zuckte mit den Achseln, was vermutlich bedeutete, dass es ihm einerlei war. „Ziemliches Biest, wenn Sie mich fragen."

„Sie haben recht." Swanson lachte und zupfte an seinen Bartenden. „Eine von denen, die Gift und Galle statt Blut in den Adern zu haben scheinen, was?"

„Eigentlich meinte ich den Pudel, Sir." Phelps blickte unsicher von seinem Block auf. „Hat meine Strümpfe zerfetzt."

Swanson räusperte sich verlegen.

„Außerdem könne sie sich nicht vorstellen, dass ein so charmanter Mann wie Mr Wigfield irgendwelche Feinde gehabt hätte", fuhr der Sergeant fort. „Er sei immer überaus höflich und freundlich gewesen. Und ein ‚Leckerchen' für ihren Pudel hätte er auch immer gehabt. Ganz anders als Mr Horne sei er gewesen."

„Ein Leckerchen also." Swanson musste an den merkwürdig süßlichen Brandgeruch denken, der, wie er sich einbildete, nach wie vor seinen Kleidern anhaftete. „Na, wie schön. Wie kommen wir mit der Familie voran? Gibt es Angehörige?"

„Penwood und Wilson arbeiten daran, Sir." Sergeant Phelps kratzte sich am Kopf. „Sie sind nach Belgravia gefahren und stellen Wigfields Wohnung auf den Kopf – wegen der vielen Schwestern." Er grinste anzüglich.

Swanson nickte. „Die treiben wir auf, da sehe ich kein Problem. Vermutlich hat er irgendwo ein Adressbuch, Briefe – all dieses Zeug eben, was man braucht, um nicht durcheinanderzukommen."

„Was mir beim besten Willen nicht in den Schädel will, ist, dass er schon mindestens zwei Stunden tot gewesen sein soll, als man ihn fand", sagte Phelps.

Swanson sah ihn stirnrunzelnd an. „Ich weiß nicht, worauf Sie hinauswollen, Phelps."

„Zunächst muss es einem doch merkwürdig vorkommen, dass die Ladentür bereits aufgeschlossen war, oder nicht? Normalerweise öffnen Greenland, Grand & Wigfield um acht."

„Dieser Wigfield soll ein regelrechtes Arbeitstier gewesen sein", warf Swanson ein. „Er war ganz verliebt in seinen Beruf. Durchaus möglich, dass er bereits um sechs oder halb sieben im Geschäft war und vergessen hat, die Ladentür hinter sich abzuschließen."

Sergeant Phelps wackelte mit dem Kopf. „Was ich sagen will, Sir, ist etwas anderes." Er zuckte mit den Schultern und fragte: „Wie lange, meinen Sie, brennt ein Mensch?"

„Woher soll ich das wissen? Fragen Sie Dr. Abrahamsen."

„Ich meine ja nur, weil der Leichnam immer noch rauchte, als wir dort ankamen, und ich mir einfach nicht vorstellen kann, dass eine Brandwunde – selbst eine so große wie in diesem Fall – zwei Stunden lang qualmt."

Swanson war totenblass, als er sagte: „Hören Sie mit dem Spekulieren auf, Phelps. Der Wagen schaukelt, und ich glaube, ich bin zu alt für diesen Job."

„Hier ist es." Der Hansom kam zum Stehen, und Sergeant Phelps rückte seinen Bowler zurecht, ehe er ausstieg. „49 Gordon Square."

Sie war es, dessen war Archibald sich sicher. Was für ein komischer Zufall. Sie kam die Hogan Mew hinaufgeschritten, das Kinn leicht vorgestreckt, den roten Hut auf ihrem Kopf wie eine Krone. Ihre Schritte waren rasch und elegant. Als sie sich dem Pub näherte, verlangsamte sie ihre Schritte, sah sich kurz um und trat ein.

Nach einer Weile kam sie mit einem Glas Sherry in der Hand nach draußen zurück und nahm zwei Tische weiter Platz. Sie waren allein. Niemand sonst saß um diese Zeit vor dem Fare Well, um die Sonne zu genießen.

Archibald nickte ihr freundlich zu, als sie zufällig herüberblickte. Sie nickte mechanisch zurück und sah dann an ihm vorbei. Nichts in ihrem Blick verriet, dass sie ihn vielleicht wiedererkannt hatte. Sie schien die Front des gegenüberliegenden Hauses eingehend zu studieren. Ihre schlanken Finger spielten derweil mit dem Sherryglas.

„Verzeihung." Archibald war aufgestanden und an ihren Tisch getreten. Zum einen, weil er ausgetrunken hatte, und zum anderen, weil es ihn insgeheim ein wenig kränkte, so wenig Eindruck hinterlassen zu haben. „Ich würde mich gern bei Ihnen entschuldigen."

Sie sah ihn ehrlich entgeistert an. „Ich wüsste nicht wofür."

„Oh, ich schon." Vom Genuss des Bitters und der Sonne gleichermaßen beflügelt streckte er ihr die Hand entgegen. „Mein Name ist Horne. Archibald Horne, der Vollständigkeit halber. Darf ich mich einen Augenblick zu Ihnen setzen?"

Sie vollführte eine generöse Geste mit der Hand, ohne seine jedoch zu ergreifen. „Also?"

„Heute Morgen am Strand", sagte er. „Erinnern Sie sich nicht? Wir sind uns praktisch in die Arme gelaufen." Archibald versuchte es mit einem Lächeln. „Sie waren ziemlich ungehalten deswegen, glaube ich."

Sie zog die Stirne kraus, was sie um Jahre älter aussehen ließ, und meinte kopfschüttelnd: „Nun ja, kann schon sein, ich weiß nicht."

„Jedenfalls tut es mir leid. Ich hatte befürchtet, Sie könnten es missdeutet haben." Wieder lächelte er. „Ich war nämlich etwas in Eile, weil ich zur Arbeit musste und spät dran war."

„Und jetzt haben Sie wohl Feierabend, wie?" Sie tippte sich auf die schmale goldene Armbanduhr, die, was Archibald sofort gesehen hatte, mit Brillanten besetzt war, und nickte in Richtung seines Glases.

„Ich ... nein, nein, es hat einen Unfall im Geschäft gegeben." Irgendwie war es ihm ein Bedürfnis, sich vor ihr zu rechtfertigen. „Normalerweise sitze ich am späten Vormittag nicht vor Pubs herum und trinke Bier."

Sie spitzte leicht die Lippen und zog die Schultern hoch. „Einen Unfall", sagte sie. Der gelangweilte Tonfall ihrer Stimme ließ darauf schließen, dass sie sich für irgendwelche Unfälle nicht im Mindesten interessierte. Der linke Ärmel ihres Kleides rutschte hoch, als sie den Stiel des Glases ergriff und den Sherry austrank.

Archibald beugte sich über den Tisch. „Großer Gott, Sie sind ja verletzt!" Er wollte ihre Hand nehmen, um sich die Wunde – einen tiefen, sehr hässlichen Schnitt, der über den geschwollenen Knöchel lief und unter dem blauen Stoff des Ärmels verschwand – genauer anzusehen, doch sie zog ruckartig ihren Arm zurück und barg ihn in ihrem Schoß. „Wo um Gottes willen haben Sie sich dermaßen verletzt? Der Schnitt muss Ihnen doch höllische Schmerzen bereiten. Kommen Sie, lassen Sie mich sehen."

Ihr Gesichtsausdruck hatte sich von einem Moment auf den anderen vollkommen verändert. Sie zögerte. Was war das, was er in ihren Augen las? Angst? Fast verärgert meinte sie dann: „Ein Kratzer, weiter nichts."

„Weiter nichts?" Archibald war entsetzt. „Sie müssen damit sofort zu einem Arzt."

„Selbstverständlich." Schon wieder dieser gelangweilte Ton. Sie schaute kurz zu ihm auf und blickte dann gedankenverloren die Gasse hinunter.

Eine schwere graue Wolke verdunkelte für einen Moment die Sonne. In das entstandene Schweigen hinein sagte Archibald: „Wäre nicht schlecht, wenn wir ein bisschen Regen bekämen, was?"

„Was war denn nun mit dem Unfall in Ihrer Werkstatt?" Sie hielt es weiterhin für unnötig, ihn anzusehen. „Nichts Schlimmes, hoffe ich."

„Ich weiß gar nicht, ob ich darüber sprechen sollte", meinte Archibald, der sich fragte, warum sie so bemüht war, von ihrer Verletzung abzulenken. Aber da die unselige Geschichte sowieso lang und breit in den Abendzeitungen erscheinen würde, konnte er ebenso gut darüber reden. „Mein Chef wurde ermordet. Heute früh. Furchtbare Sache."

Sie nickte und schaute an ihm vorbei ins Leere. Sie sah aus, als dächte sie über die Vergänglichkeit alles Lebendigen nach. Archibald wollte eben irgendetwas Banales wie „Ach, das Leben geht weiter." sagen, als sie unvermittelt den Stuhl zurückschob und aufstand.

„Sie gehen?" Archibald stand ebenfalls auf.

Auf seine Frage hin wandte sie sich einfach wortlos um; ihre Arme baumelten wie leblos an ihrem Körper. Er bemerkte, dass an ihrem linken Ärmel der Spitzenbesatz des Bündchens fehlte. Dann ging sie mit kurzen, zügigen Schritten davon.

Er sah ihr kopfschüttelnd nach, bis sie hinter der Straßenbiegung verschwand. Das Klappern ihrer Absätze auf dem Pflaster war weiterhin zu hören.

Archibald, der sich immer noch der leisen, aber (wie er ganz richtig vermutete) aussichtslosen Hoffnung hingab, die Frauen irgendwann einmal verstehen zu können, stellte sich die Frage, warum sie ihm wohl ihren Namen nicht genannt hatte.

Die geheimnisvolle Fremde mit dem roten Hut.

Eine zweite Frage schlich sich allmählich und dunkel wie Oktoberwolken in seine romantischen Gedanken. Eine Frage, die *sie* ihm gestellt hatte.

Sein verklärtes Schmunzeln verlosch.

„Was war denn nun mit dem Unfall in Ihrer Werkstatt?"

„Gott, was bin ich für ein Idiot gewesen!", rief er und rannte so schnell er konnte die Hogan Mew hinunter. Dem roten Hut und dem verhallenden *Klapp-klack* ihrer Schritte hinterher.

KAPITEL 2

Krrriing! – Krrriing! – Krrriing!

„Sam." Frederick Greenland ließ raschelnd die Times sinken und sah über ihren Rand hinweg Sam an, der mit aufgestützten Ellenbogen auf der Theke lehnte und vermutlich die Wetttabellen im Pink 'Un studierte. „Das Ding läutet jetzt seit fünf Minuten; wollen Sie nicht endlich rangehen?"

„Im Leben nicht", nuschelte er und starrte weiter auf seine Tabellen, ohne den Kopf zu heben. Sein erloschener, weichgekauter Zigarrenstumpen wanderte gelassen vom rechten zum linken Mundwinkel. „Es kommt doch nichts Gutes dabei raus."

Sam, der Neuerungen hasste und sie mied, wo er konnte, hatte erst vor zwei Tagen einen Telefonapparat im Durchgang zur Küche installieren lassen, weil Lilly, wie Greenland wusste, ihm seit Monaten damit in den Ohren gelegen hatte, wie nützlich und zuträglich für das Geschäft es doch sei, einen im Hause zu haben. Sie war der Meinung gewesen, Kunden hätten so die Gelegenheit, einen Tisch im Voraus zu bestellen – was in Sams Augen natürlich vollkommener Unsinn war. Er hatte ihr geantwortet, dass es gar nicht nötig sei, einen Tisch zu reservieren, wo doch sowieso niemand herkam. Aber Lilly hatte gemeint, dass es zumindest hübsch aussah, und wenn ein Gast etwas Dringendes zu besprechen hätte, könne er das gleich von hier aus tun, ohne das Sam's vielleicht auf Nimmerwiedersehen verlassen zu müssen. Und Sam, der Inhaber des kleinen Pubs in der Portsmouth Street nahe den Lincoln's Inn Fields, hatte die Flügel gestreckt, und seither hatte das verfluchte Ding – so kam es einem jedenfalls vor – nicht eine Sekunde lang mehr still gestanden.

„Wenn Sie es nicht tun, werde ich rangehen." Frederick hatte die Zeitung zusammengefaltet und stand mit einem Ruck auf. „Es ist ja nicht zum Aushalten, Sam. Warum in

Gottes Namen haben Sie den Apparat überhaupt angeschafft, wenn Sie ihn gar nicht benutzen?"

„War nicht meine Idee, Mr Greenland." Sam nahm den Zigarrenstumpen aus dem Mund, warf ihn in einen der Aschenbecher und wandte sich murmelnd der Küche zu.

Das nervtötende Krrriing-krrriing verstummte.

Mit einem tiefen Seufzer setzte Frederick sich wieder an den Ecktisch unter dem Butzenscheibenfenster und schüttelte die Zeitung auf.

Hinten in der Küche hörte er Sam mit Geschirr herumhantieren. Es schepperte und krachte. Er fragte sich, was zum Teufel Sam dort trieb; es klang, als malträtiere er ein paar Tellerstapel mit Backsteinen.

Sam hatte die Ärmel aufgekrempelt, als er in den Schankraum zurückkehrte, und wischte sich jetzt mit dem rechten Unterarm über die schweißnasse Stirn. „Ich sage Ihnen was, Mr Greenland. Noch mal lasse ich sie nicht weg. Ich weiß gar nicht, was in mich gefahren ist, dass ich sie überhaupt habe gehen lassen."

Frederick Greenland, der vergeblich versucht hatte, sich auf einen Artikel zu konzentrieren, in dem es um Superintendent Frederick Abberline ging, der vor gut fünf Jahren die Ermittlungen im Fall Jack the Ripper geführt hatte, hörte mit halbem Ohr zu, während er den Satz zu Ende las. Letztes Jahr war Mr Abberline in den Ruhestand getreten – mit nur neunundvierzig Jahren und bei voller Pension. Die Presse hielt es für eine Art Schweigegeld. Er ließ die Zeitung erneut sinken und sah Sam an. „Sie gehen lassen?"

Sam schnaufte. „Lilly. Sie ist doch in dieses Dorf gefahren. Jetzt steh ich hier und muss alles selbst machen."

Frederick nickte. „Lange noch kein Grund, die Küche einzureißen."

Sam sah ihn verständnislos an. Der Zigarrenstumpen verharrte im linken Mundwinkel. „Hä?"

„Es hat sich angehört, als hätten Sie sämtliches Geschirr aus dem Fenster geworfen."

„Ach, das war der Schemel fürs Telefon." Er grunzte missbilligend und kaute weiter auf dem schwarzen Ding zwischen seinen Zähnen herum, das er aus irgendeinem Grunde niemals anzündete. „Bin drüber gestolpert, und die Schüssel mit den Teebechern ..." Er winkte ab. „Ich sage Ihnen, das mache ich nicht mehr lange mit. Mich hier einfach auf der ganzen Arbeit sitzen zu lassen. Macht sich ein ruhiges Leben oben in Loughton, und ich kann sehen, wo ich bleibe."

„Ihre Frau kommt in drei Tagen zurück, Sam. So lange werden Sie es wohl noch durchstehen." Er verspürte beinahe so etwas wie Mitleid mit Sam. Es fehlte nicht mehr viel, und Frederick hätte sich angeboten, den Abwasch zu übernehmen. „Wer war denn dran?"

Sam musste eine Weile überlegen, aber dann ging ihm ein Licht auf. „Was weiß denn ich? Wahrscheinlich falsch verbunden."

„Wahrscheinlich?"

„Muss beim Hinfallen irgendwie an der Schnur hängen geblieben sein." Sam blinzelte so verlegen, als sei ihm ein Schwarm Fliegen in die Augen geraten. „Oder an der Gabel."

Bei nächster Gelegenheit reißt er es aus der Wand und behauptet, es sei irgendwie heruntergefallen. Greenland beugte sich über den Tisch und schlug erneut den Abberline-Artikel auf.

Krrriing! – Krrriing!

„Hängen Sie wenigstens ein Tuch drüber, Sam", murmelte er endgültig resigniert. „Und bringen Sie mir einen Martini, bitte." Damit versank er seufzend in die Lektüre seiner Times.

„Es tut mir aufrichtig leid, Sir." Morton, der scheinbar alterslose Butler Mr Greenlands, hängte sorgfältig den

Hörer ein und kreuzte die Arme hinter dem Rücken. „Es geht niemand an den Apparat."

Sie standen unten in der Halle am Fuß der glänzenden Marmortreppe. Seit einer Viertelstunde schon versuchte Morton eine Verbindung zum Sam's herzustellen, um herauszufinden, ob Greenland sich vielleicht dort aufhielt – leider vergeblich.

„Hat Mr Greenland Ihnen vielleicht gesagt, wohin er sonst noch fahren wollte?", fragte Swanson und steckte die Hände in die Hosentaschen.

„Wie ich Ihnen eingangs bereits erklärte, Chief Inspector, entspricht es durchaus nicht Mr Greenlands Gewohnheiten, sich bei mir abzumelden", ließ Morton mit monotoner Stimme verlauten, wobei er ihn mit hochgezogenen Augenbrauen betrachtete. „Und ich pflege gewiss nicht, ihn neugierig auszufragen."

„Dann hat er Ihnen möglicherweise gesagt, wann er wieder hier sein wird?", fragte Sergeant Phelps freundlich.

Morton nickte. „Er wird zum Supper zurück sein, Sir. Etwa gegen acht Uhr abends."

„Warum haben Sie das nicht gleich gesagt?" Swanson verzog grimmig das Gesicht.

„Mit Verlaub, Sir, Sie haben mich nicht danach gefragt."

Sergeant Phelps schrieb „acht Uhr abends" in seinen aufgeklappten Block und musste sich ein Grinsen verkneifen. Ihm bereitete das Ratespielchen offensichtlichen Spaß.

„Hören Sie, Morton", sagte Swanson, der selbst merkte, wie er die Fassung zu verlieren drohte. Er betonte jedes einzelne Wort, als er sagte: „Es handelt sich hier um eine äußerst dringliche Angelegenheit und nicht um ein verdammtes Affentheater. Wie gesagt, es ist ein sehr unangenehmes Verbrechen verübt worden. Ein Mann namens Wigfield ist tot – ermordet, um genau zu sein. Und er wurde nicht irgendwo, sondern in Mr Greenlands

Geschäft am Strand getötet! Wir wären Ihnen deshalb sehr dankbar, wenn Sie uns bei der Suche nach Ihrem Arbeitgeber tatkräftig unterstützen würden, anstatt sich jedes Detail aus der Nase ziehen zu lassen!" Fast rechnete er damit, den reservierten Butler „Es entspricht durchaus nicht Mr Greenlands Gepflogenheiten, einen Mord in seinem Geschäft zu dulden" sagen zu hören, doch zu seiner Überraschung bemerkte er, wie Morton schlagartig erbleichte und sich mit einer Hand auf das kleine Schränkchen neben der Haustür stützte.

„Großer ... großer Gott ..."

„Tja, aber der hilft hier leider auch nicht viel weiter." Swanson straffte sich. „Richten Sie Mr Greenland bitte aus, er möge sich für uns bereithalten. Wir werden gegen acht Uhr wieder hier sein."

„Selbstverständlich, Sir", sagte Morton. Er schaute Swanson betroffen an und wies auf das Telefon. „Soll ich es nochmals mit dem Public House versuchen?"

Diese neumodischen Telefonapparate hielt Swanson für überflüssigen Luxus, eine Erfindung für verschrobene Reiche, die zu bequem waren, sich aus ihren Sesseln zu erheben und Besuche zu machen. Diese Telefone würden sich ohnehin erst durchsetzen können, wenn sie nicht mehr knackten und knisterten und man seinen Gesprächspartner wenigstens halbwegs verstand. Außerdem gab es einfach noch zu wenige davon. Nicht mal Scotland Yard besaß ein Exemplar. Bis es so weit war, verließ er sich lieber auf das gute alte Telegramm. „Danke." Er schüttelte andeutungsweise den Kopf. Dann sagte er: „Kommen Sie, Phelps; es wartet jede Menge Arbeit auf uns."

Der Butler öffnete ihnen die Tür, und Sie traten auf den Gehsteig hinaus. Am Rinnstein stand noch immer der Wagen. Der Sergeant setzte seinen Bowler auf und stieg als Erster ein.

„Ach, und Morton ..." Donald Swanson stand bereits

mit einem Bein auf dem Trittbrett, als er sich noch einmal umwandte.

„Sir?"

„Nichts für ungut." Er nickte ihm zu und sprang in den wartenden Einspänner, der unverzüglich davonrumpelte.

Morton ging nachdenklich ins Haus zurück und zog die Küchenuhr auf.

Später an diesem Nachmittag stand Donald Swanson in seinem Büro in New Scotland Yard am offenen Fenster hinter seinem Schreibtisch und blickte auf die träge dahinfließende Themse hinaus.

Da hatte jemand ein teures Opernhaus errichtet, das am Ende niemand haben wollte (er persönlich mutmaßte, dass es wegen der Leichenteile war, die man beim Ausschachten des Fundamentes entdeckt hatte), und die Regierung, die wegen der Verschleuderung von Steuergeldern sicherlich schon ihre Felle hatte davonschwimmen sehen, hatte kurzerhand den Umzug aus dem alten Polizeihauptquartier am Scotland Yard in die leer stehende Oper angeordnet. Eine Oper, in der es nun hauptsächlich Mörder und Diebe waren, die sangen – wenn überhaupt.

Seit zwei Jahren versuchte Swanson sich an dieses Büro, diesen Ausblick und an den immer noch vorhandenen, unterschwelligen Geruch von Wandfarbe zu gewöhnen – erfolglose Bemühungen eines hoffnungslosen Romantikers. Er hatte für sein altes, bis unter die Decke mit Aktenordnern vollgestopftes Büro fast so etwas wie Zuneigung empfunden; trotz der gelben Wände, in denen im Winter die Feuchtigkeit genistet hatte wie ein böser Geist. Die gemütliche Enge des guten alten Gebäudes mit seinen schmalen Treppenaufgängen, wo immer irgendetwas auf den Stufen und in den Fluren herumlag, verband er mit Behaglichkeit und – ja, treuer Kameradschaft. Beides vermisste er hier am Embankment schmerzlich.

Die Liebe eines alten Mannes zu vertrauten Dingen, dachte er manchmal. Die Sehnsucht eines alten verpflanzten Baumes nach dem heimischen Garten.

Swanson schüttelte diese Gedanken ab und drehte sich zu Sergeant Phelps um, der soeben hereingekommen war und einen Stoß Papiere auf den Schreibtisch legte.

„Ich weiß jetzt, weshalb er noch rauchte." Phelps rückte einen Stuhl vor den Schreibtisch und nahm mit dem Gesicht zur Lehne darauf Platz.

Der Chief Inspector schloss das Fenster und sperrte das Getümmel am Flussufer, das kehlige Schnarren tonnenschwerer Lastkräne, das von den Schreien und Pfiffen der Vorarbeiter begleitet von Southwark herüberhallte, und die ratternden Fuhrwerke unten auf der Straße ebenso aus wie seine sentimentalen Erinnerungen. Das komplexe Wirrwarr arbeitsamer Misstöne versiegte, und Swanson blickte seinen Sergeant mit ehrlichem Interesse an. Zwar war er noch so in Gedanken gewesen, dass er gar nicht zugehört hatte, von wem Phelps da eigentlich sprach, aber er war immer der Meinung gewesen, dass ein so kleines Laster niemandem schadete. Bei einigen Kollegen war es der Alkohol, wie er sehr wohl wusste, und er selbst rauchte gern mal eine Zigarre, wenn seine Frau nicht in der Nähe war. „Lassen Sie ihm doch das Vergnügen, Phelps. Ist vielleicht sein einziges."

„Es lag an den Räucherhütchen, Sir."

„Räucherhütchen?" Swanson zwirbelte einigermaßen ratlos seine Schnurrbartenden. „Wovon zum Teufel reden Sie?"

„Ich war vorhin unten in der forensischen Abteilung, Sir." Der Sergeant hüstelte. „Sie haben eine ganz beachtliche Anzahl von den Dingern in Wigfields Mundhöhle entdeckt. Und ich wage zu bezweifeln, dass der Tote an ihnen großen Gefallen gefunden hat."

Donald Swanson sah sich gezwungen, nun ebenfalls

Platz zu nehmen. „Sie meinen doch nicht etwa diese kleinen, bunten Weihrauchkegel, die die Spiritisten abbrennen, wenn sie den Geist der zukünftigen Weihnacht beschwören?"

„Ganz recht, Sir", sagte Phelps. „Aber meines Wissens benutzt man diese speziellen Kegel für Räuchermännchen. Pixies und Schäfer aus Holz, Sir. Werden im Dartmoor geschnitzt. Man zündet die Hütchen an und stellt sie hinein, damit es so aussieht, als ob sie Pfeife rauchen."

„Tatsächlich?"

„Hört sich ganz schön meschugge an, was? Warum sollte jemand dem toten Wigfield Räucherhütchen in den Mund stecken? Aber der Mörder hat genau das getan; und es ist zumindest die Antwort auf die Frage, warum die Leiche auch nach Stunden noch rauchte, obwohl das Gold bereits erkaltet war."

„Haben Sie mit Abrahamsen geredet?" Donald Swanson fummelte am Griff der Schreibtischschublade herum und zog sie auf.

„Ich war bei ihm, ehe ich Stedman, Collins und Hunt in ihrem bescheidenen Reich aufsuchte. Konnte der heiligen Dreifaltigkeit schlecht mit leeren Händen unter die Augen treten." Phelps entblößte grinsend die Zähne. „Komischer alter Kerl, wenn Sie mich fragen. Hat lange um den heißen Brei herumgeredet, bis er letztendlich mit den Befunden herausrückte. Wahrscheinlich hielt er mich für einen kompletten Idioten, weil ich nicht wusste, wie ‚rigor mortis' geschrieben wird."

Nach langem Wühlen in der von abgebrochenen Bleistiften, halb beschriebenen Berichtsformularen und Krimskrams schier überquellenden Schublade hatte Swanson endlich die beiden Zigarren gefunden, die er sich für Situationen wie diese aufgehoben hatte. Er hielt Phelps eine hin und sagte: „Sind gut, Phelps. Nehmen Sie eine."

Der Sergeant nahm sie entgegen und drehte sie eine Weile in der Hand, ehe er sie sich zwischen die Zähne schob. Als Swanson ihm Feuer gegeben hatte und beide Zigarren vertraulich qualmten, fuhr der Sergeant fort: „Der Schlag auf den Kopf war nicht so heftig, wie Dr. Abrahamsen zunächst vermutet hatte. Muss ihm aber ganz schön das Gehirn durchgerüttelt haben. Vermutlich war Wigfield eine Zeit lang bewusstlos."

„Das heißt, der oder die Mörder haben ihm eins über den Schädel gezogen und ihn dann auf diesem Stuhl festgebunden." Swanson paffte einen Rauchkringel zur Decke und sah ihm nach. „Warum?"

„Warum, was?"

„Warum sollte sich der Mörder die Mühe machen, ihn zu dem Stuhl zu schleppen? Das Gold, die Weihrauchkegel? Ein bisschen sehr theatralisch, finden Sie nicht, Phelps?" Er zog an der Zigarre und betrachtete das verblassende Rot der Glut.

„Ich hörte mal, dass es nicht ganz einfach sei, jemanden totzuschlagen. Kann aber auch ein Sadist gewesen sein. Schließlich hat man Wigfield das Zeug bei vollem Bewusstsein in den Hals gegossen."

Swanson nickte. „Was ist mit dem stumpfen Gegenstand? Haben unsere Leute schon eine Ahnung, womit er niedergeschlagen worden sein könnte?"

„Soweit ich weiß, nein, Sir. Aber glauben Sie wirklich, dass das wichtig ist? Ich meine, es lagen ja genügend Werkzeuge herum, die sich hervorragend als Waffe geeignet hätten. Die schweren Hämmer beispielsweise. Oder ein kleiner Amboss."

„Wenn der Mörder auf den Werkzeugen Spuren hinterlassen hat, wird Stedman sie finden. Unterschätzen Sie niemals die Möglichkeiten der Wissenschaft, Phelps."

„Ich dachte immer, Sie würden nicht viel auf den ganzen wissenschaftlichen Firlefanz geben, Sir."

„Ganz im Gegenteil." Swanson schüttelte den Kopf. Denn erst auf sein Geheiß hin hatte Sergeant Stedman die in Frage kommenden Werkzeuge allesamt mitgenommen, um sie in seinem Labor im Keller auf verwertbare Spuren zu untersuchen. Der Mann war spurentechnisch ein Genie. Und Swanson wusste das. Auch wenn er Charly Stedman manchmal das Gefühl gab, er hielte nichts von seinen Zaubereien. Ein hilfreicher Trick, denn die Erfahrung hatte ihn gelehrt, dass es gerade die ihnen allgemein von den Beamten des CID entgegenschlagende Skepsis war, die die forensische Abteilung letztlich zu Höchstleistungen anspornte. „Denken Sie an meine Worte, Phelps. Eines Tages werden wir ihm ein Haar vom Tatort geben, und er wird uns sagen, wer es verloren hat."

Der Sergeant starrte auf das Ende seiner Zigarre, hielt ungeschickt ein Blatt Papier darunter und suchte mit nervösen Blicken den Schreibtisch ab. „Sir, hätten Sie wohl ..."

Swanson schob ihm in Ermangelung eines Aschenbechers seine Teetasse hin, und die Asche verfehlte den Rand nur um Millimeter.

In diesem Augenblick wurde die Tür aufgerissen, und ein kleiner, maulwurfsäugiger Mann stürzte asthmatisch keuchend ins Zimmer. Er wedelte aufgeregt mit einem Stückchen Stoff herum.

„Penwood." Swanson warf seine Zigarre in die Tasse und zog seufzend die Stirn in Falten. „Was ist los mit Ihnen, Sergeant? Haben Sie nicht gelernt anzuklopfen?"

„Entschuldigen Sie, Sir. Es ist furchtbar wichtig." Sergeant Penwood schlug die Fersen aneinander. „Das hier haben wir gefunden. Es hing in Wigfields Werkstatt an einem Nagel an der Tür, Sir. Wilson sagt, es gehört einer Frau. Und es ist voller Blut."

„Die Schwestern!", entfuhr es Swanson und Phelps wie aus einem Munde.

Der Chief Inspector gestikulierte mit den Armen. „Na, dann geben Sie mal her, Penwood."

Der Sergeant legte es beinahe ehrfürchtig auf die Schreibunterlage und trat dann einen Schritt zurück. „Was halten Sie davon, Chief? Wenn Sie mich fragen, hat es die Mörderin auf der Flucht verloren, Sir."

„Ich ... weiß nicht recht ..." Phelps räusperte sich und wandte beschämt den Blick ab.

„Auf der Flucht?" Swanson hatte das bemerkenswert knapp geschnittene Stück Damenunterwäsche vor sich auf dem Tisch mit spitzen Fingern glattgestrichen und einer gründlichen Untersuchung unterzogen. Spuren von Blut konnte er allerdings keine entdecken. „Kommen Sie doch mal etwas näher, Sergeant." Und er hielt ihm eine große, runde Lupe hin, die auf einem Stapel unerledigter Post gelegen hatte.

Penwood tastete danach, und als er den Stiel nach mehreren Anläufen endlich fest in der Hand hielt und einen Blick durch das Glas hindurch auf die eingestickten Initialen geworfen hatte, stieß er einen kurzen Schrei des Entsetzens aus und ließ die Lupe auf den Schreibtisch fallen. Den Kopf hochrot, griff er mit seinen kurzen, plumpen Fingern nach dem pikanten Objekt; aber Donald Swanson hatte bereits seine flache Hand daraufgelegt.

„V. P.", murmelte Swanson. „Sind Ihnen geläufig, die Initialen, was, Junge?" Soweit er unterrichtet war, hatte der Sergeant vor zwei Monaten erst geheiratet und seine Frau hieß Victoria. Als Swanson die Hand zurückzog, hatte sich ein väterliches Lächeln in seine Züge geschlichen.

Penwood schnappte hastig nach dem Spitzenhöschen seiner Frau und stopfte es eilig in seine Hosentasche. „Verzeihen Sie, Sir. Aber dieser Wilson, wissen Sie? Er macht sich einen Spaß daraus, laufend meine Brille zu verstecken." Die Lippen des Sergeants bebten. Er sah aus wie ein kleines dickes Kind, das gleich zu weinen anfangen würde.

„Vergessen wir das." Swanson stand auf. „Was haben Sie denn nun wirklich gefunden?"

„Ein Stück von einem Damenkleid", erklärte Penwood. „Wilson meint, dass es sich um den Rocksaum handelt. Aber dafür hing der Nagel zu hoch."

„Und was vermuten Sie?"

„Ich denke, der Stoff stammt eher vom Ärmel des Kleides. Nun, der Nagel steckte in der Werkstatttür. Ungefähr dreieinhalb Fuß hoch." Der Sergeant hielt die rechte Hand auf Höhe seines Kinns waagerecht. „Ich nehme an, eine Frau hat diesen Mord begangen, Chief Inspector. Und als sie in blinder Hast vom Tatort floh, blieb sie mit dem Arm an jenem Nagel hängen. Sie hat einen ganz schönen Kratzer abbekommen, Sir."

„Wie können Sie so sicher sein, dass wir es mit einer Mörder*in* zu tun haben?"

„Das Kleid, Sir", erinnerte Penwood leise und hüstelte.

Swanson nickte, obgleich es ihn nicht sonderlich überzeugte. Er war einmal in den sehr zweifelhaften Genuss gekommen, Mr Oscar Wilde kennenzulernen. Und zur Zeit der Ripper-Morde hatte es sogar Polizisten in Frauenkleidern gegeben. Nach einer Weile sagte er: „Also schön, Penwood, bringen Sie mir Ihr Beweisstück. Es ist immerhin ein Anfang."

„Jawohl, Sir." Der Sergeant eilte zur Tür und hatte sie bereits aufgeklinkt, als Phelps ihn zurückrief.

„Ich dachte, die könnten Sie vielleicht gebrauchen." Er streckte seinem Kollegen grinsend die Lupe entgegen.

Penwood schnaubte verächtlich, verließ das Büro und sprang, vermutlich von Rachegedanken beseelt, die Treppenstufen hinunter.

Frederick Greenland erfuhr von dem entsetzlichen Vorfall, der sich am Morgen in seinem Geschäft ereignet hatte, selbstverständlich als Letzter. Morton empfing ihn mit steinerner Miene unten in der Halle, als er um halb acht die Haustür aufschloss. Sachlich und steif wie ein Gerichtsdiener teilte er Greenland mit: „Man hat Ihren Verwalter Mr Wigfield heute Morgen ermordet aufgefunden, Sir."

„Großer Gott! Ermordet?" Wie betäubt nahm er den Bowler ab und reichte ihn seinem Butler. „Wo?"

„Soweit ich es verstand, in der Werkstatt am Strand, Sir."

Fahrig entledigte Frederick sich des Sommermantels und stieg die Treppe hinauf, um sich an der improvisierten Bar seiner Bibliothek einen Cognac einzuschenken. Der Butler folgte ihm wie ein Schatten. „Was ist passiert? Etwa ein Raubüberfall?"

„Davon erwähnten sie nichts." Morton zog die Mundwinkel herunter. „Sie sprachen lediglich von Mord, Sir."

Mord! Frederick hatte Gordon Wigfield seit vielen Jahren gekannt, wenn auch nicht sehr gut. Ein arbeitsamer, nicht unfreundlicher Mann, der vor zehn, zwölf Jahren sein Teilhaber geworden war, nachdem dessen Vorgänger, Mr Grand, sich für die Wälder Afrikas entschieden hatte. Frederick konnte sich beim besten Willen niemanden vorstellen, der einen Grund gehabt hätte, ausgerechnet Wigfield zu ermorden. Es konnte sich nur um einen Überfall handeln; oder aber Wigfield hatte einen Einbrecher überrascht. „Wer hat Ihnen das gesagt? Das von dem Mord, meine ich."

„Chief Inspector Swanson war am Nachmittag hier", entgegnete Morton steif. Er nahm Frederick die Cognacflasche aus der Hand und goss ein Glas bis zum Rand voll. „Er war etwas ungehalten, weil er Sie nicht antraf."

„Ich war im Sam's und habe vergeblich versucht, eine Zeitung zu lesen", rechtfertigte er sich. Dann ging ihm ein

Licht auf. „Sie haben nicht zufällig versucht ...?" Er hielt sich einen imaginären Hörer ans Ohr.

„Mehrfach, Sir. Es ging niemand an den Apparat."

„Na, großartig." Greenland seufzte und stürzte den Cognac hinunter. „Bin ich verdächtig?"

„Ich glaube nicht, Sir. Mr Swanson deutete jedoch an, dass es besser für Sie wäre, wenn er Sie bei seinem nächsten Besuch hier im Haus anträfe."

„Hat er gesagt, wann er wiederkommen wollte?"

Mortons strenger Blick fiel auf die Standuhr. „Gegen acht, Sir."

„Und was ist mit Onkel Henry? Weiß er Bescheid?"

„O ja, Sir." Die Flasche wurde von geübter Hand zugeschraubt und sicher in das verglaste Mahagonischränkchen geschlossen. „Er und Colonel Hillerman warten oben im Salon auf Sie."

„Scheußliche Sache, so was, nicht wahr, Greenland?" Colonel Hillerman saß in einem Sessel an der geöffneten Balkontür, sein Monokel im Auge und ein Fotoalbum auf dem Schoß. „Habe mir den Knaben mal angesehen. Macht gar nicht den Eindruck, als könnte ihm einer was gewollt haben, wie? Sieht vollkommen harmlos aus. Ist sicher nicht im Krieg gewesen."

„Guten Abend, Colonel. Ich dachte, mein Onkel sei hier bei Ihnen." Frederick ließ die Salontür ins Schloss fallen. Dann nahm er neben Hillerman Platz, der das Album zuklappte und es neben sich auf den Teewagen legte.

„Hat was von Port gesagt, den er im Keller hätte." Der Colonel lachte, setzte sich auf, beugte sich vor. „Nun, ein Schluck auf den Schrecken kann wohl nic[illegible] schaden. Hat man Ihnen das Geschäft denn [illegible] leergeräumt?"

Frederick schüttelte den Kopf. W[illegible]

Menschen gab, der die Neugier erfunden hatte, dann war es sicherlich Hillerman gewesen. „Ich bin eben erst nach Hause gekommen, Colonel. Ich weiß gar nichts."

„Na, dann müssen Sie sich aber darum kümmern, mein Lieber. Sonst lastet man Ihnen das noch an. Als Magda, unser gutes Seelchen, mir davon erzählte, da bin ich selbstredend sofort herübergekommen. Sie muss es anscheinend von Ihrem Butler erfahren haben." Er zwirbelte geschickt die grauen Enden seines Schnurrbartes. „Diskretes Hauspersonal ist ja heute sehr schwer zu bekommen."

Und Frederick nickte duldsam.

Im ersten Stock des Hauses 49 Gordon Square brannten die Lichter, und die Abendluft war angenehm warm, als Swanson und Phelps um kurz nach acht Uhr endlich ihrem schaukelnden Hansom entstiegen.

Chief Inspector Donald Swanson blieb am Rinnstein stehen und blickte nach oben. Die Tür zu dem kleinen Balkon über dem Eingang stand offen. Er sah wehende Gardinen, und er konnte die Stimmen mehrerer Männer hören. Man schien sich angeregt zu unterhalten.

Ein Gefühl von Wehmut überkam ihn ganz plötzlich. Er spürte wieder jene tiefe Verbundenheit mit diesem Haus und seinen Bewohnern, wie er sie schon einmal empfunden hatte. An einem ganz ähnlichen Abend wie diesem. Damals hatten sie gemeinsam am Fall Jack the Ripper gearbeitet und das Leben eines ungeborenen Kindes und das seiner Mutter gerettet. Fünf Jahre waren seitdem bereits vergangen. Jahre, in denen so vieles sich verändert hatte.

Phelps trat neben ihn. Er sah ihn an und fragte: „Stimmt etwas nicht, Sir? Wollen wir nicht reingehen?"

„Doch, doch. Läuten Sie nur."

Dies ist der Ort, an dem die Zeit ihre Macht verliert, dachte Swanson, als Phelps und er in den Salon geführt und von Morton wie zwei Staatsbesucher angekündigt wurden. Er konnte sich nicht helfen, aber Frederick Greenland mit seinen wirren blonden Locken und den ehrlichen blauen Augen (die Mrs Swanson einmal mit Aquamarinen verglichen hatte) erinnerte den Inspector nach wie vor an einen Lausejungen – obgleich dieser hier die Vierzig mittlerweile überschritten haben musste. Auch der alte Henry hatte sich in all den Jahren kein Stück verändert; das freundliche runde Gesicht mit den Lachfältchen und noch immer derselbe volle Haarschopf; bloß der graue Backenbart schien eine Spur weißer geworden zu sein.

Swanson begrüßte sie und stellte seinen Sergeant vor.

„Barbier und Tod bangen niemals ums Brot, habe ich recht?", rief der Colonel fröhlich, als die Reihe an ihm war. Sein Bauch hüpfte, und er grinste über das ganze Gesicht. Er hob sein Portweinglas und sagte: „Sie sind doch vom Yard, was? Mein Name ist übrigens Hillerman. Arthur Hillerman, Colonel a. D. Wo haben Sie gedient?"

„Ich bin der Meinung, wir Schotten dienen noch immer, Colonel Hillerman", sagte Donald Swanson verbindlich lächelnd. Er warf einen prüfenden Blick auf Phelps, der sogleich den Notizblock zückte. Dann wandte er sich an Frederick: „Ich nehme an, man hat Ihnen gesagt, was passiert ist."

„Ja." Sie setzten sich. „Ich kann es noch gar nicht fassen, Chief Inspector. Nun ja, es gab über die Jahre ein paar kleinere Diebstähle; so etwas lässt sich wohl nie ganz vermeiden ... Aber dass es jetzt ausgerechnet den guten Wigfield treffen musste. Ich kann mich nicht erinnern, dass wir vorher jemals einen Einbruch hatten."

„Soweit wir feststellen konnten, wurde auch nicht eingebrochen. Niemand hat ein Fenster zerschlagen oder das Türschloss beschädigt; es war geöffnet, aber es war intakt." Swanson verschränkte die Arme vor der Brust.

Hillerman schob sich auf die Sesselkante vor. „Wie hat man ihn denn um die Ecke gebracht? Wurde er erschossen, oder was?"

„Nein, Sir." Und Swanson schilderte in knappen Worten die Umstände von Gordon Wigfields Tod bis hin zur Entdeckung der Leiche durch seinen Mitarbeiter Mr Archibald Horne.

„Du lieber Himmel! Das ist ja abscheulich." Der Colonel hatte ganz offensichtlich genug gehört. Er drückte sich in die Sesselpolster, beide Hände abwehrend erhoben. „Also, zu meiner Zeit hat es so etwas nicht gegeben."

„Die Zeiten ändern sich, Sir", bemerkte Swanson lakonisch in Hillermans Richtung. Dann fragte er: „Wie gut kannten Sie den Verstorbenen, Mr Greenland? War er ein Freund von Ihnen?"

Frederick zog die Schultern hoch und schüttelte den Kopf. „Nein, ein Freund war er nicht. Er hatte die Aufsicht über das Geschäft, und von den wenigen Malen, die er mich aufsuchte, abgesehen, hatten wir eigentlich nichts miteinander zu tun. Allerdings machte er auf mich immer den Eindruck eines rechtschaffenen, fleißigen Mannes."

„War er verheiratet? Hatte er Familie? Brüder und Schwestern? Feinde! Das sind die Dinge, die mich interessieren."

„Über sein Privatleben weiß ich leider herzlich wenig Bescheid, aber ich könnte Ihnen seine Adresse geben, wenn Ihnen das weiterhilft."

„Die haben wir schon, vielen Dank. Erinnern Sie sich vielleicht noch an den Tag, an dem Sie ihn das letzte Mal sahen?"

Er musste eine Weile überlegen. Etwas hilflos blickte er zu seinem Onkel hinüber. Doch der rührte sich nicht. Seine Pfeife paffend, saß er schweigend neben Phelps, der nach einer leeren Seite in seinem Notizblock suchte. „Das muss eine Ewigkeit her sein", sagte Greenland schließlich. „Beinahe ein Jahr."

„Demnach gehörte es nicht zu Mr Wigfields Pflichten, Ihnen in regelmäßigen Abständen die Firmenbücher vorzulegen?" Schwer vorstellbar, dachte Swanson und schob zweifelnd die Unterlippe vor. „Nun, ich bin zwar kein Kaufmann, Mr Greenland, und ich mag mich irren, aber das erscheint mir doch ziemlich ungewöhnlich."

„Warten Sie mal, Chief Inspector! Denken Sie etwa, ich hätte mit dieser Sache irgendetwas zu schaffen?"

„Nun regen Sie sich bitte nicht gleich auf, Mr Greenland. Unter den gegebenen Umständen bin ich verpflichtet, Ihnen ein paar Fragen zu stellen." Er wusste, dass Greenland ihn nicht absichtlich in die Irre führen wollte, und bemühte sich um ein kleines entgegenkommendes Lächeln. „Ich nehme an, es liegt ebenso in Ihrem wie in unserem Interesse, dass der Mörder gefasst wird. Also?"

„Es ist durchaus nichts Ungewöhnliches daran", sagte Greenland. „Es ist nur so, dass ich aus persönlichen Gründen vor langer Zeit beschlossen habe, mich nicht mehr aktiv am Geschäftsleben zu beteiligen. Daher verkaufte ich damals ein Drittel der Anteile am ursprünglichen Betrieb an einen zahlungskräftigen Gentleman aus London, der mir durch meinen Anwalt Mr Wessley empfohlen worden war."

„Dieser Mann war Mr Grand, nicht wahr?" Swansons Augenbrauen rückten ein Stück näher zusammen. „Ist er gestorben?"

„Soweit ich weiß, lebt er noch. Ging vor gut zehn Jahren als Missionar in den Busch. Er war sehr lange mein Teilhaber. Als er ging, haben wir seinen Namen im Firmenschild belassen und den von Wigfield einfach hinzugefügt. Und was die Bücher angeht, so kümmert sich Mr Wessleys Kanzlei darum. Auf diese Weise erspare ich mir jede Menge Ärger und kann hier in Ruhe und Frieden von dem leben, was mein Geschäftsanteil abwirft."

„Jetzt werden Sie sich umsehen müssen, Greenland", polterte Hillerman dazwischen. „Ohne einen tüchtigen Verwalter stehen Sie schön auf dem Schlauch, was?"

„Ich werde das Ladenlokal vorübergehend schließen", sagte Frederick.

„Das halte ich für eine sehr gute Idee. Vorerst dürfen Sie sowieso nicht ohne die Begleitung eines unserer Beamten hinein." Swanson gab Phelps ein Zeichen, und beide erhoben sich von ihren Plätzen. Hillerman stand automatisch mit auf.

Frederick Greenland begleitete die beiden Beamten zur Tür. „Werden Sie mich auf dem Laufenden halten?"

Swanson nickte und reichte ihm die Hand. „Wir melden uns, sobald wir etwas mehr wissen." Er blieb an der offenen Tür stehen. „Eines noch, Mr Greenland. Was halten Sie persönlich von Mr Horne? Kann er Ihrer Meinung nach einen Groll gegen Wigfield gehegt haben?"

„Ihn kenne ich leider nur dem Namen nach", gestand er. „Wir sind uns bislang noch nicht begegnet. Denken Sie, *er* hat ...?"

Swanson deutete ein Schulterzucken an. „Sehen Sie, wir haben den jungen Mann bezüglich der Schmuckwaren eingehend befragt. Etwas sehr Erstaunliches ist dabei herausgekommen. Etwas, das meine Vermutung im Hinblick auf das Tatmotiv zu bestätigen scheint."

Fragend schaute Frederick erst ihn und dann den Sergeant an. „Um was handelt es sich?"

„Es ist der Schmuck, Mr Greenland", sagte Swanson. „Es fehlt nichts – nicht ein einziges Stück."

Das war einigermaßen verblüffend. „Es wurde nichts gestohlen? Sind Sie da sicher?"

„Wenn Mr Horne die Wahrheit sagt, ja. Allerdings

möchte ich Sie bitten, das noch einmal zu überprüfen. Gibt es irgendwelche Aufzeichnungen darüber, welche Schmuckstücke am Lager waren?"

„Die Inventurlisten", sagte Frederick. „Und die Bücher natürlich."

„Wo werden sie gewöhnlich aufbewahrt? Hier bei Ihnen?"

„Nein, nein. Wie ich bereits sagte, halte ich mir die Arbeit weitgehend vom Hals. Sie sind in Wigfields Büro, nehme ich an."

Swanson nickte und zupfte an seinen Manschetten. „Dann treffen wir uns am besten gleich morgen früh unten am Strand. Sagen wir neun Uhr. Besaß außer Ihnen und Mr Wigfield eigentlich noch jemand die Schlüssel zum Geschäft?"

„Ich glaube nicht. Wieso fragen Sie?"

„Ganz einfach. Da nicht eingebrochen wurde, gab es für den Täter allem Anschein nach nur zwei Möglichkeiten, in die Werkstatt zu gelangen. Entweder hat Wigfield ihn gekannt und ihn selbst hereingelassen, oder aber sein Mörder besaß einen eigenen Schlüssel."

Archibald Horne duckte sich hinter einen der beiden Postkästen im oberen Teil der Bolton Street und spähte zur gegenüberliegenden Häuserreihe hinüber.

Den halben Tag war er ihr gefolgt. Sie hatte versucht, ihn abzuschütteln, aber unten am Fluss hatte er sie wieder eingeholt. Der Rest war ein Kinderspiel gewesen, obwohl sie ständig die Richtung geändert hatte. Archibald war ihr in gebührendem Abstand gefolgt. Zunächst kreuz und quer durch Westminster und von dort bis nach Belgravia, wo sie erneut eine andere Richtung eingeschlagen und Archibald schließlich durch den Green Park bis zur Bolton Street geführt hatte. Vorbei an gelangweilten Streifenpolizisten und herumstehenden Passanten. Eine kleine fruchtlose Odyssee, deren Ende nun abzusehen war.

Sie war zügig gegangen, hatte es aber vermieden, in einen regelrechten Laufschritt zu verfallen. Jetzt wurden ihre Schritte langsamer und kleiner. An Nummer neun ging sie vorüber. Hastig schaute sie sich um, und am schmiedeeisernen Zaun von Nummer sieben blieb sie schließlich stehen und hakte den Riegel des Törchens auf.

Archibald, der ganz sichergehen wollte, dass die Fremde mit dem roten Hut ihn nicht doch an der Nase herumführte, wartete, bis sie die Haustür aufgeschlossen hatte und eingetreten war. Dann ließ er sich müde auf den Boden sinken und rieb sich die Knöchel.

Hatte sie Wigfield tatsächlich getötet? Einiges sprach dafür. Warum hätte sie sonst davonlaufen sollen, als er sie auf die Verletzung angesprochen hatte? Und dass sie von dem Verbrechen wusste, stand für den jungen Goldschmied außer Frage. Was ihn viel mehr beschäftigte, waren die Dinge, die einfach nicht zusammenzupassen schienen. Er bezweifelte stark, dass eine Frau überhaupt dazu imstande war, einen Mann von Wigfields kräftiger Statur zu überwältigen. Und selbst wenn es ihr durch irgendeine hinterhältige List tatsächlich gelungen wäre, was hätte sie bloß dazu bewogen, dabei dermaßen auffällige Kleider zu tragen? Außerdem musste Wigfield schon vor acht Uhr morgens tot gewesen sein, da die alte Miss Rose um diese Zeit den Laden betreten und niemanden dort angetroffen hatte. Die Dame mit dem roten Hut hingegen war erst kurz vor halb neun mit Archibald zusammengestoßen. Dazwischen lagen wenigstens zwanzig Minuten.

Aus dem Augenwinkel bemerkte Archibald, wie im zweiten Stock die Lichter angezündet wurden. Er blickte zu den hohen Fenstern hinauf und sah ihre Silhouette hinter den schweren Gardinen. Sie zog die Vorhänge zu.

Er stand auf und fingerte seine Uhr aus der Tasche. Es war fast dunkel, und er musste seine Augen schon sehr anstrengen, um das Zifferblatt zu erkennen. Beinahe neun Uhr. Eigentlich Zeit, Cathy die schlechten Nachrichten zu überbringen.

Ohne sich nochmals umzusehen, ging er in Richtung Piccadilly davon.

Ein geschlossener Zweispänner fuhr an ihm vorbei und bog in die Bolton Street ein, als Archibald drei Minuten später bei Green Park Corner in eine Droschke stieg.

KAPITEL 3

Frederick Greenland war für gewöhnlich alles andere als ein Frühaufsteher, jedoch immerhin ein Mann, der Zuverlässigkeit nicht für eine veraltete Tugend hielt. Daher ließ er sich am folgenden Morgen wie vereinbart hinunter zum Strand bringen. Es war Punkt neun Uhr, als er dem Wagen entstieg – eine unchristliche Zeit für einen Gentleman im Ruhestand.

Ein einzelner Streifenpolizist blockierte den Eingang, den Riemen seines Helmes unter dem Kinn, einen Schlagstock in der rechten Hand und den Blick starr geradeaus auf den sich zäh vorüberschiebenden Straßenverkehr gerichtet.

„Guten Morgen, Constable." Frederick berührte mit zwei Fingern die Krempe seines Bowlers. „Ich bin mit Chief Inspector Swanson verabredet. Wenn Sie mich bitte durchlassen würden."

„Tut mir leid, Sir. Habe Anweisung, niemanden mehr einzulassen." Er blähte seinen Brustkorb auf und verschränkte die Arme. „Bitte gehen Sie weiter."

Frederick kam sich vor wie irgendein Schaulustiger, den es abzuwimmeln galt. „Mein Name ist Greenland." Er deutete mit dem Zeigefinger zum Firmenschild hinauf. „Mir gehört dieses Geschäft."

Der Polizist beäugte ihn auf sonderbare Weise. Den gleichen Ausdruck hatte Frederick schon einmal auf dem Gesicht eines Mannes gesehen. Aber es gab einen Unterschied. Damals war er in Dr. Oppenshaws Laboratorium im London Hospital gewesen, und der große Pathologe hatte das besonders ekelhafte Präparat einer weiblichen Niere betrachtet.

„Also?" Frederick wartete.

„Einen Moment, Sir. Wenn Sie einer von diesen verfluchten Presselümmeln sind, können Sie was erleben. Die

Tour versucht beinahe jeder von euch Leuten." Und der Polizist verschwand im Verkaufsraum. Als er zurückkam, war ein weiterer Mann in Zivil bei ihm.

„Da müssen Sie schon ein wenig erfinderischer sein", knurrte der Neuankömmling. „Denn Mr Greenland ist bereits seit anderthalb Stunden hier. Und nun sehen Sie zu, dass Sie Land gewinnen, Mister!"

Frederick, der für eine Sekunde seine Fassung zu verlieren drohte, fand sie augenblicklich wieder. Das ganze Theater war ihm einfach zu lächerlich. Sollten sie ihn doch verhaften, verdammt noch mal! Und mit einer einzigen Armbewegung schob er beide Beamte zur Seite und trat ein. Er teilte den Vorhang, der zu den ehemals so vertrauten Werkstätten führte.

Vor ihm war Stille, hinter ihm erklangen die aufgeregt schnatternden Stimmen der beiden Polizisten.

Frederick konnte sich nicht erinnern, wann er diese Räume zuletzt betreten hatte – es mochte Jahrzehnte her sein. Nach dem Tod seines Ziehvaters vor mehr als zwanzig Jahren hatte er die Goldschmiede noch genau drei Jahre lang weitergeführt und dann resigniert aufgegeben. Als Großvater Sven, wie er ihn genannt hatte, im Juli 1869 friedlich im Schlaf gestorben war, da hatte er Frederick sowohl das große Haus in Bloomsbury als auch das Juweliergeschäft in der City hinterlassen. Doch nichts davon hatte es vermocht, den großen Verlust wettzumachen. Nichts ersetzt einen geliebten Menschen. Es bleibt immer eine ungeheure Leere zurück; all die Erinnerungen, die man mit den banalsten Gegenständen verbindet. Und das Wissen darum, dass der, der sie tagtäglich in Gebrauch hatte, nicht wiederkehren wird, um sie noch einmal zu benutzen, hat etwas schrecklich Destruktives. Stichel und Gravierkugel, die vergebens auf die vertrauten Hände warten, und das Klopfen der Ziselierhämmer, das jetzt so fremdartig und seltsam falsch klingt wie ein verstimmtes Instrument, tragen nicht unbedingt dazu bei, die Endgültigkeit dieser Leere zu verdrängen. Es war ihm, als sei das Vergnügen an seiner eigenen Arbeit damals mit Großvater Sven gestorben.

Er schrak zusammen, als sich plötzlich eine kräftige Hand auf seine Schulter legte.

„Bleiben Sie hier, verdammt!“ Es war der Mann in Zivil, dessen kunstvoll gebürsteter Vollbart ganz den Anschein machte, als sei er lediglich gezüchtet worden, um von den geölten, glatten Strähnen des sich merklich lichtenden Haupthaars abzulenken. „Sie dürfen da nicht rein, habe ich gesagt!“

„Ach nein?“ Frederick schüttelte die Hand des Mannes ab und wandte sich zu ihm um. „Was wollen Sie denn dagegen machen? Mich festnehmen?“

Der Polizist zeigte sich unnachgiebig: „Wenn es sein muss, auch das, Mister!“

Frederick warf entnervt die Rockschöße seines Savile-Row-Mantels zur Seite. Dann langte er nach der Brieftasche und ließ den Verschluss aufschnappen. „Hier ist meine Karte.“ Er drückte sie dem Beamten absichtlich grob in die Hand. „Und unterstellen Sie mir bitte nicht, ich hätte sie gefälscht.“

Der Polizist sah Frederick so verblüfft an, als habe ihm dieser eben einen gelungenen Zaubertrick gezeigt und fürchte nun, das goldgerahmte Kärtchen könne sich jeden Moment in Luft auflösen. Noch immer nicht gänzlich überzeugt, murmelte er schließlich: „Ich möchte wissen, was hier gespielt wird.“

„Das möchte ich auch.“ Frederick hob fragend die Augenbrauen. „Mister ...“

„Fyfe. *Sergeant* Fyfe“, fügte er sichtlich pikiert hinzu. „Während Chief Inspector Swansons Abwesenheit trage ich die Verantwortung.“

„Und? Wo ist er, Ihr Chief Inspector?"

„Heute Morgen in einer dringenden Angelegenheit abberufen worden." Fyfe schien der Gesprächsverlauf nicht zuzusagen. Sein Gesichtsausdruck verfinsterte sich. „Hören Sie, hier stelle *ich* die Fragen! Wenn Sie tatsächlich der Firmeninhaber sind, wer zum Teufel ist dann dieser andere Bursche?"

„Brian Springer, von der Sun." Der Mann war bartlos und glatt wie ein Aal. Die schlanke Hand, die er Frederick im Halbdunkel des Büros hinhielt, war die eines Künstlers. Sergeant Fyfe ignorierte er. „Tut mir verdammt leid, Mr Greenland. Konnt's mir einfach nicht verkneifen. Wo ich eine Geschichte wittere, da ist mir fast jedes Mittel recht. Sind harte Zeiten. Auch für uns von der Presse. Konkurrenz schläft nicht und so weiter." Er entblößte eine Reihe strahlend weißer Zähne. Für einen Mann seines Berufsstandes sah er sehr gepflegt aus, fand Frederick.

„Ihre Aufzeichnungen sind beschlagnahmt", schnaubte der Sergeant. „Damit Ihnen das klar ist."

Unter dem Tisch tauchte plötzlich ein blonder Lockenkopf auf. Der Kleine grapschte nach Springers Notizen und zerknüllte sie in seinen winzigen Fäustchen.

„Gib das her, Keith." Springer verdrehte die Augen, tauchte unter den Tisch und gab dem Kind eine schallende Ohrfeige. „Sei ein lieber Junge."

Frederick war schockiert.

„Mein australischer Neffe", erklärte der Mann von der Sun mit einem entschuldigenden Lächeln. „Respekt geht ihm völlig ab, aber merken Sie sich den Namen Murdoch; wird es Down Under noch weit bringen, der freche Kerl. Hat nämlich ein Auge für skandalträchtige Geschichten. Liebt es, die Türen aufzureißen, wenn es der Chef mit der Sekretärin auf der Damentoilette treibt." Keith hatte das Papier unterdessen fallen lassen und hockte nun schmollend am Boden. Er vergoss nicht eine Träne. Und Frederick hatte den sicheren Eindruck, als hecke der kleine Keith Murdoch dort unten bereits Rachepläne aus.

Frederick überlegte, woher Springer wohl seine Informationen hatte. An undichte Stellen bei der Metropolitan Police mochte er nicht glauben, und daher fragte er sich für einen sehr kurzen Moment, ob nicht vielleicht Hillerman, die Klatschbase, geredet hatte. Doch konnte Frederick sich beim besten Willen nicht vorstellen, dass ein Mann seines Standes freundschaftliche Beziehungen zur Regenbogenpresse unterhielt – auch wenn der Colonel die Times allein der Kummerspalten wegen abonnierte. „Eines würde mich interessieren, Mr Springer", sagte er. „Woher wussten Sie überhaupt von der Verabredung heute Morgen?"

Der Reporter breitete die Arme aus. „Berufsgeheimnis." Und er blickte zu ihm auf wie ein kleiner Hund, als er sagte: „Bitte nehmen Sie's mir nicht übel, Mr Greenland, wenn ich meine Quellen für mich behalte."

„Nehmen *Sie* jetzt das Kind da mit und verschwinden Sie", befahl Fyfe, der der Unterredung allmählich überdrüssig wurde. „Bevor ich Sie wegen Behinderung von polizeilichen Ermittlungen in Gewahrsam nehme."

„Sieht mir eher danach aus, als habe Mr Springer der Polizei und mir im Gegenteil eine Menge Arbeit erspart", meinte Frederick mit einem prüfenden Blick auf die Firmenbücher. „Da können Sie doch mal fünfe gerade sein lassen, nicht wahr, Sergeant Fyfe?"

Der Beamte knirschte mit den Zähnen. „Also schön. Was haben Sie herausgefunden?"

„Eigentlich nur, dass der Täter ein Trottel sein muss", erwiderte Springer. Er hob ein paar Papierbögen hoch und ließ sie seufzend wieder auf den Tisch segeln. „Oder ein Irrer. Denn alles, was er mitgehen ließ, war eine hufeisenförmige goldene Anstecknadel im Wert von zwei Pfund und anderthalb Shilling."

Der Mann war seit mindestens einer Woche tot, so viel war schon dem Telegramm aus Lewes zu entnehmen gewesen. Zwei junge Männer hatten ihn in der Nacht zuvor gefunden. Was sie allerdings dazu bewogen hatte, das Haus eines Juweliers zu solch vorgerückter Stunde zu erkunden, war etwas, das man später würde klären müssen.

Swanson und Phelps hatten den ersten Zug nach Lewes genommen. Ein grimmiger Polizist und ein altersschwacher Einspänner der East Sussex Police hatte sie dort am Bahnhof erwartet. Um halb zehn überquerten sie eine Brücke, und der Wagen hielt an.

Das kleine Haus in der Cliffe High Street befand sich im tiefer gelegenen Ostteil der Stadt, dem Eingang zur Bear Lane gegenüber, direkt an der Ouse. Die Fenster der Seitenfassade blickten auf den Fluss hinunter, der in diesem Sommer kaum Wasser führte und ein wenig kümmerlich gen Süden rann. „A. A. Richardson, Uhrmacher und Juwelier", stand in geschwungenen goldenen Lettern auf dem schwarz lackierten Schild, das über dem Eingang träge im Wind schaukelte.

Swanson gab sich dem an der Tür Wache schiebenden Constable als Scotland-Yard-Beamter zu erkennen und wurde eingelassen. Der Verkaufsraum des Geschäftes mit seinen Vitrinen war winzig und dunkel. Zwei Polizisten in Uniform grüßten steif. Sie wiesen ihm und Peter Phelps den Weg die zwei Stufen hinauf in die Werkstatt. Vereinzelt surrten noch ein paar aufgescheuchte Fliegen umher, als Swanson – vorsorglich ein Taschentuch auf Mund und Nase gepresst und seinen Sergeant im Schlepptau – am Tatort eintraf. Er begrüßte die drei anwesenden Kollegen mit einem Kopfnicken. Mit Erleichterung nahm er zur Kenntnis, dass sich der Tote noch *in situ* befand. Nichts war schlimmer als ein voreiliger Coroner, der eine Leiche für sich beanspruchte.

Der Leichnam selbst saß vornübergebeugt auf einem dreibeinigen Schemel vor einem wuchtigen, schwarzen Eisengestell, das über ein horizontales Schwungrad verfügte. Dieses war offensichtlich gut geschmiert und dazu da, eine Art mächtigen Stempel zu bedienen. Eine Spindelpresse. Vom Kopf des Toten war nicht allzu viel übrig; nur mehr eine zerdrückte Masse aus Knochensplittern und Blut. Der Stempel war von oben gekommen und hatte ganze Arbeit geleistet.

„Guten Morgen, Gentlemen", sagte Swanson. Er nahm das Taschentuch herunter und steckte es ein. „Ich bin Chief Inspector Donald Swanson, Scotland Yard. Und das ist mein Sergeant, Peter Phelps." Mit dem Daumen deutete er hinter sich. „Man hat unsere Hilfe angefordert. Also, was können Sie mir über den Toten sagen?"

Phelps zückte automatisch seinen Notizblock.

Einer der drei Männer trat vor. Lächelnd streckte er Swanson eine fleischige Hand entgegen. „George Benetinckt Luxford, der zuständige Chief Constable. Einige von unseren Leuten fühlen sich mächtig auf den Schlips getreten durch Ihre Anwesenheit hier. Aber machen Sie sich da bloß nichts draus. Die Dinger sind sowieso vollkommen aus der Mode."

Swanson war nicht zu Scherzen aufgelegt, wenngleich er die Offenheit des Mannes zu schätzen wusste. „Nun, Chief Constable Luxford, was wissen Sie über A-Punkt-A-Punkt Richardson?"

„Nun ja, er ist tot." Luxford hob beide Hände, um einer Antwort Swansons zuvorzukommen. „Aber das hier ist merkwürdig." Er deutete auf fünf kleine Aschehäufchen. Sie waren auf der hölzernen Arbeitsplatte rings um den zerdrückten Schädel angeordnet. „Was halten Sie davon?"

Sergeant Phelps langte danach, zerrieb ein wenig Asche

zwischen den Fingern und führte sie zur Nase. „Weihrauch", sagte er schließlich.

Swanson nickte. „Was wissen Sie über das Opfer?"

Luxfords Blick wanderte zur wurmstichigen Holzdecke hinauf, so als verbargen sich alle Antworten dort. „Anthony Albert Richardson führte sein Geschäft allein, seit vierzehn Jahren. Soweit wir wissen, stammte er aus Torquay. Im Juli 1879 kam er dann nach Lewes und kaufte dieses Haus."

Swansons Gedanken schweiften ab. „Ich frage mich, wie Mr Richardsons Tod eine Woche lang unbemerkt bleiben konnte."

„Oh, es hing ein Schild in der Tür", erklärte Luxford. „Daher schöpfte niemand Verdacht."

„Was für ein Schild?"

„Wegen Krankheit geschlossen."

„Sind Sie ganz sicher, dass Mr Richardson es geschrieben hat?"

„Äußerst makaber andernfalls", gab der Chief Constable mit einem Räuspern zu bedenken. „Aber wir finden es heraus."

Swanson nickte zufrieden. „Gab es denn niemanden, der nach ihm sah? Eine Zugehfrau vielleicht?"

Kopfschütteln.

„Und was ist mit seinen Bekannten?", wollte Phelps wissen. „Er muss doch in all den Jahren Freundschaften im Ort geschlossen haben."

Abermals schüttelte Luxford den Kopf. „Ließ niemanden näher an sich heran, der komische Kerl. Nicht mal seine Kunden wurden schlau aus ihm."

„Also schön", meinte Swanson, der eine Sackgasse auf Anhieb erkannte und kein Freund von Zeitverschwendung war. „Diese beiden Kerle, die den Leichnam gestern fanden, was hat es mit ihnen auf sich? Einbrecher, nehme ich an."

„Milsom und Fowler? Der Gerechtigkeit halber muss ich sagen, dass noch nicht sicher feststeht, ob sie überhaupt Einbrecher sind." Luxford lehnte sich leichtfertig mit der linken Schulter an das Gestell der Spindelpresse; als sein Jackensaum jedoch in die eingetrocknete Hirnmasse stippte, trat er augenblicklich einen Schritt zurück. „Immerhin benachrichtigten sie die Polizei."

„Sie kamen aus freien Stücken?" Swanson war erstaunt. „Und es wurde nichts gestohlen?"

„Was Ihre erste Frage betrifft, Chief Inspector – ja, sie kamen aus freien Stücken. Liefen um halb drei einem unserer Constables in die Arme." Luxford blies seufzend die Wangen auf. „Allerdings ließ sich in der Kürze der Zeit nicht feststellen, ob irgendwelcher Schmuck fehlt."

Swanson rieb sich die Stirn. Er musste an einem Punkt weitermachen, der ihn vielleicht ein Stückchen voranbringen würde. „Ich denke, das reicht fürs Erste. Von mir aus können Sie den Toten ins Leichenschauhaus bringen. Und wenn Sie nichts dagegen haben, würde ich jetzt gern ein paar Worte mit den Gentlemen Milsom und Fowler wechseln, Chief Constable."

Luxford nickte. Dann schnippte er mit den Fingern und gab einem der beiden schweigenden Männer zu seiner Linken ein Zeichen. „Cole."

„Ja, Sir?"

„Sie haben's gehört. Bringen Sie unsere Gäste aus London zur Wache."

„Jawohl, Mr Luxford, Sir." Constable Cole strahlte vor Glück, als er vortrat. „Und auf dem Weg dorthin werde ich Ihnen die Stadt zeigen."

Und Cole ließ es sich nicht nehmen, den beiden Männern vom Yard einen Schnellkurs in Stadtgeschichte zu geben. Sie hatten das Haus des toten Juweliers kaum verlassen, da begann Cole auch schon zu dozieren; über die Cliffe Bridge, auf der der heilige St. Richard von

Chichester, der Schutzpatron der Fuhrleute, angeblich einmal gestanden hatte, über das Rathaus, das einst eine der verrufensten Kneipen gewesen war, und über die prächtigen Schiffe, die in den Werften am Fluss gebaut worden waren.

„Kommen Sie, Gentlemen." Cole winkte sie weiter, den steilen School Hill hinauf. „Hier ganz in der Nähe wohnte übrigens Dr. Gideon Mantell, der eminente Geologe." Constable Cole machte eine vage Handbewegung, die den ganzen Südwesten mit einschloss. „Er glaubte, irgend so ein Urtier gefunden zu haben, das er auf den Namen ‚Iguanodon' taufte." Cole lachte verhalten. „Was für ein Blödsinn. Er hätte wissen müssen, dass es eine Fälschung war; ich bitte Sie, welches Tier besteht schon aus Stein?"

Sie eilten an den dorischen Säulen der Law Courts vorüber, bogen nach rechts in eine kleine, mächtig ansteigende Gasse ein und stiegen zum Castle Hill hinauf. Mittlerweile hatten sie das Schloss passiert und den saftigen Rasen des Castle Green überquert. Vor ihnen erstreckte sich eine schier endlose, kopfsteingepflasterte Straße.

„Die New Road", erklärte Cole eben. „Und das dort hinten ist ..."

„Das Ende der Reise", stoppte ihn Swanson, der vor den Constable getreten war und ihm nun sehr entschieden den rechten Zeigefinger ins Brustbein bohrte.

„Aber ich dachte ..." Cole zog enttäuscht die Unterlippe ein und die Mundwinkel herunter. „Ich habe wirklich gedacht, angesichts des Falles würden Sie sich vielleicht für den alten Galgenplatz interessieren."

„Danke, Cole. Aber noch nicht im Augenblick." Swanson lächelte milde, während er beiläufig den obersten Uniformknopf des Constables zuhakte und ihm den Staub vergangener Jahrhunderte von den Schultern wischte. „Wo sind denn nun Ihre beiden Verdächtigen, hm?“

Sie mussten den Weg ein gutes Stück zurückgehen, denn man hatte die beiden Einbrecher nicht im Polizeipräsidium, sondern in einer Gemeinschaftszelle tief unter dem Gerichtsgebäude einquartiert. Phelps hatte darum gebeten, draußen warten zu dürfen.

Der Gang, an dem die Zellen lagen, war dunkel und feucht. Swanson glaubte, unter den glitschigen Steinen das Gurgeln eines vergessenen Flusses und in den zahlreichen schattigen Nischen das Fiepen umherhuschender Ratten zu hören. Ihn fröstelte; trotz der sommerlichen Temperaturen, die gut zwanzig Fuß höher herrschten.

Constable Cole blieb vor einer der Eisentüren stehen und klimperte mit den Schlüsseln herum. Dann riss er abrupt eine schmale Luke auf und rief: „Zurücktreten! Zurück an die Wand!“ Er knallte die Luke zu und drehte einen riesigen Schlüssel im Schloss herum. Die Tür schwang auf. „Hier ist ein Gentleman aus London. Er hat ein paar Fragen an euch.“

Die beiden Männer, die auf einer einfachen Pritsche an der hinteren Wand gesessen hatten, waren mindestens eins achtzig groß und muskulös. Swanson schätzte ihr Alter auf zwanzig bis fünfundzwanzig Jahre. Sie erhoben sich fast gleichzeitig, als er eintrat. Er gab Cole ein Zeichen, die Zellentür offen zu lassen, und blieb in der Mitte des Raumes stehen. Das wenige Tageslicht fiel durch einen schrägen, vergitterten Schacht herein. „Wer von Ihnen ist Henry Fowler?“

Eine riesige, behaarte Hand ging träge in die Höhe. „Das bin ich, Sir. Hat Mr Gius Sie geschickt? Sind Sie hier, um uns rauszuholen?“

„Die Königin hat mich geschickt“, sagte Swanson wahrheitsgemäß, da er keinen Mr Gius kannte. „Und ich bin hier, um von Ihnen etwas über den verstorbenen Anthony Richardson zu erfahren."

„Noch'n Polyp." Milsom plumpste vor lauter Enttäuschung schnaufend zurück auf die Pritsche.

Donald Swanson überging die Bemerkung, nahm jedoch den Slang der Hauptstadt wahr; Holloway, vielleicht auch Camden oder Kentish Town. Er hakte die Daumen in die Westentaschen und fragte: „Was veranlasste zwei Nordlondoner Jungs wie euch dazu, Mr Richardson in jener Nacht aufzusuchen?"

Milsoms enttäuschter Blick wich unverhohlener Überraschung. „Ah", schnarrte er verächtlich. „Haben sich schlau gemacht, wie?"

„Man tut, was man kann." Swanson sah Fowler an. „Und?"

„Was soll ich Ihnen sagen?" Fowler hatte die Finger ineinander verschränkt und ließ nacheinander die Knöchel knacken. „Wir haben uns eben Sorgen um den Mann gemacht."

„Das heißt, Sie kannten ihn?"

Fowler schnalzte mit der Zunge. „Ganz recht. Er war ein lieber Freund. Immerhin hatten wir seine Schlüssel."

„Ein Freundschaftsbesuch also." Swanson glaubte ihm kein Wort. Dennoch versuchte er es auf die milde Tour: „Kannten Sie ihn schon lange?"

Schweigen.

„Halb drei in der Nacht ist ein sonderbarer Zeitpunkt für einen Besuch, finden Sie nicht? Selbst für gute Freunde."

„Wie schon gesagt, wir haben uns Sorgen gemacht."

„War es nicht vielmehr so", erwiderte Swanson nachdenklich, „dass Sie Richardson brutal ermordeten und dann gestern Nacht noch einmal zurückkamen?"

„Schwachsinn", sagte Fowler. „Wofür auch?"

Insgeheim musste Swanson ihm recht geben. Denn

hätten sie es auf Geld und Schmuck des Juweliers abgesehen, wäre es nur natürlich gewesen, es gleich mitzunehmen, anstatt nach dem Mord eine Woche verstreichen zu lassen. Allerdings konnte es sich auch um einen Racheakt handeln. Schließlich sagte er: „Man sollte es nicht glauben, aber erstaunlich viele Mörder kehren an den Ort des Verbrechens zurück."

„Nur Idioten tun so was."

„Nicht, wenn sie etwas zurückgelassen haben, was sie verraten würde."

„Nur Idioten tun so was", wiederholte Fowler grinsend.

„Dann machen Sie sich nicht dazu, sondern erzählen Sie mir die Wahrheit."

„Wie schon gesagt. Wir haben uns Sorgen gemacht."

„Unter uns gesprochen –" Einer plötzlichen Eingebung folgend, versuchte es Swanson mit einem Bluff. „Der Yard schert sich einen feuchten Dreck um Leute wie euch. Was uns interessiert, das sind die Hintermänner."

Wieder Schweigen, aber diesmal warfen sich Milsom und Fowler aus den Augenwinkeln flüchtige Blicke zu.

„Ich gebe Ihnen vierundzwanzig Stunden", sagte der Chief Inspector. „Sollte Ihnen bis dahin ein Name eingefallen sein, lassen Sie es mich wissen. Andernfalls drohen Ihnen ein kurzer Prozess und fünfzehn Jahre in Reading oder Pentonville."

„Sie haben nichts gegen uns in der Hand, *Sir*", höhnte Milsom. Das letzte Wort klang, als habe er es in den Rinnstein gespuckt. „Seh'n Sie's ein, Mann. Sie können uns gar nicht anklagen."

„Darüber wird der Magistrates' Court entscheiden." Swanson gab sich gut gelaunt. „Und ein korrupter Richter."

„Nu tun Sie mal nicht so. Wir haben euch Jungs doch geholfen." Fowler schob beleidigt die Unterlippe vor. „Ohne uns hätten die Würmer den Kerl gefressen.

Ihr hättet ja nicht mal bemerkt, dass da was *faul* ist." Er kicherte.

„Bislang seid ihr vielleicht mit einem blauen Auge davongekommen. Aber es gibt immer ein letztes Mal."

„Keine Sorge, Chef", gab Milsom zurück. „Wir passen schon auf uns auf."

Was diese jungen Burschen betraf, machte sich Swanson nichts vor; er war einfach schon zu lange im Geschäft, um sich irgendwelchen Illusionen hinzugeben. Er erkannte einen Galgenvogel, wenn er ihn vor sich hatte. Und Milsom und Fowler waren die geborenen Galgenvögel. Er gab ihnen noch zwei Jahre, allerhöchstens drei, bis sie am Galgen enden würden.

„Ich habe Ihnen ein Angebot gemacht, Gentlemen", sagte er leichthin. „Denken Sie darüber nach." Dann wandte er sich um, ließ die rattenverseuchten Verliese hinter sich und trat zu Phelps auf die sonnenbeschienene Straße hinaus.

Sie waren übereingekommen, ihren Lunch im Snowdrop Inn zu nehmen, wo das Essen billig und das Bier kühl war. Wie es der Zufall wollte, erblickte Donald Swanson beim Eintreten ein bekanntes Gesicht unter den Gästen. Es war ein bärtiges, vernarbtes Gesicht. Und es gehörte James Berry, dem Henker. Der saß ganz für sich an einem runden Einzeltisch in der Ecke, grübelnd über ein Stück Papier gebeugt.

„James, alter Junge, du siehst eingefallen aus."

Berry hob den Blick, überrascht, Donald Swanson zu sehen, und ließ das Papier hastig in der Innentasche seines Jacketts verschwinden. „Donald." Er lächelte gequält, musterte ihn von oben bis unten. „Es muss eine Ewigkeit her sein. Du bist dick geworden. Allerhöchstens zwei Meter zehn Seillänge, würde ich sagen." Er lachte rau und hustete.

Auch Swanson lachte.

Phelps runzelte nur verständnislos die Stirn.

„Setzt euch." Berry deutete mit beiden Händen auf die freien Stühle. Er sah den Inspector an, als er sagte: „Wir trafen uns zuletzt während des Pearcey-Falles, habe ich recht?"

Swanson nickte. Der Fall lag zwei oder drei Jahre zurück. Aus Eifersucht hatte Eleanor Pearcey damals die Frau und das Kind ihres Geliebten getötet und verstümmelt. „Am Vorabend der Hinrichtung. Ich erinnere mich noch an deine Versicherung, sie würde begnadigt werden."

„Ich rechnete fest damit", sagte Berry. „Aber sie ging dahin wie ein Sommerabend."

„Davon bin ich überzeugt." Swanson tätschelte die Hand seines Freundes. Dann machte er die beiden Herren miteinander bekannt.

„Du liebe Güte." Phelps war mit einem Mal bewusst geworden, dass er einer Legende gegenübersaß. Und um ein Haar hätte er seinen Notizblock hervorgezogen. „Sie sind *der* James Berry?"

„Ja, aber jetzt habe ich mein Leben Gott gewidmet." Er faltete die Hände, die Augen zur Decke verdreht. „Denn in ihm allein ist wahrhaftiger Frieden."

Das war unbekanntes Terrain für den Sergeant. Phelps nickte, hüstelte, lächelte wie ein Schaf und hielt es für angebrachter zu schweigen. Besser kannte er sich dagegen mit Bieren aus, und er hob die Hand, als eine vollbusige Bedienung in gestärkter Rüschenschürze vorbeischwebte. Er bestellte ein Bitter, der Inspector entschied sich seiner Herkunft gemäß für Whisky; Berry nahm gottgefällig eine Limonade mit Eis.

„Wie ich hörte, soll deine Biographie ganz gut gehen", bemerkte Swanson, der sich insgeheim fragte, weshalb man Henker hierzulande wie Helden verehrte. In den meisten anderen Ländern mied man sie, so gut es ging. Nur in Großbritannien hatten sie schon immer Autogramme gegeben, ihre Lebenserinnerungen veröffentlicht oder Stücke des Stricks an den Meistbietenden verkauft. „Muss sie mir unbedingt einmal besorgen. Fragt sich nur, wo ich sie verstecke, denn Mrs Swanson hat für solche Sachen nicht allzu viel übrig." Aber Mrs Swanson hatte auch für die Arbeit der Polizei nicht allzu viel übrig, und er sah die einzige Möglichkeit darin, das Konvolut in seinem Büro im Yard zu verbergen. „Ehrlich gesagt habe ich nie verstanden, warum du den Job überhaupt aufgegeben hast."

„Hättest du meine Memoiren gelesen, würdest du den Grund kennen." Er strich sich durch den schwarzen Bart und über die Narbe auf seiner Wange. „Sagt dir der 20. August '91 etwas?"

„Nein, gar nichts." Swanson war schon immer ein ehrlicher Mann gewesen. „Ich habe sogar Schwierigkeiten, mir die Geburtstage meiner Familie einzuprägen."

„Der Name John Conway vielleicht?"

„Kirkdale Gefängnis, Liverpool?", fragte Phelps. Und als Berry nickte, wandte sich der Sergeant Swanson zu: „Der widerliche Kindermörder, Sir. Soweit ich mich erinnere, gab es da ein paar unschöne Gerüchte im Yard, was die Exekution anging."

„Alles Lügen!" James Berry nahm einen kräftigen Schluck Limonade und wünschte vermutlich, er hätte einem anderen Gott gehuldigt und Brandy bestellt. „Es war nicht meine Schuld. Da gab es diesen arroganten Arzt – war ein Besserwisser durch und durch." Der Henker schnappte nach Luft. „Ich kam am Tag vor der Hinrichtung um sechzehn Uhr an. Alles war wie immer. Bekam meinen Tee und so weiter, und Conways Gewicht. Ging dann zur Todeszelle, um den Verurteilten durch ein Guckloch heimlich beobachten zu können: Halsmuskulatur,

Knochenbau, allgemeine Verfassung etc. Danach stellte ich meine Berechnungen an."

„Berechnungen?" Peter Phelps, der in Mathematik nicht gerade eine Leuchte war, wollte es genau wissen. „Sie müssen dabei rechnen?"

Donald Swanson vermutete schon, dass sein Sergeant gewisse Ambitionen hegte. Immerhin war auch James Berry einst ein vielversprechender Gesetzeshüter oben in Yorkshire gewesen.

„Gewiss. Anhand des Körpergewichts errechnet man die jeweilige Seillänge. Wenn ich den Hebel umlege und die Falltüren sich öffnen, will ich, dass der Mann an einem Genickbruch stirbt. Ein zu kurzes Seil, und wir haben Zustände wie zu Calcrafts Zeiten: Der Delinquent stirbt einen qualvollen Erstickungstod."

„Conway, '91", erinnerte Swanson.

„Oh, ja. Ich bin vom Thema abgekommen." Berry räusperte sich. „Ich hatte die Seillänge für Conway mit einem Meter fünfunddreißig festgelegt, als dieser kleine Scheißkerl Barr sich einmischte. Sagte, er hielte das für zu wenig und ordnete zwei Meter dreißig an. ‚Nein, ein Meter fünfunddreißig Zentimeter', sagte ich. Und Barr sagte: ‚Zwei dreißig'. Ich sagte: ‚Nein, zwei dreißig sind hundert zu viel.'"

Langsam zweifelte Swanson ernsthaft daran, dass James seine Biographie wirklich selbst geschrieben hatte.

„Es ging hin und her", fuhr der Henker fort. „Am Ende habe ich gesagt: ‚In Ordnung, ich werde tun, was Sie wollen, aber wenn es ihm den Kopf abreißt, werde ich nie wieder jemanden hängen.' Ich stülpte Conway die weiße Kapuze über den Kopf, legte ihm die Schlinge um den Hals und dann den Hebel um. Als sich die Falltüren donnernd öffneten, erscholl ein Laut, als würde man Stoff zerreißen. Es war ekelhaft. Da war ein Pulk von Reportern, die die Grube stürmen wollten, aber ich verscheuchte sie und stieg selbst hinunter. Mir genügte ein Blick, um zu sehen, dass nur mehr ein dünner Hautfetzen Conways Schädel mit dem Körper verband. Überall an den gekachelten Wänden war Blut." Er hielt inne. „Also nahm ich meinen Abschied; schrieb dem Innenminister, er könne mich mal gern haben."

In die entstandene Stille hinein fragte Phelps: „Ist der Posten schon neu besetzt?"

„James Billington, ein alter Kumpel aus Bolton, übernahm ihn."

Phelps sah ein wenig enttäuscht aus, fand Swanson.

„Hunger?" Berry klatschte aufmunternd in die Hände. „Also, ich könnte einen Happen vertragen."

Sie alle nahmen das Tagesgericht, einen kräftigen Bohneneintopf mit Speck.

„Und was führt dich her?", fragte Berry. Die Spitzen seiner Gabel zeigten auf Swanson. „Etwas, womit die örtliche Polizei ihre Schwierigkeiten hat, was?"

„Wenn man so will." Der Inspector stocherte lustlos in seinen Bohnen herum, legte schließlich die Gabel beiseite und blickte auf. „Jemand scheint es auf Juweliere abgesehen zu haben. Wir hatten bereits einen Fall in London."

„Die Ausländer natürlich, mit ihren langen Fingern", versicherte Berry. „Fallen in letzter Zeit wie Raubameisen bei uns ein. Man sollte fast meinen, es gäbe in diesem Land keine Einwanderungsbehörde." Und er schüttelte den Kopf über die laxen Gesetze.

„Ich bezweifle doch sehr, dass es so einfach ist. Denn unser Mann interessiert sich nicht für weltliche Güter." So gern er Berry hatte, so froh war er auch, dass der Polizist aus Bradford seine Uniform vor Jahren an den Nagel gehängt hatte. Als Henker war er eindeutig besser gewesen. „Unser Mann, James", sagte er, „tötet um des Tötens willen."

„Oh, tatsächlich?" Das schien selbst einen Henker zu verblüffen. „Ein Verrückter?"

„Schon möglich. Wir wissen es noch nicht."

„Vielleicht ist es die Hitze", meinte Phelps. „Oder ein Mann, den der Kaufrausch der Gattin in den Ruin getrieben hat." Er grinste spitzbübisch.

Phelps hatte den Teller geleert und hob eben die Hand, um ein weiteres Bitter zu bestellen, als die Tür aufging und Constable Cole in den Schankraum stolperte. Sein blondes Haar hing ihm wirr in die Stirn. Er war sichtlich außer Atem. Mit zwei, drei Schritten stand er an ihrem Tisch.

„Es tut mir fürchterlich leid, Sie zu stören", schnaufte er. „Aber Sie müssen sofort mitkommen, Sirs."

Swanson lehnte sich zurück. „Was ist geschehen?"

„Der Amtsarzt, Sir", erklärte der Constable zwischen zwei Atemzügen. Seine Augen waren so weit aufgerissen, dass Swanson fast erwartete, sie würden im nächsten Augenblick gänzlich hervortreten und wie Seifenblasen zerplatzen.

„Ist er etwa tot?"

„Ich fürchte nein, Sir", sagte Cole. Dann ging ihm wohl der Sinn seiner Worte auf, und er straffte sich. „Dr. Humphreys zog dem Toten die Schuhe aus und war plötzlich ganz aus dem Häuschen. Rief mir zu, ich solle ihm die Stadt-Coppers herbringen, und zwar schnell."

Swanson erhob sich. „Was, zum Teufel, ist los mit dem Leichnam, Cole?"

„Weiß nicht genau, Sir. Irgendwas mit seinen Nägeln, glaube ich."

„Wahrscheinlich eingewachsen", meinte Berry.

„Kommen Sie, Phelps." Der Chief Inspector ergriff den Arm seines Sergeants und nickte Berry entschuldigend zu. „Wir sehen uns sicher später, James."

„Äh, Mr Berry." Phelps hielt ihm noch rasch den aufgeschlagenen Notizblock und einen Bleistift hin. „Ob Sie vielleicht so freundlich wären, mir ein Autogramm ..."

„Aber sicher, mein Junge."

„Für Peter Phelps", soufflierte der Sergeant, ehe Donald Swanson Gelegenheit hatte, seinen Hemdkragen zu ergreifen und ihn hinauszuführen, „meinen lieben Freund im Yard. Für immer, James Berry, Vollstrecker."

Das Leichenschauhaus ließ merklich zu wünschen übrig. Swanson hatte in Spitalfields, Mile End und Limehouse Ähnliches gesehen, aber immer angenommen, gerade auf dem Lande würde noch auf Würde und Menschlichkeit Wert gelegt. Er hatte sich geirrt. Der Amtsarzt erwartete sie in einem hölzernen Verschlag, den ein Blinder im Hinterhof der Polizeiwache zusammengezimmert haben musste. Constable Cole ging voraus, stieß die Brettertür zu einem schiefwinkligen Raum auf, in dem das Licht fahl und die Luft schwanger von beißenden Dämpfen war.

Der ältere Herr, der bei ihrem Eintreten mit aufgekrempelten Ärmeln an dem schmierigen, gekachelten Tisch in der Mitte des Raumes gestanden hatte, blickte hoch, als die Tür polternd hinter ihnen ins Schloss fiel. „Ah, die Jungs aus London, denke ich mir."

„Die Stadt-Coppers", sagte Swanson und hoffte, er habe genügend Sarkasmus in seine Worte gelegt.

„Benjamin Humphreys." Der Doktor trat schwankend auf das Grüppchen zu und streckte ihnen zur Begrüßung einen bis zum Ellenbogen blutverschmierten Arm entgegen. „Sie dürfen mich Ben nennen, wenn Sie mögen." Eine Wolke aus Brandy umgab ihn.

Swanson deutete ein Kopfnicken an. Die Hände behielt er lieber in den Hosentaschen. Er bemerkte, dass selbst die runden Brillengläser des Arztes Schlieren von getrocknetem Blut aufwiesen und bräunlich-rote Sprenkel dessen Wangen bedeckten. „Sie wollten uns sehen?"

„In der Tat, Inspector." Humphreys trat an das Fußende des Tisches heran, auf dem der tote Anthony Richardson lag. Ein fleckiges Laken aus grobem Stoff bedeckte die Leiche. „Ich habe mir sagen lassen, dass diese Maschine, die dem armen Kerl zum Verhängnis wurde, eine Kraft von zwanzig Tonnen aufbringt. Äußerst gefährlich, damit zu arbeiten. Wie schnell ist ein Finger abgequetscht, wenn man nicht Obacht gibt, oder eine Hand verloren. Es hätte also ein Arbeitsunfall sein können, aber ... Beim Entkleiden der Leiche fand ich dann das hier." Mit spitzen Fingern hob er das Laken an und schlug es mit einem Ruck zurück, womit er die nackten Füße des toten Juweliers entblößte.

Swanson machte reflexartig einen Schritt rückwärts, als er es sah. Constable Cole, der rechts neben ihm gestanden hatte, stieß einen kurzen Schrei aus. Und aus Peter Phelps' Gesicht war mit einem Mal alle Farbe gewichen.

Unter die Fußsohlen des Mannes, die dadurch dunkel und blutverkrustet waren, hatte der Mörder je ein Hufeisen genagelt.

„Geradezu teuflisch, nicht wahr?" Auch Humphreys sah ein wenig angeschlagen aus. Er langte scheinbar wahllos in ein überfülltes Regal hinter sich, entkorkte eines der staubigen Reagenzgläser und trank es in einem Zug aus. „Grauenhaft, einem Menschen so etwas anzutun – von der Art seines Todes ganz zu schweigen."

„Er wird's wohl nicht mehr gespürt haben", brachte Phelps hervor. Seine Stimme klang wie ein ungeöltes Scharnier.

„Oh doch, das muss er." Humphreys streckte die Hand nach einem weiteren Reagenzglas aus und hielt es im flackernden Schein der Deckenbeleuchtung in die Höhe. „Feinster Malt Whisky. Möchten Sie auch?"

Swanson ging auf das Angebot nicht ein. Stattdessen fragte er: „Was meinen Sie mit: ‚das muss er'?"

„Nun, Inspector", Humphreys zog einen Bleistift hervor, „wie Sie erkennen können, wurden jeweils sechs Nägel benutzt. Und alle zwölf Wunden an seinen Füßen haben stark geblutet." Er deutete auf die fraglichen Stellen. „Ein sicheres Zeichen dafür, dass er noch lebte, als der Mörder die Nägel einschlug. Unsere Fußsohlen sind sehr empfindlich, wissen Sie? Eine extrem schmerzvolle Tortur – einfach unvorstellbar."

„Aber niemand hat Schreie gehört", bemerkte Cole, der, immer noch fassungslos, die rostigen Eisen anstarrte.

„Das heißt gar nichts", sagte Humphreys. „In einer so kleinen Stadt wie der unseren hat der Normalbürger für alles eine plausible Erklärung. Wenn die Gattin des Bürgermeisters alle paar Wochen ein blaues Auge hat, ist sie eben wieder mal unglücklich gefallen. Und nächtliche Schreie werden hier Magenkrämpfen zugeschrieben." Er breitete seufzend die Arme aus. „Eine verzweifelte Frau könnte unter aller Augen in der Ouse Selbstmord begehen, und wir würden es für Tauchübungen halten."

„Um auf Mr Richardson zurückzukommen", sagte Swanson. „Wäre es nicht denkbar, dass der Mörder ihn geknebelt oder betäubt hätte; mit einem Schlag auf den Kopf vielleicht?"

„Wie Sie verstehen werden, Inspector", murmelte Humphreys und schlug die Decke ganz zurück, „ist es mir unter den gegebenen Umständen nicht möglich, dies festzustellen."

„Gibt es sonstige Verletzungen? Einstiche von Nadeln? Krankheiten?"

„Keine." Er schmunzelte. „Abgesehen von der offensichtlichen *Hypoplasie* seines *instrumentum libidinis* natürlich."

Phelps, der schon in der Schule Schwierigkeiten mit Pythagoras gehabt hatte, schrieb „Hypotenuse" in seinen Block und nahm sich vor, die Bedeutung des

Wortes zu Hause noch einmal in der Britannica nachzuschlagen.

„Warum die Hufeisen?“, fragte Swanson.

„Folter, Schmerz, Leid – die Tat eines Verrückten, wer weiß.“ Humphreys entkorkte das dritte Reagenzglas. „Es ist Ihre Aufgabe, es herauszufinden.“

Hätte der Mörder sein Opfer lediglich foltern wollen, wäre eine Handvoll Nägel ausreichend gewesen. Doch warum die Hufeisen?, fragte sich Swanson. Er war sicher, dass es eine Erklärung dafür gab, auch wenn er sie im Augenblick noch nicht kannte.

Und gab es eine Verbindung zwischen den Morden an Richardson und Wigfield? Er wusste es nicht. Doch in beiden Fällen hatte der Mörder Weihrauch hinterlassen. Sein Instinkt sagte ihm, dass mehr dahintersteckte als die bloßen Taten eines Wahnsinnigen.

„Phelps.“

„Ja, Sir?“

„Sie bleiben hier und nehmen Mr Richardsons Bekanntenkreis unter die Lupe.“

„Er hatte keinen, Sir“, erinnerte ihn der Sergeant.

„Kein Mensch wird ohne Grund ermordet“, sagte Swanson. „Habgier, ein eifersüchtiger Ehemann, Spielschulden, irgendetwas. Es *muss* ein Motiv für seinen Tod geben. Finden Sie es.“

„Darf ich fragen, was Sie unterdessen machen, Sir?“

„Ja, Phelps, das dürfen Sie.“ Swanson hatte bereits die Türklinke in der Hand. „Ich fahre nach London zurück und treffe mich mit ein paar Leuten. Aber vergessen Sie's nicht, ich erwarte tägliche Berichte.“ Und damit war der Chief Inspector verschwunden.

ZWEITER TEIL

Ein blauer Franzose

KAPITEL 4

Das Haus lag im Amen Court, einer düsteren kleinen Straße, die versteckt auf der Rückseite des uralten Newgate-Gefängnisses verlief, und grenzte unmittelbar an die mächtige Mauer, hinter der sich der berüchtigte Deadman's Walk befand – jener schmale, vergitterte Gang, durch welchen schon so viele verurteilte Mörder zum Galgen geschritten waren und wo sie schließlich ihre letzte Ruhe gefunden hatten. Es ging das Gerücht, in hellen Mondnächten könne man das Jammern und Schluchzen all der unglücklichen Verbrecherseelen vernehmen, wenn der schwarze Geisterhund, der ihre Mauergräber bewachte, sie für die Hölle abholte. So, wie es vor gut einem Dreivierteljahr mit Dr. Thomas Neill Cream, dem Südlondoner Giftmörder, geschehen war; für ihn vermutlich doppelt schlimm, denn der Mann hatte entsetzlich geschielt. Aber Gott sei Dank waren helle Mondnächte selten in London.

Frederick Greenland schauderte ein wenig, als er von der sonnenbeschienenen Ave Maria Lane abbog und in die Schatten des kopfsteingepflasterten Courts trat. Vor Nummer dreizehn stehend nahm er seinen Bowler ab und zog den Klingeldraht.

Es dauerte eine ganze Weile, bis schlurfende Schritte im Hausflur laut wurden und der Schlüssel im Schloss klapperte.

„Sir?" Der dunkelhaarige junge Mann, der die Tür geöffnet hatte und ihn aus müden Augen fragend anblickte, sah ziemlich mitgenommen aus – das Haar zerzaust, der Hemdkragen verknittert und die linke Gesichtshälfte voller Falten, als habe er in seinen Kleidern geschlafen – und roch nach Cognac. Nicht die teuerste Sorte, wie Frederick feststellte. „Ja? Was kann ich für Sie tun?"

„Sie müssen Mr Horne sein", sagte er mit einem aufmunternden Lächeln und streckte die Hand aus. „Sie werden mich nicht kennen, aber ich bin Frederick Greenland. Sie arbeiten für mich – gewissermaßen."

„Oh!" Archibald Hornes Hände flatterten wie aufgescheuchte Vögel in die Höhe. Er drückte die widerspenstig abstehenden Strähnen gegen die Schläfen und strich sie glatt. Dann schüttelte er Frederick die Hand. „Sie müssen entschuldigen. Ich bin ... Ich habe mich ein wenig ausgeruht, Mr Greenland, Sir. Der gestrige Tag war ein sehr unangenehmer für mich, müssen Sie wissen."

„Gewiss." Frederick nickte. Denn der Tod war meistens etwas Unangenehmes. Der gewaltsame allemal. „Darf ich Sie einen Augenblick behelligen?"

„Aber ja, natürlich. Bitte kommen Sie herein und legen Sie ab. Verdammt heißer Tag, nicht wahr? Möchten Sie etwas trinken? Cathy hat Limonade gemacht."

„Cathy?", fragte er, während er Archibald durch den dunklen Flur ins Wohnzimmer folgte. „Ihre Gattin, Mr Horne?"

„Jawohl." Er hielt sich den Zeigefinger an die Lippen. „Sie hat sich hingelegt. Ihr geht es nicht gut. Das Ganze war ein schwerer Schock für sie. Ich war natürlich auch entsetzt, aber sie hat es noch mal schwerer genommen, fürchte ich." Er seufzte resigniert. „Die Hypothek auf das Haus, und der Kinderwunsch, den wir wohl erst mal begraben können ..."

Frederick entledigte sich seines Mantels und nahm in einem weichen Sessel Platz. „Deswegen bin ich hier, Mr Horne."

„Wegen des Kinderwunschs?"

„Nun, nicht ganz." Frederick war ein wenig unbehaglich zumute. „Wir müssen die Goldschmiede natürlich vorübergehend schließen. Aber ich bin hergekommen, um Ihnen zu versichern, dass Sie auch weiterhin einen Job haben. Es kann ein paar Tage dauern, bis die Ermittlungen abgeschlossen sind. Vielleicht auch ein, zwei Wochen, aber seien Sie gewiss, Sie stehen nicht auf der Straße, Mr Horne."

„Tatsächlich?" Archibald, der an der Tür stehen geblieben war, strahlte, denn ihm schien ein Stein vom Herzen gefallen zu sein. Dann besann er sich jedoch und meinte: „Ich sollte meine Freude wohl ein bisschen zügeln, was? Bitte verstehen Sie das nicht falsch. Es tut mir wirklich leid, was mit Mr Wigfield geschehen ist. Gibt es denn inzwischen schon Neuigkeiten? Ich meine, hat die Polizei Anhaltspunkte, wer den armen Kerl ermordet haben könnte?"

„Das weiß ich nicht", gestand Frederick. „Ich war heute Vormittag im Geschäft, um mich mit Inspector Swanson zu treffen. Leider war er in einer anderen Angelegenheit unterwegs."

„Netter Mann für einen Polizisten", sagte Archibald Horne. „Aber sein Sergeant ... Ich hatte die ganze Zeit über den Eindruck, ich sei sein Favorit, was den Täter anging. Irgendwie schien er davon überzeugt zu sein, ich hätte es auf Wigfields Arbeitsplatz abgesehen und ihm deswegen all das Gold in den Rachen geschüttet." Er räusperte sich. „Da fällt mir ein – was ist mit der Limonade? Möchten Sie welche?"

„Gern."

Archibald Horne entschwand in die Küche und kam wenig später mit zwei Gläsern und einer Karaffe zurück, in der eine trübe gelbe Flüssigkeit schwappte. Er setzte sich an den Tisch, schenkte ihnen ein und sagte: „Das Komische an der Sache ist, dass, soweit ich das gestern in der Kürze der Zeit feststellen konnte, überhaupt nichts gestohlen wurde."

„Eine goldene Anstecknadel fehlt", korrigierte ihn Frederick. „Aber das ist kaum der Rede wert, bei all den

Schmuckstücken. Sie haben doch eine ganze Zeit mit Wigfield zusammengearbeitet. Können Sie sich vorstellen, wer ihm so etwas angetan haben könnte? Und warum?"

„Nein, ehrlich gesagt. Gut, Wigfield war kein einfacher Mensch. Aber gleich einen Mord begehen, nur weil er etwas schwierig war?"

„Inwiefern schwierig?"

„Na, hauptsächlich mit den Vertretern sprang er ganz schön rabiat um", sagte Archibald und nippte an seiner Limonade. „Wenn ihm einer krumm kam oder zu aufdringlich wurde, pflegte er Kopfnüsse zu verteilen. Ich selbst bin zwei-, dreimal in diesen Genuss gekommen. Sein Verhalten der Kundschaft gegenüber war dagegen stets vorbildlich."

„Wohl kaum ein hinreichendes Mordmotiv, was?"

Archibald stellte sein Glas auf den Tisch. „Und was ist mit Eifersucht?"

„Wie kommen Sie darauf?", fragte Frederick. „War er denn ... nun, wie soll ich mich ausdrücken, ein wenig flatterhaft?"

„Tja. Mr Wigfield bekam relativ häufig Damenbesuch", erklärte Archibald. „Angeblich alles Schwestern oder Cousinen. Wer weiß schon, ob's stimmt. Wenn ja, hatte er eine ziemlich große Familie."

„Sie meinen, es waren in Wirklichkeit – amouröse Affären?"

Archibald zuckte die Achseln und erzählte Frederick von der geheimnisvollen Dame mit dem roten Hut, der er am Morgen des Mordes zweimal begegnet und der er bis in die Bolton Street gefolgt war. „Vielleicht hatten sie ein Rendezvous. Er sah ja nicht schlecht aus für sein Alter. Sogar Cathy hat das gesagt."

„Was habe ich gesagt, Schatz?" Die große, schlanke Gestalt Catherine Hornes erschien an der Wohnzimmertür, in einen seidenen Morgenrock gewickelt und die roten Locken hoch aufgetürmt. Sie sah schrecklich blass aus, blinzelte schläfrig und schien ihren gut gekleideten Besucher erst jetzt zu bemerken. „Oh, Archie! Du furchtbarer Mann! Warum sagst du denn nicht, dass wir Besuch haben. Gott, ist das peinlich. Mich so zu zeigen!" Und sie rauschte murmelnd und kopfschüttelnd davon. Als sie drei Minuten später zurückkehrte, war der Morgenrock verschwunden, und sie trug stattdessen ein hochgeschlossenes blaues Kleid, das in der Stille des Horne'schen Wohnzimmers sittsam raschelte, während die Gattin des jungen Goldschmieds vor Frederick knickste und ihm die rechte Hand zum Kuss reichte. Ein schlichter ovaler Siegelring aus Gold, den ihre verschlungen eingravierten Initialen zierten, steckte an ihrem Ringfinger.

„Tut mir leid, so unangekündigt hereinzuplatzen, Mrs Horne", sagte Frederick. „Wie ich hörte, fühlen Sie sich nicht wohl. Ich wollte Ihnen wirklich keine Unannehmlichkeiten machen." Er ließ ihre zartgliedrige Hand los und stellte sich vor.

„Das haben Sie ja gar nicht." Mrs Horne schwebte damenhaft durch den Raum (an ihrem Mann vorbei, dem sie spielerisch den Zeigefinger gegen das Ohr schnippte) und ließ sich auf einem kleinen, samtbezogenen Schemel beim Kamin nieder. „Aber Archie hätte mir wirklich Bescheid geben können. Sie halten mich sicherlich für eine sehr schlechte Gastgeberin, nicht wahr?"

Frederick versicherte ihr glaubhaft, das täte er nicht im Mindesten und lobte den Geschmack ihrer selbst gemachten Limonade. Das stimmte sie rasch wieder milder. Dann erklärte er ihr, weshalb er sie aufgesucht habe und dass sie sich wegen der Arbeit ihres Mannes keinerlei Sorgen zu machen bräuchte.

„Dann haben Sie sich also eben über den schrecklichen Mord in der Goldschmiede unterhalten", sagte sie.

„Den *schlimmen Vorfall,* Liebes", wiegelte Archibald

ab. „Ein *schlimmer Vorfall,* nichts weiter. Alles kommt in Ordnung, wie Mr Greenland ja schon sagte."

„Dadurch, dass du um den heißen Brei herumredest, Archie, wird Mr Wigfield auch nicht wieder lebendig", sagte sie. Sie schaute Frederick an und meinte: „Man hat ihn doch ermordet, oder nicht?"

„Nun ..." Frederick bezweifelte, dass das ein geeignetes Thema für die sensiblen Ohren einer Frau war. „Ich glaube, das ist nichts ..."

„Ich möchte es aber hören. Es interessiert mich. Und ich habe ein Recht zu erfahren, was in der Welt vor sich geht; zumal mein Mann direkt davon betroffen ist. Erzählen Sie es mir. So, wie Sie es jedem *Mann* erzählen würden."

„Cathy!", entrüstete sich Archibald.

„Kommen Sie schon, Mr Greenland", sagte sie, ohne auf ihren Mann zu achten. „Zieren Sie sich nicht so, nur weil ich eine Frau bin. Darauf brauchen Sie keine Rücksicht zu nehmen. In Neuseeland dürfen wir neuerdings sogar wählen. Ich kann das also durchaus vertragen."

„Also schön", sagte Frederick schließlich nach einigem Zögern. „Mr Wigfield starb an ein oder zwei Kilo geschmolzenen Goldes, das ihm jemand in den Mund gegossen hat."

„Nein, wirklich?", ließ Catherine Horne vernehmen. „Wie interessant." Und damit sank sie in eine gnädige Ohnmacht.

Die Luft flirrte, als Chief Inspector Donald Swanson am späten Nachmittag in Victoria Station aus dem Zug auf den Bahnsteig sprang. Die drückende Hitze umfing ihn wie heißer Nebel. In Sekundenschnelle waren seine Kleider von Schweiß getränkt. Verfluchter Sommer! In Schottland, dort, wo er das Licht der Welt erblickt hatte, existierte eine solche Jahreszeit nicht, und seine Vorfahren waren umsichtig genug gewesen, schon früh dem schwülen schwedischen Klima mit seinen riesigen Mückenschwärmen den Rücken zu kehren und nach Westen zu segeln. Er selbst hatte nie das Bedürfnis verspürt, die alte Heimat seiner Ahnen zu besuchen, war, Gott sei's gedankt, nie zu einer Familienzusammenführung eingeladen worden. Nein, nein, der Kontinent konnte ihm gestohlen bleiben. Er liebte die Kühle seines Weinkellers und die eisigen Winde der Highlands, aus denen er vor ewigen Zeiten herabgestiegen war, um in England für so etwas wie Recht und Ordnung zu sorgen. Er sprach nicht oft darüber – aber die Sassenachs waren seiner Meinung nach einfach nicht genug auf Zack, um allein damit fertigzuwerden. Nicht mal Jack the Ripper hatten sie geschnappt, dessen Identität angeblich niemand kannte, aber Donald Swanson wusste es besser.

Während er seinen feuchten Staubmantel aufknöpfte und sich auf dem überfüllten Bahnsteig nach dem bekannten Gesicht eines Constables umsah, dachte Swanson über die Bedeutung von Weihrauchkegeln nach. Sie waren in beiden Fällen in beziehungsweise bei der Leiche gefunden worden. Doch hieß das automatisch, dass zwischen beiden Fällen auch ein Zusammenhang bestand? Vermutlich. Er war jetzt fünfundvierzig, und seit er in den Dienst der Metropolitan Police getreten war (wie viele Jahre mochte das her sein? Zehn? Fünfzehn? Fünfzig?), hatte er eine ganze Menge gesehen: meterlange Aale, die sich wie riesenhafte Würmer aus den Augenhöhlen einer Wasserleiche hervorwanden, die knusprigen Leiber zweier unglücklicher Lausbuben, die William Bush, ein Bäcker aus Holloway, paniert und in seinem Ofen gegart hatte, die sinnlichen Schrecken der Bordelle in Haymarket. Doch nie zuvor war ihm ein Mörder untergekommen, der Weihrauch verwendet hatte. Es musste ein Zusammenhang bestehen.

Schwitzend bahnte Swanson sich den Weg durch die

Reisenden, die den Bahnsteig bevölkerten, weiße Taschentücher schwenkten und unter Tränen Abschied von ihren Liebsten nahmen oder einfach erleichtert aufseufzten, wenn sie die gute alte Schwiegermutter mit ihren zahllosen Koffern, all ihren lieb gemeinten Ratschlägen und den dünnlippigen Sticheleien endlich sicher verwahrt in einem Dritter-Klasse-Abteil wussten.

Es war immer das Gleiche: Zerlumpte Zeitungsjungen rannten wie aufgescheuchte Rehe um den Inspector herum, sich gegenseitig heiser überschreiend und ihre speckigen Mützen werfend. „Lesen Sie die Sun! Sonderausgabe der Sun!"

Ein Tag wie jeder andere. Das ewige Karussell des Lebens.

Diese beiden Morde hingegen waren beileibe nichts Alltägliches. Und sie waren auf eine bizarre Weise anders.

Swanson hatte den süßen Geruch des Weihrauchs, der Gordon Wigfield im Tode umgeben hatte, noch in der Nase, sah den von Fliegen umsurrten, kopflosen Leichnam Anthony A. Richardsons vor seinem geistigen Auge und das getrocknete dunkelrote Blut an dessen eisenbeschlagenen Füßen. Zwei Leichen und bislang keine Anhaltspunkte. Die Galgenvögel Milsom und Fowler waren zwar verdächtig, aber selbst Chief Constable Luxford würde sie ohne weitere Beweise nicht ewig festhalten können. Dass er, Swanson, sie mit seinen haltlosen Drohungen weichgeklopft hatte, bezweifelte er. Blieb nur zu hoffen, dass Phelps in Lewes fündig wurde.

„Lesen Sie die Sun! Aktuelle Sonderausgabe der Sun! Ein wahnsinniger Mörder ist los! Schon zwei Opfer in London und Sussex! Der Yard tappt im Dunkeln! Lesen Sie alle Einzelheiten – jetzt in der Sun!"

„Wart mal, Bürschchen." Swanson griff sich einen der umherrennenden Schreihälse und hielt ihn am Kragen fest.

„Hey, was soll das, Mister?" Der schmächtige, blonde Junge versuchte wegzulaufen und zappelte wie ein Fisch am Haken, als es misslang. „Ich ruf die Bullen, wenn Se mich nich gleich loslassen!"

„Ich bin die Bullen", sagte er gelassen. Er schnappte nach einer der Zeitungen, die der Junge sich unter den Arm geklemmt hatte, und schüttelte sie auf.

Und da standen sie, die Einzelheiten, gleich auf der Titelseite, schwarz auf weiß, unter den fetten, provokanten Lettern der Schlagzeile „Goldene Zeiten für Serienkiller – Scotland Yard schläft". Da waren das Gold, die Hufeisen und ein Schaubild der todbringenden Spindelpresse. Kein Detail fehlte, sogar die genaue Anzahl der Weihrauchkegel wurde genannt. Manchmal fragte sich Swanson, woher diese Presseleute bloß ihre Informationen bekamen, wenn nicht vom Mörder selbst.

„Hey, Mister." Der Zeitungsjunge zupfte ihn ungeduldig am Ärmel.

Swanson kramte ein paar Pennies hervor und drückte sie dem Jungen in die Hand. Dann faltete er die Zeitung zusammen, stopfte sie achtlos in die Außentasche seines Mantels und ging nachdenklich auf den Ausgang zu.

Eigentlich hatte er vorgehabt, umgehend zurück zum Yard zu fahren. Aber da kein Constable erschienen war, um ihn wie vereinbart vom Bahnhof abzuholen, und Gordon Wigfields Wohnung nur wenige Blocks entfernt in der Nähe der Lower Belgrave Street lag, machte Swanson sich zunächst dorthin auf.

Es war ein dreistöckiges Gebäude mit grauer Fassade, von der bereits der Putz bröckelte, und das – obwohl es nicht wirklich heruntergekommen war – so gar nichts vom Schneid und der Eleganz des benachbarten Eaton Place besaß.

Swanson hakte das nachlässig angestrichene, schwarze

Törchen auf, das die Stufen zur Haustür vom Gehsteig trennte, und trat aus der drückenden Nachmittagshitze in die Kühle des Treppenhauses. Gordon Wigfields Wohnung lag im oberen Stockwerk, aber Swanson konnte die gedämpften Stimmen der Polizeibeamten bereits im Erdgeschoss vernehmen. Oben angekommen, trat er ohne anzuklopfen ein und blickte auf den kleinen, maulwurfsäugigen Penwood hinab, der auf allen vieren über die kostbaren Teppiche rutschte und panisch den Boden abtastete.

„Oh! Hallo, Sir." Harry Wilson schlug ertappt die Fersen zusammen, als er seinen Vorgesetzten in der offenen Tür stehen sah, und nahm mit einem schuldbewussten Grinsen eine Nickelbrille von der schweren Eichenkommode hinter sich. „So früh hatten wir Sie nicht zurückerwartet." Er hüstelte und stieß den am Boden knienden Kollegen mit dem Fuß an. „Steh auf, Clarence, ich hab sie gefunden." Und er hielt dem wutschnaubenden Penwood die Brille hin.

„Heute schon Zeitung gelesen, Harry?", fragte Swanson, der seinen Mantel abstreifte, ihn über die Lehne eines Stuhles warf und dem Sergeant die zusammengerollte Sun reichte. Manchmal kam er sich weniger wie ein Scotland-Yard-Beamter, sondern eher wie ein Vater vor, der einen Haufen ungezogener Kinder zu beaufsichtigen hatte. „Ich hoffe, Sie waren nicht Vorbild für die Sorte Polizisten, die hier beschrieben ist." Und als Penwood und Wilson ihn nur dümmlich anblickten – die winzigen schwarzen Knopfaugen des einen nun durch die Brillengläser riesenhaft vergrößert –, fragte er: „Was können Sie mir über Mr Gordon Wigfields Lebenswandel sagen?"

„Tja", hob Wilson an. „Er war ziemlich pingelig, will ich meinen. Sehen Sie sich doch um. Die Bücher in den Regalen sind ihrer Größe nach geordnet; genau einen Zentimeter vom Rand entfernt. Oder sehen Sie sich nur mal das Arbeitszimmer an." Er führte Swanson vom hellen Wohnzimmer mit den starr angeordneten Bildern, Sesseln und Läufern in den angrenzenden Raum, wo schwere, blassgrüne Stores das große Sprossenfenster einrahmten und ein riesiger Mahagonischreibtisch stand. Papier und sämtliches Schreibgerät waren auf der auf Hochglanz polierten Platte exakt im rechten Winkel zur Tischkante ausgerichtet. „Sie können ihn als Toilettenspiegel benutzen, Chief. Der Kerl hatte einen Ordnungsfimmel, wenn Sie mich fragen. Und nirgends ein Staubkörnchen – nicht mal auf den Teppichen – ist es nicht so, Clarence?"

Sergeant Penwoods Antwort bestand aus einem leisen Knurren, als er seine Augengläser zurechtrückte.

Swanson zog die Schubladen auf. Weißes Papier war darin, nichts weiter. Trotz der Bilder an den Wänden, des Pfeifenständers auf dem Kaminsims und der Kissen, die auf den Sesseln lagen, sah die Wohnung seltsam unbewohnt aus. Die persönliche Note fehlte. Nicht eine einzige Fotografie in den ovalen schwarzen Rahmen, die Wigfield oder eine seiner zahlreichen Familienangehörigen gezeigt hätte. Das einzige Foto überhaupt zeigte Victoria, die kleine und gute Königin, die das Empire in seinem vollen Glanz hatte erstrahlen lassen, und hing an der Wand neben dem Schreibtisch. Swanson mutmaßte, dass Wigfield es lediglich wegen des Diadems, das sie trug, aufgehängt hatte, denn alle übrigen Bilder waren Aquarelle oder Bleistiftzeichnungen und stellten Schmuckstücke dar.

„Hier scheint nicht viel zu holen zu sein. Wir haben jedenfalls nichts gefunden." Wilson breitete seufzend die Arme aus. „Keine Tagebücher, keine Briefe. Gar nichts."

„Und dieser Raum?", fragte Swanson und deutete auf die gegenüberliegende Tür.

„Das Schlafzimmer, Sir", entgegnete Penwood mit der rührenden Ernsthaftigkeit eines frisch verheirateten Mannes, der seit zwei Monaten im Dunkeln nach all den Geheimnissen tappte, die es noch zu entzaubern galt. Es würde vermutlich Jahrzehnte dauern, bis er sie im Lampenlicht zu sehen bekam, und dann wäre es mit Sicherheit zu spät.

Wenn es einen Raum gab, der zumindest etwas über seinen Bewohner aussagen müsste, überlegte Swanson, dann wohl am ehesten dieser. „Sie haben es doch durchsucht?"

„Ehrlich gesagt ..." Wilson hüstelte wieder. „Wir riskierten nur einen kurzen Blick. Penwood meinte, es sei nicht schicklich, da herumzustöbern, Sir."

Swanson lächelte nachsichtig. Auch er war einmal ein junger Polizist voller Skrupel gewesen. In seinem ersten Jahr als Sergeant war ihm beinahe mal eine Mörderin entwischt, weil er es nicht gewagt hatte, ein Badezimmer zu betreten. Gottlob war sein Vorgesetzter damals vorausschauend genug gewesen, sich unter dem Fenster zu postieren, und hatte die Dame festgenommen. „Kommen Sie, Harry", meinte Swanson schließlich. „Stöbern wir jetzt ein bisschen herum. Wir können nur dazulernen." Er klopfte Wilson auf die Schulter. „Tun wir es gemeinsam – für das Empire."

Der Raum war erstaunlich groß. Die Wände waren holzgetäfelt und die beiden Fenster mit dicken roten Samtvorhängen verhüllt. Rechts der Tür stand ein mächtiges Himmelbett mit blutroten Bezügen. Davor lag ein kuscheliges Eisbärenfell; die blicklosen Glasaugen der armen Kreatur waren auf ein kleines Nachtschränkchen neben dem Bettgestell gerichtet. Die ganze Länge der Wand links der Tür wurde von dem größten Kleiderschank eingenommen, den Swanson je zu Gesicht bekommen hatte. Vier seiner neun Türen bestanden aus kunstvoll geschliffenen Spiegeln.

Er zog die Vorhänge auf und ließ das Tageslicht hereinfluten. Dann nahm er auf der Bettkante Platz. Als er neben sich blickte, bemerkte er eine Art Klingelzug an einem der vergoldeten Bettpfosten und zog daran. Zu seinem Erstaunen glitt der Stoffbezug des Betthimmels rauschend auseinander und gab den Blick auf einen weiteren Spiegel an der Zimmerdecke frei.

„Herr im Himmel ..." Sergeant Penwood wollte seinen Augen nicht trauen. Er nahm die Brille ab und putzte sie mit einem Zipfel seines Jacketts, derweil er fasziniert und kopfschüttelnd nach oben starrte. „Wofür der im Dunkeln wohl gut sein soll?"

Swanson schmunzelte.

„Ich habe einfach den falschen Beruf", stellte Wilson ganz sachlich fest. „Nur das Bett allein würde mich schon ein Jahresgehalt kosten."

Penwood, der sicherlich an seine eigenen feuchten vier Wände in Lambeth dachte, kicherte freudlos. „Zwei", sagte er. „Ohne den Spiegel."

„Für heute genug gestaunt, meine Herren", sagte Swanson und rief die Sergeants aus ihren Träumereien in die scheußliche Wirklichkeit zurück. „An die Arbeit. Lassen Sie uns sehen, was das Schlafzimmer des Juweliers Wigfield uns über den Mann Wigfield verraten kann." Und damit öffnete er das obere Schubfach des Nachtschränkchens.

Eine bunt schillernde Pfauenfeder und ein einzelner Ring aus Elfenbein mit einer kugelförmigen Verdickung lagen darin. Nun gut, dachte er, der Bursche fertigte schließlich Schmuck an. Aber der Ring erschien Swanson doch reichlich groß. Swanson hatte sehr kräftige Finger (von der Gartenarbeit zum einen und der Zucht seiner Kinder zum anderen), und doch – dieser Ring aus Elfenbein schlackerte lose um die Wurzel seines Daumens, als sei er für einen Riesen gemacht.

Die zweite Schublade war an der Reihe.

Ein paar sorgfältig zusammengelegte Leinentücher

und dazwischen eine schwarze, lederne Fliegenklatsche. Erstaunlich, dass der sonst so pedantische Wigfield sie trotz seines Ordnungssinns verlegt haben sollte; wahrscheinlich hatte er sie gerade jetzt im Sommer schmerzlich vermisst. Swanson faltete eines der Tücher auseinander, und ein Stapel eindeutiger Fotos fiel ihm in den Schoß. Soweit er unterrichtet war, belief sich ihr Wert auf ein Pfund das Stück – der Monatsverdienst eines Fischhändlers in Billingsgate – und sie waren natürlich nur unter der Hand in Covent Garden zu erstehen.

Das dritte und letzte Schubfach enthielt drei Gegenstände. Zwei davon waren Swanson bestens vertraut. Er nahm den ersten heraus, einen aus dunklem Gummi gearbeiteten Phallus, den die Firma Sears Roebuck gut zwanzig Jahre später in verbesserter Version auf den Markt bringen sollte; verwendbar bei weiblichen Angstzuständen und Verspannungen. Soweit Swanson wusste, wurden Objekte dieser Art gegenwärtig ausschließlich an Ärzte verkauft, um damit rätselhafte Krankheiten wie „frauliche Hysterie" und „Beckenschwere" zu heilen. Dann eine kleine Metalldose von Goodyear, dieser Reifenfabrik, die Doktor Condoms Erfindung nun schon seit 1843 in alle Welt vertrieb. Es war jener Schritt vom Ziegendarm zum Gummi gewesen, den der aufsässige Ire G. B. Shaw als größte Errungenschaft des Jahrhunderts bezeichnet hatte. Der dritte Gegenstand jedoch gab selbst ihm Rätsel auf. Wofür, zum Teufel, benutzte man diese vier vergoldeten und auf eine Schnur gezogenen Kugeln? Jede von ihnen hatte einen ungefähren Durchmesser von drei Zentimetern, und sie lagen einem schwer wie Wurfgeschosse in der Hand. Eine von ihnen trug das eingravierte Wort „Ben-Wa-Balls". Vermutlich eine Waffe indischer Herkunft gegen nächtliche Störenfriede.

„Und?", fragte Swanson, der die pikanten Objekte eines nach dem anderen in die Schublade zurücklegte.

„Was verraten uns diese Dinge über den verblichenen Mr Wigfield?"

Sergeant Wilson hob wie ein Schüler die Hand. „Dass er sich nebenher ein paar Pfund als Arzt dazuverdiente?"

Swanson schüttelte den Kopf.

„Wohl eher", meinte Clarence Penwood mit purpurnen Ohren, „dass er ein ganz versauter Lustmolch war, Sir. Und das wiederum könnte bedeuten, er wurde aus Eifersucht getötet – möglicherweise von einem erzürnten Ehemann oder Verlobten."

„Ganz recht", stimmte Swanson ihm zu. „Aber was ist mit Ihrer Theorie, eine Frau sei für das Verbrechen verantwortlich? Vergessen Sie den abgerissenen Spitzenbesatz nicht, den Sie am Tatort fanden."

„Natürlich! Der Rocksaum", sagte Wilson.

„Ich bin nach wie vor fest davon überzeugt, er stammt von einem Ärmel", beharrte Penwood. „Die Frage ist nur, ob eine Frau einer solchen Tat überhaupt fähig wäre."

„Vielleicht eine aus den Reihen der verdrehten Frauenrechtlerinnen", schlug Wilson vor. „Oder eine Amazone."

„Soviel ich weiß, benutzten die Amazonen Pfeil und Bogen", meinte Penwood. „Ich hörte sogar, dass sie sich eine Brust amputieren ließen, um besser mit der Waffe hantieren zu können. Außerdem brachen sie ihren männlichen Feinden zunächst nur die Beine und töteten sie erst, wenn sie für sie wertlos geworden waren. Manchmal erst nach Monaten", fügte er schaudernd hinzu.

„Wertlos?" Harry Wilson war schockiert und fasziniert zugleich. „Was heißt denn das?"

Penwood rückte nach Schulmeisterart seine dicke Brille zurecht. Die breite Nase in die Luft gereckt meinte er dann: „Nun ja, sie mussten sich doch irgendwie erhalten ..." Er blinzelte hinter seinen Brillengläsern, die allmählich beschlugen. „Fortpflanzen und so ..."

„Soll das heißen ...", von Wilsons Lippen tropfte

Speichel. „Willst du damit sagen, sie vergewaltigten ihre Opfer?“

„Zu Dutzenden, Harry, ja.“ Penwood zog schaudernd die Mundwinkel herunter. „Und ermordeten sie dann.“

Swanson fand, dass sie langsam, aber sicher vom eigentlichen Thema abkamen. Er stand auf und sagte: „Die Amazonen können wir wohl getrost außer Acht lassen. Um weiterzukommen, müssen wir die angeblichen Schwestern finden, die ihn so häufig besuchten. Irgendwo in dieser Wohnung muss Wigfield ihre Adressen haben. Suchen wir sie.“

Und genau das taten sie während der nächsten zwanzig Minuten auch. Sie durchwühlten den Kleiderschrank, hoben die schwere Matratze an und schauten dem Eisbärenfell ins Maul – nichts. Erst als Swanson in Wigfields Arbeitszimmer die Wände abklopfte, wurden sie fündig. Denn hinter dem streng dreinschauenden Porträt ihrer Königin (das sich wie eine Tür aufklappen ließ) verbarg sich ein kleiner Tresor. Swanson betraute die beiden Sergeants mit der ehrenvollen Aufgabe, nach einem stabilen Draht zu suchen und den Tresor zu öffnen und begab sich selbst nach unten, um derweil die Nachbarn zu befragen. Die meisten Mieter schienen bei der Arbeit zu sein, denn niemand öffnete ihm. Erst im zweiten Stock hatte er Glück. Eine grauhaarige alte Dame reagierte auf sein Klingeln und bat ihn herein.

„Barker“, sagte sie, „Miss Linda Barker. Tee?“ Und ohne Swansons Antwort abzuwarten, goss sie aus einer staubigen grauen Kanne zwei staubige graue Tassen voll. Miss Barker schien entweder eine sehr einsame oder sehr neugierige Frau zu sein. Denn Swanson hatte sich kaum als Beamter des Yard vorgestellt, da war sie auch schon in die kleine Küche gehuscht, hatte Teewasser aufgesetzt und das Geschirr auf den Wohnzimmertisch gestellt.

Offensichtlich mehr als glücklich über die ungewohnte Abwechslung, beantwortete sie seine Fragen geradezu euphorisch. „Über Mr Wigfield kann ich beim besten Willen nichts Schlechtes sagen. Nun ja, außer, dass er ständig Damenbesuch hatte. Zu den unmöglichsten Zeiten. Und dann das ewige ‚Oink, Oink' der Bettfedern, wissen Sie? Und die leisen Schreie jede Nacht. War ja auch ein ausgenommen attraktiver Mann." Sie bekam ganz glasige Augen. „Nicht, dass ich gelauscht hätte. Aber man hört natürlich so manches bei den dünnen Wänden ..."

„Haben Sie in letzter Zeit vielleicht mal mitbekommen, wie er sich mit jemandem gestritten hat?"

„Mr Wigfield? Nein, nein, der stritt sich nicht. Das war ja so ein umgänglicher, zuvorkommender Mensch. Wirklich schade um ihn." Sie lächelte und betastete ihre schief sitzende Perücke. „‚Miss Barker', sagte er immer, wenn wir uns auf der Treppe begegneten, ‚Miss Barker, nicht zu glauben, Sie werden von Tag zu Tag jünger.'"

Es war in der Tat nicht zu glauben. „Kannten Sie den Verstorbenen gut?"

„Also wirklich, Inspector! Wo denken Sie hin?" Sie knuffte Swanson kichernd in die Seite. „Obschon ich manchmal in dem Glauben war, er hätte ein Auge auf mich geworfen ... Lächelte so seltsam und zwinkerte, wenn Sie wissen, was ich meine."

„Sicher. Fahren Sie fort, Madam. Wie lange wohnte er denn schon hier?"

„Oh, an die zehn Jahre waren es bestimmt. Er hatte die Wohnung ja bereits, als ich hier einzog. Und in all den Jahren nicht ein böses Wort. Mr Wigfield war da ganz anders als dieser Bursche von nebenan."

„Wie erfuhren Sie von seinem Tod?"

„Durch Mr Springer."

„Ein Bekannter, nehme ich an?"

„Ein bekannter Schmierfink", schnarrte die alte Dame

verächtlich. „Vor ein paar Wochen hat er die Wohnung im Erdgeschoss gemietet. Arbeitet für irgendein Sensationsblatt. Ein ganz ekelhaft neugieriger Kerl ist das. Aber sagen Sie mal, Inspector, stimmt es, dass sie Mr Wigfield mit flüssigem Gold ausgegossen haben?“

Swanson ignorierte die Frage. Er nippte an seinem Tee, ein lauwarmes Gebräu, das leicht nach bitteren Mandeln schmeckte. Und als Miss Barker sich ächzend umwandte, um einen Blick auf die Kaminuhr zu werfen, goss er das Zeug rasch in einen Blumentopf neben sich. Die Pflanze schien zu erzittern. „Gibt es außer Ihnen und den anderen beiden Mietern sonst noch jemanden im Haus?“

„Niemanden.“

„Sie leben demnach allein?“

„Was für eine intime Frage an eine Frau!“ Sie streckte die rechte Hand aus und strich ihm sanft übers Knie. Ihre langen Nägel kratzen am Stoff seiner Hose. „Sie scheinen mir aber ein ganz Schlimmer zu sein. Gibt es in Ihrem Leben eigentlich eine Mrs Swanson?“

„Die gibt es“, sagte er freundlich. Und ihm wurde wieder schlagartig bewusst, wie sehr er sich auf den Urlaub mit Annie gefreut hatte. „Leider sehe ich sie wegen meines Berufs nicht so häufig, wie ich es gerne hätte.“

„Wie schade“, sagte Miss Barker augenzwinkernd.

Swanson erhob sich mit einem leichten Unbehagen und fragte: „Können Sie mir vielleicht sagen, wann Ihr Nachbar Mr Springer für gewöhnlich zu Hause ist?“

„Der kommt immer erst mitten in der Nacht zurück. Nur gestern nicht. Da war er bereits am Nachmittag da. Wollen Sie denn wirklich schon gehen?“ Sie sah enttäuscht aus.

„Ich muss, Miss Barker – leider.“ Er breitete entschuldigend die Arme aus und lächelte verbindlich hinter seinem Schnurrbart. „Die Pflicht ruft.“

„Da kann man wohl nichts machen“, sagte sie, als sie

ihn zur Wohnungstür begleitete. „Nun ja, ein andermal bringen Sie vielleicht etwas mehr Zeit mit."

Er nickte. „Danke für den Tee, Miss Barker."

„Aber gern, Inspector", sagte sie. Und als er sich zum Gehen wandte, kniff sie ihm kichernd in den Po.

Nachdem Swanson sich versichert hatte, dass Mr Springer, der Journalist, nicht zwischenzeitlich nach Hause gekommen war, kehrte er in Wigfields Wohnung zurück, wo der Wandsafe offen stand und die Sergeants Penwood und Wilson schwer atmend nebeneinander am Schreibtisch saßen und dessen Inhalt begutachteten.

„Und, was haben wir?" Swanson trat neben sie und besah sich die Funde. Schwer zu sagen, dachte er, was die beiden mehr aus der Puste gebracht hatte, das Öffnen des Tresors oder das, was sie darin entdeckt hatten. „Noch mehr von dem Zeug?"

„O ja, Sir. Jede Menge Fotos", sagte Harry Wilson. Er deutete auf die umfangreiche Sammlung zur Schau gestellter weiblicher Blöße und schüttelte in schlecht gespielter Verachtung den Kopf. „Ein paar Briefe von diversen Damen und eine Art Tagebuch."

„Also genau das, was wir erwartet haben", stellte Swanson fest. „Steht irgendwas Besonderes drin?"

„Lauter Namen und Adressen der Frauen, mit denen er ... gesellschaftlich verkehrte", sagte Penwood, dessen Ohren wie die roten Signallampen im Rangierbahnhof von Waterloo-Station leuchteten. „Hinter einigen Namen stehen Ausrufezeichen. Außerdem Adressen von Kollegen im ganzen Land. Und dann ist da noch etwas sehr Merkwürdiges."

Swanson war gespannt. „Und das wäre?"

„Immer wieder ist von einem ‚Blauen Franzosen' die Rede. Sehen Sie." Der Sergeant blätterte einige Seiten zurück. „Zum ersten Mal hier. Das Datum lautet:

20. Dez. 1878. Der Eintrag: ‚Blauer Franzose in unserer Hand. -11' Seltsam, finden Sie nicht?"

„Und weiter?"

Penwood schlug die nächste Seite um und las vor: „‚44,5 ct Mehrheit dafür, Blauen Franzosen nicht weiter zu schleifen.' Klingt nach einem Entführungskomplott mit ausgiebiger Folter, wenn Sie mich fragen, Sir." Er blätterte weitere Seiten der ledergebundenen Kladde um. Der nächste Eintrag las sich wie folgt:

29. Dez. 1878:
The Devil's Wapping 9.00 PM. Von RM Franzose 2000, pro ct in AU:
GW – SO – MOU – DO – AAR – IN
= 250/ooo – 250/ooo – 125/ooo – 125/ooo – 125/ooo – 125/ooo.

„Möglicherweise handelt es sich um einen Geheimcode", sagte Swanson nachdenklich.

„Könnte allerdings auch etwas mit Wigfields Schweinereien zu tun haben."

„Charly Stedman soll sich darum kümmern. Wenn es ein Code ist, wird er ihn knacken."

„Sollten wir in der Zwischenzeit nicht jemanden abstellen, der auf die Wohnung aufpasst?", fragte Wilson? „Nur für den Fall, dass der Mörder herkommt und nach irgendetwas sucht."

„Keine schlechte Idee, Harry." Swanson legte dem Sergeant die Hand auf die Schulter. „Das Beste wird sein, Sie bleiben vorerst hier. Ich lasse Ihnen sobald wie möglich eine Ablösung kommen. Sie haben doch auch die übrigen Hausbewohner befragt, nicht wahr?"

„Nur die alte Miss Barker. Ziemlich verschrobenes Frauenzimmer, wenn Sie mich fragen", meinte Wilson. „Aber die Dame war ausgesprochen freundlich."

„Hat Sie Ihnen Tee angeboten?"

„Ja, Sir." Penwood schüttelte sich. „Pustete den Staub aus den Tassen, ehe sie einschenkte."

„Und Sie haben ihn getrunken?"

Wilson nickte, doch Penwood sagte: „Ich goss ihn in die Blumen, als sie kurz verschwand, um ein Fotoalbum aus dem Hinterzimmer zu holen."

„Gut, der Mann", sagte Swanson, nahm die Kladde an sich und machte sich auf den Weg zum Yard. Er hoffte um Wilsons willen, dass sich sein Verdacht, Miss Barker sei eine dieser liebestollen und pathologischen Giftmischerinnen, die seit Adelaide Bartlett so sehr in Mode gekommen waren, nicht bestätigen würde.

KAPITEL 5

Die große Wanduhr tickte und gongte. Halb sechs.

Donald Swanson zog die Schublade seines Schreibtischs auf und nahm das Kartenspiel heraus, das er dort aufbewahrte; das Gebetbuch des Teufels, wie seine streng katholische Schwiegermutter es nannte. Annie dagegen war ganz anders als ihre Mutter. Zwar mochte sie seine Arbeit bei der Polizei nicht besonders und hätte nie geduldet, dass er Akten oder Tatortfotos auf dem Küchentisch herumliegen ließ, doch sie liebte es, den kleinen Zaubertricks zuzuschauen, die er früher immer für die beiden Jungs und auch jetzt ab und an noch zu seinem eigenen Vergnügen vorführte.

Swanson mischte die Karten, klopfte den Stapel zu einem exakten Päckchen zusammen und fächerte sie mit der linken Hand auf. Mit spitzen Fingern zog er die Herzdame heraus, bewegte die Karte mit der rechten Hand auf und ab und ließ sie plötzlich verschwinden. Er drehte die leere Hand und betrachtete sie von beiden Seiten. Er war beinahe selbst verblüfft, wie gut er den Trick noch beherrschte.

Die Zauberei begleitete ihn schon seit seiner Kindheit. Die Tricks mit Karten, Münzen oder Streichhölzern waren den Rätseln, die ein Kriminalfall aufgab, nicht unähnlich. Auf den ersten Blick mochten sie höchst erstaunlich und nahezu undurchschaubar erscheinen; in Wirklichkeit aber war die Lösung stets sehr einfach. Es war alles eine Frage von Täuschung und Ablenkung.

Was, dachte Swanson und legte den Kartenstapel ohne die Herzdame wieder beiseite, hatte der Mörder von Gordon Wigfield und Albert Anthony Richardson getan, um von sich abzulenken? Hatte er womöglich diese theatralischen Methoden benutzt, um den Verdacht in eine ganz bestimmte Richtung zu lenken – auf einen Kollegen vielleicht?

Das Klopfen an der Tür riss Swanson aus seinen Gedanken. Er rief: „Herein!"

Ein uniformierter Constable erschien und teilte ihm mit, es seien Besucher angekommen. Dann führte er die beiden Männer herein. Es waren Greenland und Mr Horne.

„Gentlemen –" Swanson stand auf und begrüßte sie. Er war einigermaßen überrascht, sie hier zu sehen. Noch dazu gemeinsam. „Bitte nehmen Sie Platz. Was verschafft mir die Ehre?"

Frederick lächelte ungezwungen. Er knöpfte seinen Mantel auf und setzte sich. „Nachdem Sie heute Morgen nicht zu unserer kleinen Verabredung erschienen sind, dachte ich, wir schauen mal vorbei, Chief Inspector."

„Du meine Güte, Greenland", sagte Swanson und lachte. „Lassen Sie doch den Chief Inspector." Dann wandte er sich Archibald Horne zu, der wie ein Häufchen Elend auf seinem Stuhl saß und nervös die Hände rang. „Sie sehen müde aus, Mr Horne. Möchten Sie vielleicht einen Tee?"

„Nein. Nein, vielen Dank", sagte er.

„Tut mir leid, Mr Greenland, dass ich heute Vormittag nicht in Ihrem Geschäft am Strand sein konnte. Aber eine sehr dringliche Angelegenheit erforderte meine Anwesenheit in Sussex."

„Ein weiterer Mord?"

Swanson nickte bedächtig. „Ein weiterer Mord, ganz recht. Das Opfer war ebenfalls Juwelier."

„Wie kam er denn ums Leben?", fragte Frederick. „Auf dieselbe Weise?"

„Wissen Sie, was eine Spindelpresse aus dem Kopf eines Menschen machen kann?"

Frederick schluckte entsetzt. „Und besteht ein Zusammenhang zwischen den Morden?"

„Wir denken schon." Swanson strich seinen Schnurbart

glatt. „Genaueres lässt sich zum gegenwärtigen Zeitpunkt natürlich noch nicht sagen."

„Natürlich nicht."

„Was ist mit den Büchern in Ihrem Geschäft?", fragte Swanson. „Hatten Sie schon Gelegenheit, sie zu überprüfen?" Und als Frederick nickte: „Hat Mr Horne also recht behalten, und es fehlt wirklich nichts?"

„Soweit Mr Springer feststellen konnte, wurde bis auf eine goldene Anstecknadel von geringem Wert, die wohl noch auf einem der Werktische gelegen hatte, nichts weiter gestohlen", versicherte Frederick. „Äußerst seltsam", fügte er hinzu.

„Mr Springer, sagen Sie?", fragte Swanson.

„Ja. Ein Journalist der Sun." Frederick grinste. „Er hatte sich unter meinem Namen Zugang zu den Geschäftsunterlagen verschafft. Sie wissen ja, wie neugierig diese Presseleute sind. Nichtsdestotrotz hat er uns einiges an Arbeit abgenommen."

„Hier, lesen Sie das", sagte der Chief Inspector und warf die Sonderausgabe der Sun auf den Tisch. „Würde mich nicht wundern, wenn Ihr Mr Springer dabei seine Finger im Spiel hätte."

Frederick las den Artikel und reichte die Zeitung dann zusammengefaltet an Swanson zurück. „Stimmt das? Das mit dem Weihrauch und den Hufeisen unter seinen Füßen?"

Swanson nickte. „Wer immer das geschrieben hat, ist erstaunlich gut informiert. Was er hingegen nicht zu wissen scheint, ist, dass wir auch beim toten Wigfield Weihrauch gefunden haben. In dem Artikel steht jedenfalls nichts darüber." Dennoch hatte er bereits einen Beamten in die Redaktion der Zeitung geschickt, der sich den Mann mal zur Brust nahm. „Doch wofür hat der Mörder das Zeug benutzt? Als Betäubungsmittel? Irgendwelche Ideen, Mr Greenland?"

„Nun –“ Frederick schauderte. „Vielleicht ein Geistlicher.“

„Sie meinen, die Morde könnten einen religiösen Hintergrund haben?“

„Möglicherweise.“

„Möglicherweise will er aber auch nur, dass wir genau das denken“, sagte Swanson. „Was ist mit Ihnen, Mr Horne? Ist Ihnen noch etwas zu Mr Wigfield eingefallen?“

„Ja, Sir, das ist es. Und das ist auch der eigentliche Grund unseres Besuchs“, sagte er. Dann begann er, Swanson seine Begegnung mit der geheimnisvollen jungen Dame mit dem roten Hut und der Verletzung am Handgelenk zu schildern, die er am Tag zuvor bis zur Bolton Street verfolgt hatte. Er schloss mit den Worten: „Dass sie mich nach dem ‚Unfall in der Werkstatt‘ fragte, ohne dass ich die Werkstatt überhaupt mit einem Wort erwähnt hatte, machte mich selbstverständlich sofort stutzig. Sie muss etwas wissen, Chief Inspector. Davon bin ich fest überzeugt.“

„Sehr gut, Mr Horne“, sagte Swanson und stand auf. Der junge Mann war nicht auf den Kopf gefallen. „Können Sie mich zu diesem Haus in der Bolton Street führen?“

„Sicher.“

„Dann kommen Sie. Statten wir der Dame einen Besuch ab.“

„Und was, wenn sie es abstreitet?“, fragte Mr Horne. „Falls sie Wigfield wirklich getötet hat – können Sie es ihr dann auch beweisen?“

„Allerdings – wir haben nämlich noch einen Trumpf im Ärmel. Unsere forensische Abteilung.“ Und damit griff Swanson in die Brusttasche von Mr Hornes Jackett, zog die Herzdame daraus hervor, die er vorhin hatte verschwinden lassen, und warf sie grinsend auf den Schreibtisch.

Horne und Greenland sahen aus, als hätten sie ein Gespenst gesehen.

Im Yard gab es einen Raum, den niemand sonderlich gern betrat. Er lag im Keller, genau dort, wo man bei der Erbauung des Gebäudes die verstümmelten und blutleeren Teile einer weiblichen Leiche gefunden hatte. Unter den Beamten war er als „Vorzimmer zur Hölle" bekannt. Man nannte ihn den „Raum des Todes" oder auch das „Sprechzimmer des Teufels". Es hieß, er sei verflucht. Es hieß, unaussprechliche Dinge gingen dort vor. Es hieß sogar, ein ekelhafter, unheimlicher Knoblauchgestank mache das Atmen zur Qual. Zumindest Letzteres stimmte, denn Detective Sergeant Charles H. Stedman war ein eingefleischter Verfechter gesunder Ernährung. Und er hatte Freunde in der Türkei.

„Ihr Gesundheitswahn wird uns noch umbringen, Charles", sagte Swanson, als er den Kellerraum betrat. Mit der Kladde aus Wigfields Tresor fächelte er sich Frischluft zu – die wenige, die durch eine schmale Öffnung im Lüftungsschacht zu ihnen in die Tiefe drang.

„Donald! Was für eine Überraschung!" Sergeant Stedman trat Swanson und seinen Begleitern entgegen. Er klatschte in die Hände. „Und Sie haben Besuch mitgebracht." Er grinste breit und glücklich, denn Besuch war für Stedman immer etwas Erfreuliches – ein äußerst seltenes Gut hier unten in den Katakomben.

Swanson erklärte die Anwesenheit der Herren Greenland und Horne, die angesichts der unheimlichen, vielfarbigen Reagenzien, die überall auf den zahlreichen Holztischen brodelten und dampften, brav nickten und lächelten und sich bemühten, nichts anzufassen.

Stedman betrachtete sie interessiert. „Worum geht es?"

Swanson schlug die mitgebrachte Kladde an der entsprechenden Stelle auf und hielt sie ihm hin. „Wir haben da ein kleines Dechiffrierungsproblem, Charles. Sie sind der Einzige, den ich kenne, der dem hier vielleicht einen Sinn zu entnehmen vermag."

„Oh, nein. Das ist zu viel der Ehre", wiegelte Stedman in schlecht gespielter Bescheidenheit ab. „Sie übertreiben, Donald. Wirklich. Hm, hm, hm."

„Ja, höchstwahrscheinlich", sagte Swanson und der Verfechter gesunder Ernährung errötete pikiert und grummelte vor sich hin, als er die Kladde an sich nahm und sie vor sich auf den grauen, abgeschabten Labortisch legte.

29. Dez. 1878:
The Devil's Wapping 9.00 PM. Von RM Franzose 2000,– pro ct in AU:
GW – SO – MOU – DO – AAR – IN
= 250/ooo – 250/ooo – 125/ooo – 125/ooo – 125/ooo – 125/ooo.

„Ein Code?"

„Sagen Sie es mir, Charles." Swanson verschränkte die Arme.

„Ein Code!" Diesmal klang Stedman wesentlich entschlossener.

„Können Sie ihn entziffern?"

„Wollen mal sehen." Stedman kniff die Augen zusammen und rieb sich nachdenklich über die hohe zerfurchte Stirn. Er sah aus wie Sherlock Holmes vor einer Morphiuminjektion – dünn, blass und zittrig. „Ich werde natürlich etwas Zeit brauchen."

„Wie lange etwa?", fragte Swanson.

„Schwer zu sagen." Stedman schüttelte seufzend den Kopf, während er konzentriert die Seite vor sich studierte und mit dem rechten Daumen leicht über die Buchstaben und Zahlen strich. „Ist kein gängiger Code, soweit ich das auf den ersten Blick feststellen kann. Es sind doch nicht wieder die Iren, oder? Ich dachte, Sie bearbeiten den Mord am Strand."

„Es ist der Mord am Strand", sagte Swanson. „Sie haben die Tiegelzange vom Tatort mitgenommen, um damit irgendwelche Experimente zu machen. Säure darauf träufeln, nehme ich an. Erinnern Sie sich? Und dieses Buch hier gehörte ebenfalls dem toten Juwelier."

„Sicher erinnere ich mich. Die Zange war übrigens eine Offenbarung." Er lächelte geheimnisvoll.

„Sie konnten tatsächlich schon etwas damit anfangen?"

„Donald, ich bitte Sie. Das Ding war schließlich das Mordwerkzeug." Stedman schnippte wie ein Despot mit dem Finger, und Police Constable Stockley Collins knuffte dem blassen Fred Hunt in die Seite, der erst seit ein paar Monaten Praktikant der forensischen Abteilung war. Der huschte sofort zu einem Schrank am anderen Ende des Laboratoriums und kam mit der Tiegelzange zu ihnen. Sorgsam darauf bedacht, nicht den Holzgriff zu berühren, legte er sie auf dem Tisch ab.

Swanson war gespannt, welche Offenbarungen die Zange wohl bereithalten mochte. Jedes Mal, wenn er herkam, lernte er dazu.

„Danke, Fred. Kommen Sie näher, Donald." Stedman nahm ein Vergrößerungsglas in die Hand und reichte es an Swanson weiter. Frederick und Archibald Horne traten ebenfalls näher. „Ich will Ihnen etwas zeigen. Sehen Sie sich einmal den Griff an. Fällt Ihnen daran irgendetwas auf?"

Swanson tat, wie ihm geheißen; allerdings konnte er nichts Besonderes daran entdecken. „Einige Spuren von Kreide." Er zuckte die Achseln. „Sie wissen, wie sehr ich Ihre Arbeit schätze, Charles. Also, klären Sie mich auf."

„Mit dem größten Vergnügen", sagte Stedman euphorisch. „Gerade das, was Ihre ungeschulten Augen als

Kreidespuren identifiziert haben, könnte uns nämlich unter Umständen ein ganzes Stück weiterbringen. Was Sie dort sehen, ist in Wahrheit Magnesiumpulver."

Swanson sah nicht ein, was das für einen Unterschied machte.

Und Archibald Horne sagte: „Der Mann litt unter Krämpfen, meinen Sie?"

„Donald –", sagte Stedman, Hornes Bemerkung ignorierend. „Ich weiß, dass außer Ihnen und dem Commissioner kaum jemand für unsere Tätigkeiten hier unten allzu viel Interesse aufbringt. Im Allgemeinen macht mir das nichts. Aber das hier könnte der Durchbruch sein. Denn es sind nämlich mit sehr großer Wahrscheinlichkeit die einzigen verwertbaren Spuren, die der Mörder in der Werkstatt zurückgelassen hat: seine Fingerabdrücke. Mit ihrer Hilfe können wir ihn womöglich identifizieren."

„Seine ... *Fingerabdrücke*?" Obwohl er sich stets auf dem Laufenden hielt, hatte Swanson noch nie davon gehört. „Und er hat es nicht mal bemerkt?"

„Nein", versicherte Stedman. „Komische Frage, wie sollte er auch? Normalerweise sind sie natürlich für das bloße Auge unsichtbar ..."

„Natürlich, Charles." Swanson hielt lächelnd den Kopf schief und schaute Stedman besorgt an. Es musste wohl an der wenigen Gesellschaft hier unten liegen. „Sie sind *unsichtbar*."

Stedman blinzelte verunsichert. „Ja, aber wir haben sie mithilfe von Magnesiumpulver sichtbar gemacht."

Jetzt hatte Swanson genug. Er legte Stedman die rechte Hand auf die Schulter und sagte freundlich: „Ersparen wir uns das Rätselraten, Charles. Und tun wir mal für ein Weilchen so, als wüsste ich nicht, wovon Sie reden. Okay? Also, was zum Teufel sind Fingerabdrücke?"

„Ich hätte mir fast denken können, dass außerhalb dieses Raums niemand im Yard Sir Francis Galtons kürzlich erschienenes Buch ‚Fingerabdrücke' gelesen hat", stellte er fest. Denn wie Swanson wusste, gingen auch in jenem unterirdischen Teil des Yard, über den Stedman und seine beiden Kollegen geboten, Gerüchte. Eines davon besagte, dass die Kollegen der Kriminalpolizei in Zivil dort oben in den luftigen Turmzimmerchen niemals etwas Spannenderes lasen als die Uhr; und das auch nur, damit sie die Mittagsstunde und den Feierabend nicht versäumten. „Es ist ein brandneues Verfahren. Noch steckt es natürlich in den Kinderschuhen, aber ich bin mir sicher, in zehn, fünfzehn Jahren wird es bei der Spurenermittlung zum Standardprogramm gehören." Und so erläuterte Sergeant Stedman Donald Swanson nun mit wachsender Begeisterung das, was er „Galtons bahnbrechendes System" nannte.

Er begann bei den alten Chinesen, die im Grunde genommen die Erfinder dieses Verfahrens gewesen waren, hatten sie Verträge doch bereits vor tausend Jahren mit einem blutigen Daumenabdruck besiegelt. Ein Mann namens William James Herschel war dann beim Herumspielen mit seinem Vergrößerungsglas zufällig darauf gekommen, dass jeder immer und überall Fingerabdrücke hinterließ und kein Finger dem anderen glich. Sie unterschieden sich durch eine Vielzahl von Kringeln, Spiralen und Dreiecken. Im Laufe vieler Jahre stellte er eine umfangreiche Sammlung zusammen, die ihm zwar den Briefmarkensammlern gegenüber einen unbestreitbaren Vorteil dabei verschaffte, junge Damen in seine Wohnung zu locken, bei der Regierung indes auf wenig Gegenliebe stieß. Dort erging es ihm wie Kopernikus; niemand wollte auf ihn hören. Erst Francis Galton, ein Cousin des ketzerischen Charles Darwin, berechnete, dass die Wahrscheinlichkeit, der Zeigefinger eines Menschen sei mit dem eines anderen identisch, bei einer Chance von vier zu eins lag. Nahm man dagegen alle zehn Fingerabdrücke, ergab das nach Adam Riese eine Übereinstimmungswahrscheinlichkeit von 64.000.000.000 : 1.

Swanson hörte sich all diese Dinge geduldig und sehr interessiert an, obgleich er sich noch nicht einmal richtig an das Verfahren gewöhnt hatte, mit dem man in den Fluren auf *seiner* Etage experimentierte. Ein Franzose hatte es erfunden: Alphonse Bertillon, Schreiber oder Hausmeister bei der Sûreté, dem vor lauter Langeweile plötzlich die grandiose Idee gekommen war, alle verurteilten Verbrecher zu vermessen: Nasenlänge, Ohrengröße, Hüftumfang. Swanson mochte sich gar nicht ausmalen, was noch alles dazugehörte. 1888 hatten die Franzosen Bertillon tatsächlich zum Chef des Erkennungsdienstes ernannt. Man hätte darüber lachen mögen, wäre es nicht die bittere Wahrheit gewesen. In gewissen Kreisen munkelte man sogar, der Yard würde die sogenannte „Bertillonage" schon im kommenden Jahr übernehmen.

„Also", schloss Stedman, „untersuchte ich den Griff dieser Tiegelzange auf Fingerabdrücke. Denn der Mörder benutzte sie, um Wigfield das Gold in den Rachen zu schütten. Und ich fand ein paar wunderschöne Exemplare. Daraufhin nahm ich von allen am Tatort anwesenden Beamten ebenfalls Fingerabdrücke und verglich sie mit jenen auf der Zange. Um sicherzugehen, dass sie vom Täter stammen und nicht einer unserer Leute sie hinterließ."

„Das klingt recht vielversprechend", sagte Swanson. „Allerdings haben Sie meine Fingerabdrücke noch nicht."

„Darauf wollte ich eben kommen", fuhr Stedman fort. Er kramte in den Taschen seines Laborkittels und zog schließlich einen knitterfaltigen Zettel hervor. Er warf einen Blick darauf und sagte: „Außer Ihnen fehlen mir nur noch Mr Horne und Mr Greenland."

„Was ist mit Sergeant Phelps?", wollte Swanson wissen. „Und dieser alten Lady mit dem Hund?"

„Phelps hat seine bereits abgegeben. Diese Lady allerdings ...", murmelte Stedman vor sich hin und schnalzte ärgerlich ein paar Mal mit der Zunge. „Ja, ich fürchte, da haben Sie mich erwischt, Donald. Die habe ich übersehen."

„Und der Tote selbst? Sicherlich hat er das Werkzeug häufiger in Händen gehabt."

„Wigfield konnte ich bereits ausschließen."

„Mich können Sie ebenfalls ausschließen", warf Frederick ein. „Ich war an jenem Tag überhaupt nicht in der Werkstatt."

„Das sagen Sie, Sir." Stedman grinste, während er sich die Ärmel aufkrempelte. „Wir werden sehen. Stockley – Farbe und Formulare bitte."

Constable Collins war sofort zur Stelle. Er hievte ein riesiges Stempelkissen auf den Tisch, nahm den Deckel ab und legte einen Stapel Papiere daneben.

„Fangen wir doch gleich mit Ihnen an, Mr Greenland", sagte Stedman. Er ergriff Fredericks linke Hand und wollte sie auf das Stempelkissen drücken.

„Muss das sein?" Frederick war ein Mann, der sich seit Jahren die Finger nicht mehr schmutzig gemacht hatte.

„Ich fürchte, es wird sich nicht vermeiden lassen, Sir."

„Gibt es keine andere Möglichkeit?"

„Ich fürchte nein, Sir."

Und so ergaben sich die drei Männer gleichmütig und in dem Wissen, der Gerechtigkeit zu dienen, in ihr Schicksal. Handflächen wurden geschwärzt, auf die Formulare gedrückt und anschließend von Constable Collins mit Namen versehen.

Swanson kam als Letzter an die Reihe. Als auch er sich seine Hände notdürftig an einem Lappen abgewischt hatte, fragte er: „Was ist nun mit diesem Tagebuch? Werden Sie den Code knacken?"

„Allerdings werde ich das." Stedman straffte sich. „Ich kann natürlich keine Wunder vollbringen ..."

Manchmal bezweifelte Swanson das. „Wie lange, Charles?"

„Schätze, ich werde wenigstens acht, neun Stunden brauchen."

„Gut." Swanson fiel ein Stein vom Herzen. Er hatte mit mehreren Tagen gerechnet. Er sah auf die Uhr. „Tun Sie Ihr Bestes. Wir müssen den Mann schnappen, ehe er wieder zuschlägt. Wenn ich es schaffe, schaue später noch einmal vorbei."

„Sie schummeln doch!" Sergeant Peter Phelps knallte erbost die Karten auf den Tisch. Er hatte sich immer eingebildet, ein recht guter Spieler zu sein, aber gegen James Berry schien er nicht die geringste Chance zu haben. Der Mann gewann einfach immer. Das konnte nicht mit rechten Dingen zugehen. Immerhin war Phelps in den ersten Jahren bei der Metropolitan Police während der Nachtwachen häufig genug von den dienstälteren Beamten abgezockt worden, um beurteilen zu können, wann jemand den eselsohrigen Zustand von Spielkarten zu seinem eigenen Vorteil ausnutzte. Und das, was Berry tat, war eindeutiger Betrug. Noch dazu außerordentlich stümperhaft ausgeführt, denn Phelps war das Ass, das für den Bruchteil einer Sekunde verräterisch aus dem Ärmel des ehemaligen Henkers hervorgelugt hatte, keineswegs entgangen.

„Ich bitte Sie." James Berry grinste, als er die Hand ausstreckte und zum wiederholten Male die auf dem Tisch liegenden Geldscheine zu sich herüberzog. „Sie wollen mich doch nicht beleidigen, Peter, oder? Ich bin ein Mann Gottes."

Sie befanden sich nach einem anstrengenden Tag erneut im Snowdrop Inn.

Phelps hatte die meiste Zeit des Tages damit zugebracht, Routinenachforschungen im Umfeld des toten Anthony Richardson anzustellen. In Ermangelung direkter Freunde oder Bekannter war er dazu übergegangen, die Stammkundschaft des Goldschmieds ausfindig zu machen und sie der Reihe nach zu befragen. Die recht stattliche Kundenkartei hatte er in Mr Richardsons Büro gefunden. Die meisten dieser Leute kamen aus Lewes oder der unmittelbaren Umgebung. Betuchte Frauen wie die Gattin des Bürgermeisters, die im letzten Quartal mehr als 400 Pfund für Smaragdohrringe und lose Brillanten ausgegeben hatte. Eine Verschwendung erster Klasse, wie der Sergeant fand. Aber auch weniger begüterte Personen wie Miss Glenn, die hübsche Bedienung des Snowdrop Inn, zählten dazu. Wie sie sich die achtzehnkarätige Goldkette mit dem rubinbesetzten Kreuzchen hatte leisten können, die vor drei Monaten für sie angefertigt worden war, blieb ihm ein Rätsel – doch er hatte da diesen unbestimmten Verdacht ... Einige von Richardsons Kunden kamen sogar aus so entlegenen Orten wie Askrigg oder Bodmin. Doch Yorkshire und Cornwall waren für den Anfang nun wirklich viel zu weit weg. Phelps' Liste war lang. Insgesamt waren es fünfundzwanzig Personen gewesen, die er im Laufe des Tages bereits aufgesucht hatte. Allerdings bezweifelte er, dass es etwas brachte, noch weitere zu befragen. Denn der Grundtenor war stets der gleiche: Richardson war ein Ausnahmekünstler gewesen, ein ausgesprochener Meister seines Fachs; auf menschlicher Ebene allerdings eine vollkommene Niete. Niemand kannte ihn wirklich, niemand war mit ihm richtig warm geworden. Der Privatmann Richardson hatte äußerst zurückgezogen gelebt. Etwas Persönlicheres als „Einen schönen Tag, Madam" oder „Eine ausgezeichnete Wahl, Sir" war ihm niemals über die Lippen gekommen. Der Mann war allen gegenüber so unverbindlich gewesen wie nur irgend möglich. Ein wunderbarer Zuhörer, wie alle Menschen mit Geheimnissen. Selbst beim Friseur hatte er nicht das geringste Bisschen von seinem Privatleben preisgegeben.

„Finden Sie das Motiv für die Tat", hatte Chief Inspector Swanson verlangt. Phelps entsann sich der Worte genau: „Spielschulden", „Habgier", „ein eifersüchtiger Ehemann ...". Nichts von alledem schien zuzutreffen. Das Bankkonto des Toten hatte er überprüft – da war alles in bester Ordnung. Habgier schied ebenfalls aus, da keinerlei Schmuck gestohlen worden war. Und was die eifersüchtigen Ehemänner betraf, war Phelps beinahe geneigt zu glauben, dass Richardson sich aus nichts weniger gemacht hatte als aus dem weiblichen Geschlecht. Der Goldschmied war ganz offenkundig so glatt gewesen, dass kein Dreck an ihm haften wollte. Wie eine gut gespülte Pfanne, an der das Wasser abperlt, dachte der Sergeant. Doch auch in gut gespülten Pfannen konnte zuvor jede Menge ranziges Fett gewesen sein ...

Enttäuscht von all den im Nichts verlaufenden Spuren hatte Phelps den Nachmittag in James Berrys Gesellschaft verbracht, jede Menge Spesengeld beim Spiel verloren und schließlich mit dem wenigen weitergemacht, das er noch hatte – und das waren die Hufeisen unter Richardsons Füßen. Was wollte der Mörder damit bezwecken, als er sie dem Mann unter die Fußsohlen nagelte? Wofür standen sie? War das Ganze vielleicht symbolisch gemeint? Und weit wichtiger noch: Woher stammten sie? War es unter Umständen sogar möglich festzustellen, wo sie gekauft worden waren? Zumindest eines hatte er beim örtlichen Hufschmied erfahren: Diese Eisen waren sehr selten. Nur Islandponys wurden damit beschlagen. War ihr Mörder am Ende ein Isländer?

Gegen Abend war es Phelps dann gelungen, mit dem

wenigen Geld, das ihm noch geblieben war, ein Zimmer im Snowdrop Inn zu bekommen.

„Als wir anfingen", sagte er jetzt zu Berry, „da hätte ich mir ein Steak zum Abendessen leisten können. Jetzt langt es gerade noch für Fish & Chips, verdammt noch mal!"

„Sie fühlen sich tatsächlich betrogen, was?"

„Na, was denken Sie denn? Kein Mensch hat so viel Glück."

„Das Glück ist allein bei Gott", erwiderte Berry. „Und Gott ist mit den Gerechten. Steht schon in der Bibel, mein junger Freund."

Phelps schnaubte verächtlich. „Da können Sie noch so viel von Gott reden. Sie sind ein ausgemachtes Schlitzohr und nichts weiter."

„Sie beschuldigen mich zu Unrecht", sagte Berry und lächelte unschuldig. „Aber ich will nachsichtig mit Ihnen sein, weil Sie ein so junger Kerl sind. Der Jugend gehen schnell einmal die Pferde durch."

„Die Pferde?" Der Sergeant war in Gedanken noch immer bei den Hufeisen. Etwas verwirrt fragte er: „Wie meinen Sie das?"

„Nur so eine Redensart. Wenn Sie mir nicht glauben wollen, dann lassen wir doch *ihn* entscheiden."

„*Ihn*?"

Berry starrte zur Decke hinauf. „Den Herrn, der alles gemacht hat und der alles sieht. Und sowieso: Kleine Sünden bestraft er sofort."

An der Decke war nichts und niemand, dessen war Phelps sich sicher. Statt auf das Ablenkungsmanöver hereinzufallen, beäugte er den ehemaligen Henker genau. Besonders seine Ärmel behielt er im Auge. Wenn er wieder verlor, würde er auf der Straße schlafen müssen. „Na, hoffen wir mal", murmelte er, als der Henker erneut die Karten austeilte.

Die Gentlemen Milsom und Fowler fühlten sich ein wenig eingeengt, was vermutlich daran lag, dass sie in Lewes tief unter dem Gerichtsgebäude in einem feuchten Gefängnisverlies saßen. Mr Gius hatte ihnen eine stattliche Belohnung versprochen, wenn sie den Auftrag ausführten, den er für sie vorgesehen hatte. Ihrer Meinung nach hatten sie ihn ausgeführt. Doch etwas war schiefgegangen. Es hatte Komplikationen gegeben. Schließlich hatten sie nicht damit gerechnet, diesen toten Mann mit dem zerdepperten Kopf vorzufinden. Der hatte sie ziemlich erschreckt. Und dann all die Fliegen und deren Larven. Der Tod war eben nicht ihr Metier – noch nicht. Aber sie würden dazulernen. Jetzt galt es erst einmal, hier wieder herauszukommen.

„Hey!", rief Milsom und hämmerte wie verrückt mit der Faust gegen die Zellentür. „Bringt uns mal einen Copper her!"

Die kleine Luke in der schweren, eisenbeschlagenen Tür wurde geöffnet, und das blasse Gesicht eines der Wärter erschien. „Was soll das? Was macht ihr hier für ein Geschrei?"

„Wir woll'n 'nen Copper sprechen", schnarrte Milsom. „Den aus London, der neulich hier war."

„Der ist wieder in London", sagte der Wärter. „Worum geht's?"

„Wir wollen 'ne Aussage machen", meldete sich Fowler. „Wegen dem toten Goldschmied und so."

„Na, dann redet mal."

„Nich mit 'nem verfluchten Schließer", sagte Milsom und spuckte auf den Boden. „Nur mit 'nem richtigen Copper."

„Ihr könnt mich mal am Arsch lecken", sagte der Wärter und knallte die Luke wieder zu.

Milsom und Fowler starrten einander entsetzt an. Dann schlug Fowler abermals gegen die Tür und brüllte: „Hey,

Arschloch! Wir sagen euch, warum wir bei dem Juwelier eingestiegen sind!"

Nichts.

„Und wir verraten den Namen von dem, der uns den Auftrag dafür gegeben hat!", rief Milsom.

Nach einer Weile wurde die Luke wieder geöffnet. „Na, dann mal raus damit."

„Bring uns 'nen Bullen her", sagte Fowler. „Dann könnt ihr alles von uns hören, was es darüber zu sagen gibt."

„Will sehen, was ich tun kann", sagte der Wärter in gespielter Gleichgültigkeit, knallte die Luke zu und rannte dann schleunigst nach oben. Constable Cole war der einzige Polizist weit und breit. Er saß im Büro, die schweren genagelten Stiefel auf dem unordentlichen Schreibtisch, und döste. Der Wärter machte ihn wach und sagte: „Die beiden da unten wollen eine Aussage machen."

„Was?" Cole kippte beinahe von seinem Stuhl. „Milsom und Fowler?"

„Ganz recht. Haben gesagt, sie würden ihren Auftraggeber nennen."

„Auftraggeber? Schön. Schön. Eine Aussage. Sehr schön." Cole knöpfte aufgeregt seine Uniformjacke zu und strich hastig die faltigen Ärmel glatt. Wenn er es richtig anstellte, war das hier seine Chance auf Beförderung. „Halten Sie die Stellung", sagte er. „Ich laufe rasch los und hole Chief Constable Luxford und diesen Sergeant von Scotland Yard." Dann eilte er im Laufschritt davon.

Bolton Street Nummer sieben war ein schlichtes, dreigeschossiges Stadthaus wie alle übrigen in dieser Straße. Die beiden steinernen Blumenkübel mit den sich sanft im milden Abendwind wiegenden Chrysanthemen rechts und links der Eingangstür waren liebevoll gepflegt und die weiße Fassade des Gebäudes von beeindruckender Sauberkeit. Die Vermieterin, die ihnen die Tür öffnete

– ein grimmiges, korpulentes Geschöpf mit silbergrauen Haaren –, entsprach dem Gebäude in jeder Hinsicht. In ihrer weißen, makellosen Schürze wirkte sie wie ein Ausbund an Sauberkeit, sah so rosig aus, als sei sie mit einer groben Bürste kräftig abgeschrubbt worden und eben erst dem Waschtrog entstiegen. Und während Swanson, Greenland und Horne ihr durch den Hausflur und die Treppe hinauf in den zweiten Stock folgten, ließ sie keinen Zweifel daran, was sie von Herrenbesuch im Allgemeinen und dem der Polizei im Besonderen hielt – beides verabscheute sie aus tiefster Seele; die Tageszeit spielte für sie dabei offenbar nicht die geringste Rolle.

„Besuch für Sie, Miss Comfort", sagte die Vermieterin, als sich die fragliche Wohnungstür auf ihr Klopfen hin öffnete und eine schüchtern wirkende junge Frau mit überraschtem Blick im Türrahmen erschien. „Polizei", setzte sie hinzu und verschränkte die Arme über der üppigen Brust, machte jedoch keinerlei Anstalten, sich zurückzuziehen.

Swanson nickte ihr freundlich zu und schob sie beiseite. „Danke, Mrs ... Danke sehr. Sicher haben Sie noch jede Menge zu tun. Die Wäsche und so weiter ..." Dann wandte er sich an Miss Comfort: „Bitte entschuldigen Sie unser spätes und vor allem unangemeldetes Eindringen. Wir würden Sie niemals belästigen, wenn es nicht so wichtig wäre. Dürfen wir wohl eintreten?" Er lächelte.

„Aber natürlich, ja." Die junge Dame blinzelte verlegen und senkte den Blick. „Bitte sehr. Ich hoffe, es stört Sie nicht, dass ich mich bereits für die Nacht fertig gemacht habe."

Wohl keinen der drei Männer störte das knielange, fast durchsichtige Satinnegligé, das sich nur unzureichend verhüllend um Miss Comforts Rundungen bauschte, wirklich – im Gegenteil. Nur Mr Horne wirkte sichtlich verlegen. Seine Wangen waren gerötet, seine Hände mit dem Hosenbund beschäftigt und sein Blick äußerst bemüht auf die Nippessammlung auf dem Kaminsims gerichtet. Frederick Greenland dagegen ließ sich (falls ihm Miss Comforts Reize überhaupt auffielen) nichts anmerken.

Swanson selbst versuchte der jungen Dame lediglich in die Augen zu sehen und alles, was ihm jetzt durch den Kopf ging, zu verdrängen, indem er an die verhärmte Köchin des Internats dachte, auf das er als Knabe gegangen war. Das half. Sich von weiblichen Reizen ablenken zu lassen, konnte er sich nicht erlauben. Schließlich hatte er es hier mit einer Tatverdächtigen zu tun.

„Miss Comfort", hob er an, wurde jedoch sogleich unterbrochen.

„Alexandra", sagte sie. „Oh bitte, nennen Sie mich Alexandra. Besser noch Alex." Sie wehte wie eine leichte Abendbrise durch den Raum und ließ sich mit der übertriebenen Grazie einer Schauspielerin auf dem Sofa nieder. „Kein Mensch sagt Miss Comfort zu mir. Aber bitte setzen Sie sich doch." Mit dem rechten Arm wies sie auf ein Grüppchen zarter Hepplewhite-Stühle.

Swanson sah zu, wie Archibald und Frederick Platz nahmen, blieb aber selbst stehen. „Miss Comfort", begann er noch einmal.

„Alex." Sie lächelte.

„Sie können es sich und uns leicht oder schwer machen, *Miss Comfort*", sagte Swanson in einem Tonfall, der keinen weiteren Einwand duldete. Er hatte eine Morduntersuchung zu führen und nicht vor, sich auf Spielchen einzulassen. „Mein Name ist Donald Swanson. Ich bin Chief Inspector bei der Metropolitan Police. Sie können sich also vorstellen, dass ich nicht zum Vergnügen zu Ihnen gekommen bin. Ich kann Sie hier in Ihrer Wohnung befragen oder Sie mit in den Yard nehmen. Es liegt ganz bei Ihnen."

Sie richtete sich auf. Das aufgesetzte Lächeln war von ihr abgefallen wie eine Gipsmaske. „Ich verstehe nicht ..."

„Oh doch, ich denke, das tun Sie", sagte Swanson. „Ich denke, das tun Sie sogar sehr genau. Sie kennen diesen Mann?" Und er deutete auf Mr Horne.

Sie sah ihn an – äußerst abschätzend, wie Swanson fand. Dann sagte sie: „Nein."

Swanson hob stirnrunzelnd die Augenbrauen. „Das glaube ich Ihnen nicht."

„Aber ich kenne ihn nicht", beharrte sie.

„Wir sind uns heute zwei Mal begegnet, Miss", warf Mr Horne etwas hilflos ein. „Einmal heute Morgen am Strand, als ich fast in Sie hineinrannte. Und dann noch einmal gegen Mittag in einem Pub in der Hogan Mew, dem Fare Well. Sie erinnern sich nicht?"

Alex Comforts Blick wanderte unschlüssig zwischen den Männern hin und her. „Nein", stieß sie hervor. „Nein, das ist ja vollkommen lächerlich." Sie sprang auf und trat an die hohen, gardinenbehangenen Fenster heran, wobei sie den drei Männern den Rücken zuwandte. „Es ... Ich fürchte, es muss sich um eine Verwechslung handeln."

„Nein, Miss Comfort. Um eine Verwechslung handelt es sich hier bestimmt nicht." Ein erster Verdacht, er könne es möglicherweise mit einem Ring von Pornografiehändlern zu tun haben, war Swanson bereits in Wigfields Schlafzimmer gekommen; seit er diese Wohnung hier betreten hatte, war diese Vermutung zur Gewissheit geworden. Und dass die vermeintlich schüchterne Miss Comfort bis zum Hals mit drinsteckte, stand für ihn außer Frage. Denn auch er hatte die junge Dame heute schon einmal gesehen: auf einem Foto zwischen Wigfields Unterwäsche; und darauf hatte sie nichts weiter getragen als ein dreireihiges Perlencollier und eine Art ledernen Sattel.

Swanson war mit drei Schritten bei ihr und drehte sie an den Schultern herum, sodass sie ihn ansehen musste.

„Kommen Sie, Miss Comfort, lassen wir das Theater. Wenn Sie mir alles erzählen, kann ich Ihnen möglicherweise helfen, da herauszukommen."

„Ach!" Sie hob trotzig das Kinn. „Was wissen Sie denn schon?"

„Eine ganze Menge über goldene Kugeln und eindeutige Fotografien."

„Wirklich?" Sie errötete fast unmerklich unter ihrem weißen Gesichtspuder. „Und? Haben sie Ihnen gefallen, Chief Inspector?"

„Demnach sind Sie mit dem Inhalt von Wigfields Nachtschränkchen vertraut?"

Sie nickte trotzig. „Ich habe Gordon geliebt, Inspector. So wahrhaftig, so innig und *so oft*, mein Lieber, wie es nur eben möglich war."

„Also gut." Swanson, der spürte, wie ihre Fassade zu bröckeln begann, versuchte, die Befragung wieder in geordnete Bahnen zu lenken. „Wir wissen, dass Mr Wigfield sexuelle Beziehungen zu einer ganzen Anzahl von Frauen unterhielt."

„Das ist nicht wahr!" Jetzt war es Zornesröte, die Miss Comfort ins Gesicht stieg. „Wir haben uns geliebt."

„Das sagten Sie bereits", erinnerte sie Swanson. Er trat ganz nahe an sie heran, nahm ihre Hände und sagte: „Es tut mir leid, Miss Comfort. Ich fürchte, Sie werden sich mit dem Gedanken vertraut machen müssen, dass Sie nicht die einzige Frau in Gordon Wigfields Leben waren."

„Was reden Sie denn da?" Sie schüttelte seine Hände ab und funkelte Swanson böse an. „Sie kannten ihn doch gar nicht."

„Können Sie mir sagen, wo Sie gestern zwischen sechs Uhr dreißig und acht Uhr morgens waren, Miss Comfort?"

„Ich war hier im Haus."

„Gibt es Zeugen dafür?"

Sie dachte einen Moment nach, schüttelte dann aber mit

einem resignierten Seufzer den Kopf. „Ja, glauben Sie mir denn nicht, Chief Inspector?"

„Ehrlich gesagt bin ich ein wenig erstaunt darüber, wie wenig Sie der Tod Ihres ... Ihres Liebhabers mitzunehmen scheint", sagte Swanson.

„Bitte beurteilen Sie niemals dem äußeren Anschein nach", sagte Miss Comfort. „Gordon – Mr Wigfield und ich ... wir waren verlobt, Inspector. Ich wusste von den anderen Frauen. Es war nicht leicht für mich. Aber er hatte sich geändert, wissen Sie? Wir wollten heiraten. Und jetzt muss ich eben versuchen, stark zu sein. Wie es in mir drin aussieht, das ist eine ganz und gar andere Sache."

„Sie wollten tatsächlich die Ehe mit ihm eingehen?", fragte Swanson. „Trotz seiner zahllosen Frauengeschichten?"

Sie nickte mit einer Vehemenz, die keinen Zweifel an ihrem Entschluss zuließ. „Gordon war eben ein richtiger Mann", sagte sie. „Doch allmählich wurde er ruhiger."

„Stand der Termin für die Hochzeit bereits fest?", fragte Swanson.

„Nicht genau", gab sie zu. „Gordon wollte erst noch das Weihnachtsgeschäft hinter sich bringen. Um Weihnachten war er immer besonders eingespannt."

Wohl nicht nur zu Weihnachten, dachte Swanson bei sich. So, wie er Gordon Wigfield einschätzte, war für ihn das Fest der Liebe nicht unbedingt auf drei Tage im Dezember beschränkt gewesen. Diese Frau mochte sich in dem Glauben gewähnt haben, Wigfields Herz ganz für sich allein zu haben, aber er bezweifelte, dass der Goldschmied das genauso gesehen hatte. War Miss Comfort ihrem untreuen Verlobten womöglich auf die Schliche gekommen und hatte ihn in einem Anfall rasender Eifersucht getötet?

„Mr Swanson?", meldete sich Archibald Horne zögernd zu Wort.

„Ja, Mr Horne?“

„Ich kann vielleicht ein wenig zur Klärung der Angelegenheit beitragen.“

„Nur zu“, meinte Swanson. „Reden Sie, Mr Horne.“

„Wie ich vorhin schon sagte, hatte die Dame, mit der ich gestern in der Nähe des Geschäfts zusammenstieß und die ich später vor dem Pub wiedersah, eine tiefe Schnittwunde am Handgelenk. Sah schlimm aus, die Verletzung. Sie könnten es doch überprüfen. Dann wissen Sie genau, dass ich mich nicht geirrt habe.“

Aber natürlich – das verletzte Handgelenk, dachte Swanson. Beinahe hätte er es vergessen. Er brauchte wirklich dringend ein paar Tage Urlaub. „Miss Comfort“, sagte er. „Ich muss Sie bitten, mir Ihre Handgelenke zu zeigen. Wir nehmen an, dass sich Wigfields Mörder in der Werkstatt an einem Nagel verletzte und dabei das Bündchen seines Ärmels am Tatort zurückließ.“

Voller Entsetzen sah sie ihn an. „Das Bündchen seines Ärmels? Von einem Damenkleid?“

„Ganz recht“, sagte Swanson. „Und nun schieben Sie einmal Ihre Ärmel hoch. Bitte.“

Alex Comfort starrte ihn noch immer ungläubig an. „Aber ich ... ich habe keine Verletzung am Handgelenk.“

„Dann wird es Ihnen ja auch nichts ausmachen, uns das zu beweisen“, sagte Swanson freundlich. „Nur, um jeden Zweifel zu zerstreuen.“

Mit einem Ruck zog Alexandra Comfort erst den rechten und dann den linken Ärmel hoch. „Und?“ Sie sah ihn trotzig an. „Sind Sie jetzt zufrieden?“

„Aber ...“ Verblüfft starrte Archibald Horne die beiden makellosen Handgelenke an. „Aber ich war mir absolut sicher.“

„Ich sage es nur ungern, aber was immer Sie gesehen haben mögen, Mr Horne“, meinte Swanson zerknirscht, „Sie haben sich geirrt.“ Generell waren zuverlässige

Zeugen selten. Konnte Horne sich die Verletzung bloß eingebildet haben? Immerhin hatte er reichlich Alkohol konsumiert, wie er zugegeben hatte. Oder war es der Frau unterwegs vielleicht doch gelungen, ihn abzuhängen? Doch dann stellte sich wiederum die Frage, weshalb der junge Goldschmied, ohne es zu wissen, ausgerechnet einer von Wigfields Gespielinnen nach Hause gefolgt war; an einen Zufall mochte Swanson nicht glauben. Trotz allem kam er hier erst mal nicht weiter. Er würde darüber nachdenken müssen. Er nahm Miss Comforts Hand und sagte: „Ich fürchte, wir müssen uns bei Ihnen entschuldigen, Miss Comfort."

„Ich verüble es Ihnen nicht. Sie tun ja auch nur Ihre Arbeit." Sie senkte traurig den Blick und ließ die Arme baumeln. Ihr Trotz war von einem Moment auf den anderen verschwunden. Doch seltsamerweise wirkte sie überhaupt nicht erleichtert. Schweigend blickte sie zum Kamin. „Gordon war im Grunde seines Herzens ein wirklich feiner Mann. Meine Güte, was hatten wir für Pläne miteinander. Und nun ist er tot. Dabei ist doch im Dezember der große Ball in der Goldsmiths' Hall. Er wollte mich mitnehmen und mich ganz offiziell seinen Kollegen vorstellen." Sie begann zu schluchzen, fing sich aber gleich wieder. „Bitte entschuldigen Sie ... Wissen Sie schon, wann wir ihn werden beerdigen können?"

„Sobald die gerichtliche Leichenschau abgeschlossen ist und der Coroner die Leiche freigibt." Swanson legte ihr behutsam eine Hand auf den Rücken. „Das alles muss sehr schwer für Sie sein, Miss."

Sie sah zu ihm auf, wischte sich die Tränen aus dem Gesicht und sagte: „Wer immer ihn getötet hat, ich werde ihn kriegen. Und dann gnade ihm Gott."

Die drei Männer waren eben gegangen, als Alexandra Comfort zaghaft die Tür zum Nebenzimmer öffnete und leise sagte: „Du kannst rauskommen, Georgina – sie sind weg."

Die junge Frau, die nun den Raum betrat, glich Alex Comfort wie ein Ei dem anderen. Abgesehen von dem blutigen Verband, den sie an ihrem linken Handgelenk trug.

Als Frederick Greenland, der Archibald Horne in eine Droschke nach Hause gesetzt hatte, gegen Mitternacht zum Gordon Square zurückkehrte, brannte zu seiner Überraschung im Wohnzimmer von Nummer 49 noch Licht.

Sein Onkel Henry saß Pfeife rauchend und mit einem Glas Wein neben sich im Sessel und las in der Sun. „Du bist spät dran, Junge", sagte er und ließ die Zeitung sinken.

„Du bist noch wach, Onkel Henry?"

„Welche Mutter könnte schon schlafen, wenn ihre Kinder nicht im Haus sind?" Er lächelte. „Gibt's schon was Neues?"

„Einige aktuelle Entwicklungen. Aber nichts, was Swanson weiterbrächte. Es scheint den Fall nur zusätzlich zu verkomplizieren." Frederick schenkte sich ebenfalls ein Glas Wein ein und setzte sich seinem Onkel gegenüber. Er war schrecklich müde. Der Tag war ungewohnt lang gewesen, und die Aufregung hatte ein Übriges getan. Er massierte sich mit Daumen und Zeigefinger den Nasenrücken und sagte: „Allerdings dürften Mr Horne und ich wohl vorerst aus dem Schneider sein."

Onkel Henry nickte. „Diese aktuellen Entwicklungen", sagte er. „Gehe ich recht in der Annahme, dass es sich dabei um neue Verdächtige handelt?"

„Eine sehr mysteriöse junge Dame, ja. Sie scheint bislang die einzige Person zu sein, die ein Motiv für den Mord gehabt hätte. Zumal nichts gestohlen worden ist", fügte er hinzu.

„Verschmähte Liebe, nehme ich an."

„Könnte ein Motiv sein", sagte Frederick. „Angeblich war sie mit Wigfield verlobt. Möglicherweise hat er ihr aber auch kurz zuvor den Laufpass gegeben, und sie rächte sich auf ihre Weise. Allerdings –"

„Allerdings?" Onkel Henry nippte an seinem Weinglas. „Demnach hast du deine Zweifel?"

„Ich kann mir nicht vorstellen, wie sie es getan haben sollte", sagte Frederick.

„Nun, bei den Frauen kann man nie sicher sein. Manche sind recht erfinderisch, wenn es um die Rache des Herzens geht."

„Abgesehen davon, dass sie sich das Wissen für den Umgang mit dem Koksofen, um das Gold einzuschmelzen, bei ihren häufigen Besuchen in der Werkstatt natürlich abgeguckt haben kann, halte ich es fast für ausgeschlossen, dass eine Frau überhaupt in der Lage wäre, diese Tat zu begehen. Sie hätte Wigfield bewusstlos schlagen, ihn auf den Hocker hieven, ihn fesseln und dann irgendwie aufrecht halten müssen, um ihm das geschmolzene Gold in den Mund zu gießen. Schon für einen kräftigen Mann ein kaum durchführbares Unterfangen; selbst wenn er im Umgang mit den Werkzeugen Routine hätte."

„Also doch ein Goldschmied", stellte Onkel Henry fest.

„Um Gottes willen – nein!" Frederick war entsetzt. „Keiner meiner Kollegen wäre zu einer solch widerwärtigen Tat imstande."

„Wenn du es sagst, Junge." Er faltete die Zeitung zusammen, legte sie auf das Beistelltischchen und erhob sich schwerfällig. „Es ist spät geworden. Ich gehe zu Bett. Solltest du auch tun."

Frederick nickte abwesend. Er war in Gedanken noch immer bei der Dame im Negligé. Und noch etwas ging ihm nicht mehr aus dem Sinn. Die Buchstaben und

Zahlen in Wigfields Tagebuch, auf die er einen kurzen Blick erhascht hatte, als er mit Swanson und Mr Horne in der forensischen Abteilung des Yard gewesen war. Swanson hielt sie für einen Code. Doch „ct" war die Abkürzung der Gewichtsangabe Karat. Und die Zahlen sahen aus wie Feingehaltsangaben, wie er und seine Kollegen sie benutzten, um die Anteile von Gold, Silber und Kupfer in Legierungen darzustellen. Allerdings ergaben die Kürzel und Zahlen keinerlei Sinn. Eine solche Legierung gab es nicht.

Onkel Henry hatte bereits die Türklinke in der Hand, als er plötzlich innehielt, sich noch einmal zu Frederick umwandte und sagte: „Ich frage mich, ob es nicht doch eine Frau getan haben könnte."

„Undenkbar. Sie müsste schon vier Arme haben."

„Und was ist", meinte Onkel Henry, „wenn sie dabei zu zweit waren?"

Swanson hatte sich etwas verschätzt, und es war schon halb zwölf in der Nacht, als er aus den finsteren Schatten der mächtigen Ulmen trat, die am Embankment wuchsen, und über den Hof des neuen Polizeigeländes schritt.

Swanson war sich nicht ganz im Klaren darüber, was er von Mr Hornes Aussage zu halten hatte. Entweder hatte der Mann sich geirrt, was die Frau mit der Verletzung am Handgelenk anging, oder er hatte absichtlich versucht, ihn in die Irre zu führen.

Sein erster Weg führte ihn abermals in die Kellergewölbe hinab, wo Stedman, Collins und Hunt rund um die Uhr zu arbeiten schienen. Vermutlich lag das an der künstlichen Beleuchtung und daran, dass nie auch nur ein Strahl echten Sonnenlichts sie erreichte. Oder daran, dass im Budget der forensischen Abteilung keine Mittel für Uhren vorgesehen waren. Sie bemerkten ganz einfach nicht, wenn Feierabend war.

Charles Stedman war gerade damit beschäftigt, Säure über irgendetwas zu gießen, als Swanson eintrat.

„Guten Morgen, Gentleman", sagte er. „Schon gefrühstückt?"

„Gefrühstückt? Autsch!" Stedman, der sich beim Aufblicken versehentlich einen Tropfen Säure auf die Hand geträufelt hatte, rannte zum Waschbecken und tauchte beide Hände in den Blecheimer, der darin stand. „Wir kommen selten beim Bäcker vorbei, Donald. Aber ich werde Hunt für ein paar Rolls losschicken, wenn Sie mit uns frühstücken wollen."

„Nein, nein. Nicht nötig", wiegelte Swanson rasch ab. Er hatte keine Ahnung, was geschehen würde, wenn die Forensiker feststellten, wie spät es in Wirklichkeit war, und konnte es sich einfach nicht leisten, es hier und jetzt herauszufinden. „Meine Zeit ist knapp bemessen. Ich werde einen Constable mit Sandwiches runterschicken, Charly."

Stedman rieb sich die übernächtigten roten Augen. „Wie spät ist es eigentlich? Man verliert vollkommen das Zeitgefühl hier unten."

„Muss so gegen acht sein. Morgens", fügte Swanson rasch hinzu, obwohl er sich sehr unchristlich dabei vorkam. „Was macht das Notizbuch? Konnten Sie schon Teile des Codes entschlüsseln?"

„Nun ja, es ist keine leichte Aufgabe", sagte Stedman seufzend, nickend und mit tief gefurchter Denkerstirn. „Und in der Kürze der Zeit ein vernünftiges Resultat zu erzielen, ist nicht leicht ... Aber ..."

„Ich weiß, ich weiß", sagte Swanson und tätschelte ihm die grau bekittelten Schultern. „Mir ist klar, dass es sich sogar um eine verflucht schwierige Aufgabe handelt, Charles. Aber sehen Sie, da draußen läuft ein Killer herum, und ich bin etwas in Eile deswegen. Sollten Sie den Code also geknackt haben, tun Sie mir bitte den Gefallen und nehmen Sie ein bisschen die Dramatik raus – das hier ist keine Theaterpremiere."

Stedman sah merklich enttäuscht aus. Er zog einen zerknitterten Zettel aus der Tasche seines Kittels und strich ihn auf dem Labortisch glatt. „Viel ist es nicht, was wir haben", sagte er.

Swanson kannte diese Taktik. Die Erwartungen klein halten und dann die Verblüffung genießen, wenn man mit der Lösung herausrückte. Er wartete.

„Wie man es auch dreht und wendet", sagte Stedman, „ein Code ist es nicht. Sehen Sie hier: Ich habe die Buchstaben hin und her geschoben, um zu sehen, ob sich irgendetwas Sinnvolles daraus machen lässt."

Swanson nahm den Zettel und las. „Gwaarmou do SO in." Er sah Stedman entgeistert an. „Was soll das bedeuten, verdammt noch mal?"

„Es hätte ein Anagramm sein können", erklärte Stedman.

„Ein Anagramm?"

„Es enthält sämtliche Buchstaben des Textes – nur in anderer Reihenfolge."

„Ich weiß, was ein Anagramm ist", sagte Swanson. „Kommen Sie auf den Punkt."

„Ja. Ja, natürlich. Aber das war offensichtlich ein Holzweg. ‚Our God is a Woman' war noch das Vernünftigste, was dabei herauskam."

„Aber das ist doch alles Quatsch, oder nicht?" Swanson fragte sich, ob es nicht doch besser wäre, man würde der heiligen Dreifaltigkeit wenigstens einmal die Woche Gelegenheit geben, sich richtig auszuschlafen. „Wollen Sie mich auf den Arm nehmen, Charles?"

„Ja, ganz genau", sagte Stedman. „Was Ihre erste Frage betrifft, Donald. Was die zweite angeht – nein, natürlich nicht." Er nahm wieder den Zettel zur Hand. „Da das alles ein ausgemachter Blödsinn ist, kann es sich bei den

Buchstabenkombinationen eigentlich nur um Initialen handeln." Er breitete die Arme aus, als warte er auf Applaus. „Diese Zahlen allerdings geben mir Rätsel auf. Kein Schimmer, was sie bedeuten."

„Das ist alles, Charles?" Swanson konnte seine Enttäuschung nicht verbergen. „Mehr haben Sie nicht? Nur ein paar Initialen?"

„Wie gesagt – in der Kürze der Zeit ...", meinte Stedman. „Aber immerhin wissen wir jetzt, dass die Mordopfer in irgendeinem Zusammenhang zueinander gestanden haben müssen."

„Wissen wir das?", fragte Swanson.

„Das liegt doch auf der Hand", sagte Stedman. „Von meiner Hypothese ausgehend, könnte demnach GW Gordon Wigfield sein. Und AAR Anthony Albert Richardson."

„Und die anderen Initialen – wenn es denn welche sind –, zu wem gehören die?"

„Keine Ahnung. Das werden Sie herausfinden müssen, Donald. Sicher ist jedenfalls, dass sie nirgendwo im Tagebuch namentlich genannt werden."

„Wirklich zu dumm."

„Wigfield wird ohne Zweifel einen wichtigen Grund dafür gehabt haben, ihre Namen für sich zu behalten. Schätze, er wollte sichergehen, dass sie selbst dann unerkannt blieben, falls das Tagebuch in die falschen Hände fiele. Bei seinen Gespielinnen hat er sich keine so große Mühe gemacht; deren Namen hat er stets ausgeschrieben. Und wir haben noch etwas festgestellt", fuhr Stedman fort. „Offenbar benutzte Wigfield sein Tagebuch auch als Kalender für Termine mit besonderen Kunden." Er holte die Kladde hervor und blätterte sie an der entsprechenden Stelle auf. „Hier, dieser Eintrag: Eine Miss Comfort hat ihn am Tag vor seinem Tod aufgesucht. Und hier – das ist noch interessanter:

Oscar Wilde und Lord Alfred Douglas waren in seinem Geschäft und gaben eine goldene Anstecknadel in Auftrag."

„Der bloße Besuch eines Juweliers macht noch niemanden zum Mörder."

„Unter uns: Diesem Wilde traue ich alles zu. Der Mann ist immerhin Ire. Wer weiß, vielleicht gab es Streit wegen des Geldes."

„Eine Sackgasse, Charles", sagte Swanson mit Nachdruck. „Habt ihr was über diesen Blauen Franzosen in Erfahrung bringen können, von dem im Tagebuch die Rede ist?"

„Nein. Möglicherweise so ein Goldschmiedeslang. Klingt allerdings, als wäre ihm was wirklich Schlimmes zugestoßen. Was immer es ist, es liegt schon einige Jahre zurück. Der Eintrag ist vom 29. Dezember 1878. An Ihrer Stelle würde ich gleich mal Detective Constable Evans aufsuchen und rausfinden, ob wir für den Zeitpunkt irgendwas in den Archiven haben."

„Also schön", sagte Swanson. „Das ist immerhin ein Anfang. Bleiben Sie dran. Und lassen Sie mich rufen, wenn Sie mehr haben."

Er wünschte dem forensischen Dreigestirn einen guten Morgen und ging.

Eine weitere Überraschung erwartete Swanson in seinem Büro. Diesmal war es eine angenehme.

Am Abend war ein Telegramm aus Lewes in New Scotland Yard eingetroffen. Es stammte von Peter Phelps und lautete:

> ZEHNEREISEN AN RICHARDSONS FÜSSEN – STOPP – NUR ISLANDPONYS WERDEN DAMIT BESCHLAGEN – STOPP – MILSOM UND FOWLER HABEN GESUNGEN – STOPP – REICHT DAS? – STOPP – KANN ICH NACH

HAUSE KOMMEN? – STOPP – GELD GEHT AUS – STOPP

Swanson ließ umgehend zurücktelegrafieren:

GUT, DER MANN – STOPP – KOMMEN SIE SO SCHNELL WIE MÖGLICH HER – STOPP – BRINGEN SIE DIE HUFEISEN MIT – STOPP – UND SEIEN SIE SPARSAM, VERDAMMT NOCH MAL – STOPP

Dann ließ er den zuständigen Constable ein weiteres Telegramm aufnehmen, in dem er Annie mitteilte, er würde die Woche über wohl in London bleiben müssen. Den Urlaub müssten sie auf unbestimmte Zeit verschieben. Sie solle die Jungs von ihm grüßen und ohne ihn für einige Tage aufs Land fahren.

Unterdessen war es finstere Nacht über der Hauptstadt geworden. In seine Dienstwohnung zurückzukehren, hatte Swanson keine Lust. Er schnappte sich eine alte Pferdedecke aus der Abstellkammer und legte sich auf die Pritsche in seinem Büro.

Anderswo in London klang der Tag gemütlicher aus. In einer feuchten Souterrainwohnung in Lambeth brannte zu dieser vorgerückten Stunde noch Licht.

„Ich habe dir etwas mitgebracht, Liebes", sagte Sergeant Clarence Penwood nach dem späten Abendessen zu seiner Frau Victoria und stellte ein in braunes Packpapier gewickeltes Päckchen auf den Küchentisch.

„Ein Geschenk? Für mich?"

Er nickte. Und aufgeregt wie ein Kind wickelte sie es aus.

„Eine kleine Lampe", rief sie. „Oh, wie hübsch."

„Schau nur, Liebes, sie hat einen roten Schirm aus Stoff,

den kann man darüberstülpen." Er fasste Victoria bei den Hüften und flüsterte: „Ich dachte mir, wir stellen sie auf dein Nachtschränkchen im Schlafzimmer."

Als Mrs Penwood sich in dieser Nacht zum ersten Mal im glutroten Schein der Petroleumlampe seufzend auf ihm hob und senkte und sich ihre üppigen weichen Brüste in seinen Brillengläsern spiegelten, da kreisten die Gedanken des Sergeants noch immer um das gigantische Himmelbett in Gordon Wigfields Wohnung in Belgravia und um die Frage, wie lange er wohl für einen Deckenspiegel würde sparen müssen.

KAPITEL 6

Gleich am folgenden Morgen suchte Swanson das Archiv von New Scotland Yard auf. Es lag im zweiten Obergeschoss des Norman-Shaw-Gebäudes, in jenem Trakt, den der Architekt des Opernhauses für die Unterkünfte der Schauspieler vorgesehen hatte.

Er fand Detective Constable Stewart Evans' Büro am Ende eines schmalen Ganges, gleich neben den Toiletten. Ein Messingschild hinter einem goldenen Stern – wohl ein Relikt nie realisierter Operntage – verriet, wer hier seinen Tagesgeschäften nachging. Wenn es jemanden gab, der auf die Schnelle herausfinden konnte, was im Dezember 1878 geschehen sein mochte, dann Evans. Der Mann war ein wandelndes Kriminallexikon und kannte sich wie kein Zweiter in den Archiven aus.

Swanson öffnete die Tür und ein Schwall stickiger, abgestandener Luft wehte ihm entgegen. Das Archiv selbst bestand aus einem riesigen Raum mit deckenhohen Regalreihen, in denen die Akten sämtlicher Fälle der Metropolitan Police seit ihrer Gründung lagerten.

„Hallo!", rief Swanson in das staubige Zwielicht hinein. „Stewart, sind Sie zu Hause?"

Ganz am Ende des Raumes saß ein Mann hinter einem Schreibtisch, der unter der Last all der Aktenberge, die sich auf ihm türmten, schier zu zerbrechen drohte. Und Swanson sah ihn auch erst, als sich seine Augen eine Weile an die Dunkelheit gewöhnt hatten.

„Oh! Sir! Guten Morgen, Sir!", rief Evans. „Ich bin hier drüben." Der Constable ließ hastig etwas unter dem Tisch verschwinden, als Swanson näher trat.

„Noch immer der Ripper?", fragte Swanson, der die Leidenschaften des jungen Evans kannte, und warf einen Blick auf die Aktenmappe, die vom Schoß des Constables direkt vor seine Füße geschlittert war. Er hob sie auf und legte sie auf einen freien Platz auf dem Tisch. „Ich fürchte, das wird eine Weile warten müssen, Evans. Ich brauche Ihren Sachverstand in einer anderen Sache."

„Schießen Sie los."

„Um ehrlich zu sein – ich weiß selbst nicht so genau, wonach ich eigentlich suche", gab Swanson zu. „Könnte ein Mord sein. Oder ein Fall von Menschenraub." Er zuckte hilflos die Achseln. „Irgendein Verbrechen eben, das sich im Dezember 1878 zugetragen haben muss."

„Ziemlich lange her, wenn Sie mich fragen. Hier in England, nehme ich an?"

„Du liebe Güte, das hoffe ich doch. Andernfalls stehe ich ganz schön auf dem Schlauch."

„Haben Sie noch ein bisschen mehr, Sir? Um die Suche einzugrenzen, meine ich?"

„Wenn Sie über einen blauen Franzosen stolpern, sind Sie wahrscheinlich auf der richtigen Fährte."

„Ein blauer Franzose? Was soll das sein?"

„Ich habe aber auch nicht die leiseste Ahnung, Stewart", sagte Swanson. „Ein blauer Franzose und die Namen Gordon Wigfield und Anthony Albert Richardson sind alles, was ich Ihnen an Informationen geben kann. Meinen Sie, Sie kriegen das hin?"

„Ich werd's versuchen, Sir. Wenn die Sache aktenkundig geworden ist, finde ich es heraus", sagte Constable Evans und lächelte zuversichtlich. „Könnte aber ein Weilchen dauern."

„Wollen Sie sich denn keine Notizen machen?"

„Nicht nötig, Sir. Alles hier drin." Und er tippte sich mit dem Zeigefinger an die Stirn.

Swanson bedankte sich und ging.

Constable Evans kochte sich in aller Ruhe einen Tee.

Dann nahm er sich wieder die Jack-the-Ripper-Akten vor.

Danach nahm Swanson einen Hansom in die City, wo er in der Fleet Street die Redaktion der Sun aufsuchte und sich mit Brian Springer unterhielt. Der Mann war der typische Journalist: undurchsichtig und so aalglatt, dass alle Fragen an ihm abzuperlen schienen. Seine Quellen konnte oder wollte er nicht preisgeben. Es seien alle möglichen Leute, wie er Swanson versicherte, und er kenne von den meisten nicht mal die Namen. Auch sei er in letzter Zeit nicht in Lewes gewesen, die Informationen über den Mord an Richardson habe er telefonisch erhalten. Und für die Tatzeit beider Verbrechen habe er Alibis.

Als Swanson an jenem Mittag nach Whitehall zurückkehrte, war Sergeant Phelps zu seiner unsagbaren Freude in der Zwischenzeit im Yard eingetroffen. Er wartete bereits in seinem Büro auf ihn und las in der gestrigen Ausgabe der Sun.

„Geradezu unheimlich", sagte Phelps, rollte die Zeitung zusammen und warf sie auf den Schreibtisch. „Woher hat der Kerl bloß seine Informationen?"

„Das habe ich mich auch gefragt. Der Mann heißt Springer. Hat neulich schon in Greenlands Geschäftspapieren herumgeschnüffelt. Ich komme eben von ihm. Dummerweise hat er Alibis für die Morde. War zur fraglichen Zeit in Schottland und traf erst vorgestern wieder in London ein. Ich hätte schwören können, er hat was mit der Sache zu tun. Was haben Sie für mich?"

Phelps hatte den frühesten Zug von Lewes genommen und die Hufeisen mitgebracht, die der Mörder unter Richardsons Füße genagelt hatte. Allerdings waren sie nicht mehr in dem Zustand, den Swanson sich gewünscht hätte.

„Der verrückte Amtsarzt Humphreys hat sie abwaschen lassen, ehe er sie mir übergab", sagte Phelps und verdrehte die Augen. Er knallte einen Leinensack auf den Tisch und sagte: „Das sind die Eisen, Sir. Blitzsauber. Humphreys war sehr gründlich."

„Charly Stedman wird nicht sehr begeistert davon sein", sagte Swanson und erzählte Phelps von dem Fingerabdruck, den Stedman auf der Tiegelzange gefunden hatte.

„Die Sache mit den Fingerabdrücken ist mir nicht ganz geheuer, Sir", meinte Phelps und betrachtete seine Fingerkuppen. „Das Ganze hat in meinen Augen mehr von Okkultismus als von exakter Wissenschaft. Wahrscheinlich muss man daran glauben, damit es funktioniert." Swanson lächelte. Auch Phelps würde sich über kurz oder lang noch vom Fortschritt überzeugen lassen. „Und wie geht es James?"

„Mr Berry? Der hat garantiert eine Zeit lang keine Geldsorgen mehr", meinte der Sergeant zerknirscht, ließ sich dann auf dem Bürostuhl nieder und stützte die Ellenbogen auf den Tisch.

„Haben Sie sich von dem alten Gauner übers Ohr hauen lassen?" Swanson grinste breit. Dann sagte er: „Nun zu diesen beiden Kleinkriminellen – Milsom und Fowler. Sie haben geschrieben, sie hätten eine Aussage gemacht."

„Oh, ja, das haben sie, Sir", sagte Phelps. „Und halten Sie sich fest – sie haben uns den Namen ihres Auftraggebers genannt."

In derselben Sekunde klopfte es an der Tür und Sergeant Penwood steckte den Kopf ins Zimmer, noch ehe Swanson „Herein" sagen konnte. Schwieriger als Kinder zu erziehen, dachte er, war es nur noch, Untergebenen schlechtes Benehmen abzugewöhnen.

„Besuch für Sie, Sir." Der Sergeant hatte denselben zufriedenen Ausdruck im Gesicht, den er schon den ganzen Vormittag zur Schau getragen hatte.

„Was ist los mit Ihnen, Penwood? Haben Sie in der Lotterie gewonnen?"

„So was Ähnliches, Sir."

Swanson wollte eben etwas erwidern, als Penwood grob zur Seite geschoben wurde und eine Frau Mitte sechzig wie eine Dampflok ins Zimmer rauschte. Ihr bauschiges Kleid riss einen Stapel Papiere vom Stuhl bei der Tür. Es kümmerte sie nicht.

„Haben Sie hier das Sagen?", fragte sie und betrachtete Swanson von oben bis unten. Ihr geringschätziger Gesichtsausdruck verriet, dass sie das Sagen hatte, wo immer sie auftauchte. Zumindest bei Phelps schien sie ihre Wirkung nicht zu verfehlen. Er sprang sofort von seinem Stuhl auf und bot ihn ihr an.

„Was kann ich für Sie tun, Mylady?", fragte Swanson, erhob sich ebenfalls und kam hinter seinem Schreibtisch hervor.

„Ich bin Mrs Unwin", erwiderte sie, als würde das alles erklären.

„Und in welcher Angelegenheit sind Sie hier, Mrs Unwin?"

„Mein Mann ist verschwunden", sagte sie.

Das wundert mich nicht, dachte Swanson. Was er sagte, war: „Sie möchten also eine Vermisstenanzeige aufgeben."

„Nein, ich will natürlich zwei Laib Brot für morgen vorbestellen, Sie Idiot."

Swanson war gelassen genug, die Beamtenbeleidigung zu ignorieren. Besorgte Angehörige fuhren in ihrer Angst um einen lieben Menschen häufig aus der Haut. „Seit wann ist Ihr Gatte denn verschwunden?"

„Seit gestern. Er fuhr vor einer Woche zu diesem Kongress nach Ipswich und wollte gestern Abend wiederkommen. Aber das ist er nicht."

„Vielleicht wurde er durch etwas Wichtiges aufgehalten und ...", meinte Sergeant Phelps, verstummte jedoch sofort, als der vernichtende Blick der älteren Lady ihn traf.

„Sie kennen meinen Mann nicht. Für ihn gibt es nichts

Wichtigeres, als bei seiner Familie zu sein. Miles hasst es, von zu Hause fort zu müssen. Er verlässt nur sehr ungern das Haus. Und er kann kaum eine Minute ohne mich sein. Wenn er in Ipswich aufgehalten worden wäre, hätte er wenigstens ein Telegramm geschickt. Nein. Ich fühle es. Etwas Furchtbares muss ihm zugestoßen sein."

„Wenn ich Sie richtig verstanden habe, Mrs Unwin", sagte Swanson beruhigend und warf einen Blick auf seine Taschenuhr, „ist Ihr Gatte noch keine vierundzwanzig Stunden abgängig. Sie sollten heimgehen und sich ein paar Stunden gedulden. Wer weiß, möglicherweise ist kein Postamt in der Nähe."

„Oder er sitzt mit ein paar Freunden im Pub und hat die Zeit vergessen", warf Sergeant Phelps ein.

„Mein Mann trinkt nicht", sagte Mrs Unwin kalt. „Genau wie ich verabscheut er Alkohol. Und Freunde hat er nicht. Über die Jahre hat er eingesehen, dass sie nichts weiter tun als Kosten verursachen."

„Also schön", meinte Swanson, der einsah, dass es nichts brachte, ihr mit vernünftigen Argumenten zu kommen. „Wir brauchen einige Angaben von Ihnen." Und zu Phelps' Erstaunen nahm er wieder hinter seinem Schreibtisch Platz, zog ein gelbes Formular von einem Stapel Papiere neben sich und angelte sich einen Bleistift aus dem Becher vor sich. „Wie lautet der vollständige Name Ihres Gatten?"

„Miles Owen Unwin", sagte sie. „Wohnhaft in South Norwood." Und sie gab Swanson die genaue Adresse. „Es freut mich, dass Sie am Ende doch noch zur Vernunft gekommen sind."

Swanson nickte lächelnd. „Alter?"

„Neunundfünfzig im letzten Mai."

„Und was für ein Kongress war das, den er in Ipswich besuchte?", fragte Phelps.

Sie sah den Sergeant an, als sei diese Information

Allgemeingut. „Der internationale Kongress der Galvaniseure natürlich."

„Ihr Gatte ist Zirkusartist?"

„Miles besitzt eine Fabrik für Feuervergoldungen." Mrs Unwins Augen schienen Funken zu sprühen. „Aber er forscht seit Jahren auf dem Gebiet der elektrolytischen Metallveredelung."

„Verstehe", sagte Phelps und hüstelte verlegen.

„Da bin ich mir nicht sicher", sagte sie und wandte sich wieder Swanson zu. „Werden Sie jemanden hinschicken?"

„Hinschicken? Wohin?"

„Nach Ipswich", sagte Mrs Unwin. „Um nach meinem Mann zu suchen, selbstverständlich."

„Oh, ja, natürlich", meinte Swanson und reichte ihr das Formular und den Bleistift über den Tisch. „Wenn Sie bitte die Güte hätten, unten links zu unterschreiben. Um den Rest werden wir uns kümmern."

Dann stampfte sie davon. Nur der schwere Duft ihres Lavendelparfüms hing noch immer wie eine Gewitterwolke im Zimmer.

Ein Vermisstenfall – dabei hatte er zwei Morde auf dem Tisch. Swanson hatte wirklich Wichtigeres zu tun. Er schüttelte sich. „Wo waren wir stehen geblieben, Phelps?"

„Milsom und Fowler. Ich war gerade dabei, Ihnen zu erzählen, wer ihr Auftraggeber war und was sie in jener Nacht in dieser Goldschmiede taten."

„Also?"

Sergeant Phelps hatte gerade Luft geholt, als es abermals an der Tür klopfte.

„Eine Miss Comfort ist hier und möchte mit Ihnen sprechen, Sir", sagte Sergeant Penwood und trat beiseite.

„Schicken Sie sie herein, Sergeant", sagte Swanson. Und an Phelps gewandt meinte er: „Miss Comfort wird Ihnen gefallen. Setzen Sie sich in die Ecke und genießen Sie das Schauspiel."

Die schüchterne Frau, die nun das Büro betrat, hatte so gar nichts mehr mit der anzüglichen Lebedame gemein, der er gestern Abend begegnet war. Miss Comfort hielt den Blick gesenkt und rang nervös die Hände. Ihr linkes Handgelenk war verbunden.

Swanson fragte sich, was in der Zwischenzeit mit der aufreizenden, liebestollen Alex geschehen war, dass sie sich dermaßen verändert hatte. „Treten Sie bitte ein, Miss Comfort", meinte er.

Sie nickte wortlos und unterwürfig und nahm auf dem Stuhl Platz, den Swanson ihr hingeschoben hatte.

„Nun? Was kann ich für Sie tun? Ist Ihnen noch etwas zu Mr Wigfield eingefallen?"

Die Hände auf dem Schoß gefaltet und die Augen nach wie vor niedergeschlagen sagte sie mit leiser Stimme: „Ich möchte eine Aussage machen."

Swanson wurde hellhörig. Rasch machte er Sergeant Phelps Zeichen, die Aussage aufzuschreiben. „Fahren Sie fort, Miss Comfort."

„Mein Name ist Comfort."

„Das wissen wir bereits", sagte Swanson.

„Georgina Comfort."

„Was wird das, Miss Comfort?" Swanson lachte. „Soll ich Sie jetzt etwa Georgie nennen?"

Mit zornig zusammengezogenen Augenbrauen sah sie ihn an. „Mein Name ist Georgina Susan Comfort", sagte sie dann sichtlich um Fassung bemüht. „Alexandra Comfort ist meine Zwillingsschwester."

„Was?" Swanson stand auf. Das war eine Entwicklung, die er nicht hatte voraussehen können.

„Ich weiß, ich weiß", sagte sie und hob abwehrend die Hände. „Ich hätte gleich herkommen sollen. Es war ein Fehler, es nicht zu tun. Alex war deswegen sehr böse mit mir."

„Nun sind Sie ja hier", sagte Swanson und setzte sich

wieder. „Machen wir es nicht schlimmer, als es ist. Worum geht es?"

„Um Gordon Wigfield", sagte sie. „Und um den jungen Mann, der meinetwegen wahrscheinlich jetzt jede Menge Unannehmlichkeiten hat."

„Sie meinen Mr Horne?"

Sie nickte zaghaft. „Ich hielt mich im Nebenraum versteckt, als Sie gestern bei uns waren und mit Alex sprachen. Aber ich sah durchs Schlüsselloch. Und ich habe ihn sofort erkannt. Er hat Sie nicht angelogen, wissen Sie? Wir begegneten uns tatsächlich zufällig vor einem Pub in der Nähe der Fleet Street. Ich war noch völlig aufgelöst von dem, was ich in der Werkstatt gesehen hatte. Und dann bemerkte er auch noch die Wunde an meinem Arm. Als ich ging, rannte er mir nach. Ich dachte, ich hätte ihn abgeschüttelt, aber ..."

„Vergessen wir für einen Augenblick Mr Horne", sagte Swanson beruhigend, „und konzentrieren wir uns stattdessen auf Gordon Wigfield."

„Wigfield war ein Schwein", sagte sie. „Dabei versprach sich Alex doch so viel von dieser Verbindung. Denken Sie nur, sie wollte den Mann sogar heiraten."

„Ihren Worten entnehme ich, dass Sie nicht besonders viel von den Heiratsplänen Ihrer Schwester hielten."

„Gar nichts hielt ich davon." Sie schüttelte sich, als hätte sie eben ein besonders ekelhaftes Insekt über den Schreibtisch krabbeln sehen. „Alex war ganz blind vor Liebe. Ach, sie ist immer so was von romantisch. Dass Wigfield sie nur an der Nase herumführte, bemerkte sie überhaupt nicht."

„Aber Sie bemerkten es schon?"

„Ich kam nicht umhin", sagte sie. „Eines Tages suchte ich ihn wegen eines Schals auf, den Alex anderntags liegen gelassen hatte. Sie hatte mich um den Gefallen gebeten, weil ich ohnehin in der Gegend zu tun hatte, wissen Sie? Und da erwischte ich ihn in der Werkstatt mit einer anderen Frau. Er hatte seine Hand unter ihrem ..." Sie verstummte.

Swanson hob die Augenbrauen. „Seine Hand unter ihrem ...", half er nach.

Sie errötete wieder. „Unter ihrem Mieder", sagte sie und sah zu Boden.

„Verstehe."

„Ich wollte ihn zur Rede stellen – wegen meiner Schwester."

„Nur zu verständlich", sagte Swanson. „Und? Stellten Sie ihn zur Rede?"

„Selbstverständlich. Was denken Sie?"

„Wie reagierte er?"

„Er lachte mich aus, stellen Sie sich das nur vor", sagte Miss Comfort. Und die Entrüstung war ihr noch immer anzumerken. „Er lachte mich aus und hatte überdies die Unverfrorenheit, seinen ekelhaften, besudelten Arm um mich zu legen. Außerdem versuchte er mich zu küssen."

„Tatsächlich? Was taten Sie?"

„Ich gab ihm eine Ohrfeige", sagte sie aufgebracht. „Das hab ich gemacht. Und ich bereue es nicht ein bisschen."

„War das am Morgen seines Todes?"

„Nein, nein." Georgina Comfort schüttelte den Kopf. „Das war drei oder vier Tage zuvor."

„Haben Sie Ihrer Schwester von dem Vorfall erzählt?"

„Um Himmels willen, nein. Es hätte ihr das Herz gebrochen, wenn ich es getan hätte."

„Was genau geschah an dem Morgen, an dem Sie sich die Verletzung am Handgelenk zuzogen?"

„Wie ich Ihnen schon sagte, war meine Schwester unsterblich in Gordon Wigfield verliebt", sagte sie. „Er hatte ihr ja versprochen, sich zu ändern, und ihr versichert, die Weibergeschichten würden der Vergangenheit angehören. Alexandra erzählte mir von dem Ball im Dezember, wo Gordon sie seinen Kollegen vorstellen und sich ganz offiziell mit ihr verloben wollte. Deswegen wollte ich an jenem Tag mit ihm sprechen. Und deshalb ging ich noch einmal zu seinem Geschäft am Strand. Keine Ahnung, was ich mir einbildete. Ich dachte wohl, ich könnte ihn davon überzeugen, Alex in Frieden zu lassen."

„Was geschah dann?", wollte Swanson wissen. „Trafen Sie ihn an?"

„Da ich wusste, dass er schon immer sehr früh zu arbeiten begann, war ich bereits um zwanzig vor acht Uhr dort. Die Schaufenster waren noch dunkel. Aber die Tür war nicht verschlossen. Also ging ich hinein und rief nach ihm. Er antwortete nicht."

„Sahen Sie sonst noch jemanden?"

„Nein, ich war ganz allein", sagte sie. „Wenn noch jemand dort war, muss er sich versteckt haben. Ich fand ihn in der hinteren Werkstatt. Er war tot. Es war entsetzlich." Sie hielt sich die Hand vors Gesicht. „Dann rannte ich in Panik davon. Dabei muss ich mich wohl an einem Nagel oder so verletzt haben. Ehrlich gesagt spürte ich es kaum. Ich bemerkte es erst, als Mr Horne mich später darauf ansprach. Ein paar Häuser weiter war ein Café und ich ging hinein. Ich zitterte wie Espenlaub. Ich dachte, wenn ich etwas essen würde, ginge es mir vielleicht wieder besser."

„Und?", fragte Swanson mit einem kleinen Lächeln. „Hat es geholfen?"

Auch sie lächelte ein bisschen. „Ich denke schon", sagte sie. „Ich aß einen Scone mit Clotted Cream und blieb dort, bis das Zittern aufgehört hatte. Dann ging ich. Aber ich stand noch immer völlig neben mir und fühlte mich nicht sonderlich. Daher lief ich stundenlang ziellos in der Gegend herum und kehrte schließlich in das Pub ein, wo ich dann auf Mr Horne traf. Den Rest der Geschichte kennen Sie."

„Ich danke Ihnen für Ihre Offenheit", sagte Swanson.

„Und dafür, dass Sie den Mut hatten, sich mir anzuvertrauen."

Diese Frau war unschuldig, das spürte er. Sie war einfach nur zur falschen Zeit am falschen Ort gewesen. Swanson gab Miss Comfort in die Obhut von Sergeant Clarence Penwood, der noch immer herumlief, als habe er Opium geraucht, und trug ihm auf, der jungen Frau eine Droschke zu bestellen.

„Ach, und Penwood?"

„Ja, Sir?"

„Machen Sie Miss Comfort eine Tasse Tee, bevor sie geht." Dann wandte er sich wieder seinem Sergeant und damit Milsom und Fowler zu. „Fahren Sie fort, Phelps."

„Ihr Auftraggeber hieß Gius", sagte Phelps, ehe er noch einmal unterbrochen werden konnte, und behielt dabei die Tür im Auge. Diesmal blieb sie zu. „Elias Gius."

Gius, dachte Swanson. Der Name war ihm gleich bekannt vorgekommen. Jetzt fiel ihm auch wieder ein, wo er ihn schon einmal gehört hatte. Fowler hatte den Namen bereits während der Vernehmung in der Zelle erwähnt. „Hat Mr Gius Sie geschickt?", hatte er gefragt. Aber Swanson war nicht darauf eingegangen. Ein Fehler, wie er sich nun eingestehen musste. Ein Fehler, der sie viel Zeit gekostet hatte. Er ließ nach. Verdammtes Alter! Es wurde langsam wirklich Zeit, über eine vorzeitige Pensionierung nachzudenken. „Was noch?"

„Dieser Gius sprach sie vor ungefähr zwei Tagen in einem Pub in South Norwood an", sagte Phelps. „Er gab ihnen zehn Pfund, zwei Bahnfahrkarten dritter Klasse nach Lewes und den Schlüssel zu Richardsons Geschäft. Er versprach, weitere fünfzig zu zahlen, wenn sie den Auftrag zu seiner Zufriedenheit erledigen würden."

„Und wie sah dieser Auftrag aus?", fragte Swanson. „Sollten sie den Mann um die Ecke bringen?"

„Nein, nein. So, wie es scheint, trug der geheimnisvolle

Mr Gius den beiden lediglich auf, Krach zu schlagen, falls sie dort etwas Ungewöhnliches fänden."

„Kaufen Sie denen das ab, Phelps? Ich nicht."

„Es ist nicht daran zu rütteln. Richardson war zum Zeitpunkt seines Auffindens seit ungefähr einer Woche tot. Und Milsom und Fowler kamen erst am Tag ihres Zusammentreffens mit Gius aus Liverpool nach London zurück, wo sie seit August im Hafen arbeiteten." Der Sergeant stieß einen Seufzer aus. „Ob Sie es glauben oder nicht, die beiden Kerle haben Alibis, Sir. Sie können Richardson nicht ermordet haben. Wer immer dieser Elias Gius ist – offenbar wollte er sichergehen, dass die Leiche auch gefunden wird."

Swanson nickte. „Konnten sie den Mann wenigstens beschreiben?"

„Normale Statur, schwarzes Haar und schwarzer Bart", sagte Phelps. „Und er sprach sonderbar. Flüsterte die ganze Zeit."

Elias Gius.

Immerhin – nun hatten sie einen Namen. Es war ein guter Tag. Endlich einmal hatte Swanson das Gefühl weiterzukommen.

Doch die Euphorie hielt nicht lange an, denn alle Nachforschungen verliefen im Sande. Einen Mann namens Elias Gius gab es in ganz Großbritannien nicht.

Die restliche Woche hatte Swanson einen Haufen Schreibkram am Hals, der mit Gordon Wigfields Tod in unmittelbarem Zusammenhang stand. Die Leiche war obduziert und zur Bestattung freigegeben worden – und Letzteres sorgte nun für mehr Unannehmlichkeiten im Yard, als die gesamte Todesermittlung es bislang getan hatte, denn wenigstens zwei Dutzend Damen waren steif und fest davon überzeugt, einen rechtmäßigen Anspruch auf den toten Goldschmied zu haben. Wie sich herausstellte, war der Verblichene mit gut zwanzig von ihnen verlobt und hätte sich in den restlichen Fällen zudem der Bigamie schuldig gemacht, wäre der Geistliche nicht jedes Mal ein bezahlter Schauspieler gewesen.

Erst Anfang Oktober hatte Swanson den ungeliebten Papierkram weitestgehend erledigt und eine – wie er hoffte – für alle Seiten befriedigende Lösung gefunden: In Ermangelung tatsächlicher Angehöriger würde er Frederick Greenland den Leichnam Gordon Wigfields übergeben. Der Mann hatte einen einwandfreien Charakter, schwamm im Geld, und immerhin war der Tote einmal sein Teilhaber gewesen.

KAPITEL 7

Der Herbst kam in diesem Jahr sehr plötzlich und löste die drückende Hitze dieses mörderischen Spätsommers von einem Tag auf den anderen mit Wind und peitschendem Regen ab. Die Beisetzung Gordon Wigfields fand an einem ekelhaft nasskalten Oktobermorgen statt. Die Wolken hingen tief über Highgate und der Bodennebel wogte und wirbelte geisterhaft auf den Wegen und um die Grabsteine des Friedhofs herum, auf dem schon so viele bedeutende Männer und Frauen ihre letzte Ruhe gefunden hatten.

Chief Inspector Donald Sutherland Swanson und Sergeant Peter Phelps standen etwas abseits des Weges auf dem neuen Ostteil des Friedhofs und sahen den Sargträgern zu, die ihre schwere Last gemessenen Schrittes den Hauptweg hinuntertrugen – gefolgt von unzähligen Trauergästen.

Phelps schlug in der morgendlichen Kühle den Mantelkragen hoch und steckte die Hände in die Taschen. „Ich bin einigermaßen erstaunt, Sir", sagte er.

Das war für Swanson nichts Neues. „Was genau meinen Sie?"

„Die Frauen, Sir. Es sind erstaunlich wenige hier. Nach allem, was wir über Gordon Wigfield wissen, hätte ich angenommen, es wimmle geradezu von ihnen."

Swanson nickte. Phelps hatte vollkommen recht. Es war kaum mehr als eine Handvoll Damen anwesend. So viele, wie sie erwartet hatten, waren es nicht. Von einer großen Lady mit Hut und schwarzem Schleier abgesehen, sah er nur die beiden Comfort-Schwestern, die mit gesenkten Köpfen in einiger Entfernung hinter dem Sarg schritten, ihre Taschentücher vor dem Gesicht. Dann Wigfields Nachbarin, die alte Miss Barker. Und Catherine Horne, natürlich in Begleitung ihres

Gatten. Hinter ihnen gingen Greenland und sein Onkel Henry.

„Muss ein ganz schöner Schock für die eine oder andere von ihnen gewesen sein, als sie erfuhr, dass Wigfield es mit der Treue nicht so genau nahm und sie nur eine von vielen war", meinte Swanson. „Könnte ein Grund sein."

Der Trauergottesdienst hatte bereits am Vortag in der Kirche St. Martin-in-the-Fields am Trafalgar Square stattgefunden, aber es hatten dermaßen viele Menschen daran teilgenommen, dass es unmöglich gewesen war, sie alle zu befragen. Swanson nahm an, dass diejenigen, die sich an einem scheußlichen Morgen wie diesem aufgemacht hatten, den Sarg des Verstorbenen zum Grab zu begleiten, diejenigen sein mussten, die Wigfield am nächsten gestanden hatten. Und womöglich war auch sein Mörder darunter. Sie würden die Augen offen halten.

„Sehen Sie mal, Sir!" Phelps' Stimme überschlug sich fast vor Aufregung, als er unvermittelt mit ausgestrecktem Zeigefinger auf einen kräftig gebauten Gentleman mit schulterlangen Locken, grüner Krawatte und Pelzkragen zeigte, den er in der Menge entdeckt hatte. „Ist das nicht ..."

„Mr Oscar Wilde, ganz recht", beendete Swanson den Satz für ihn. „Lassen Sie sich Ihre Begeisterung bloß nicht allzu sehr anmerken, Phelps", meinte Swanson. „Er könnte noch Gefallen an Ihnen finden."

„Wie meinen Sie das, Sir?"

„Ach, vergessen Sie's", sagte Swanson. „Ich hatte für einen Augenblick nicht daran gedacht, wie jung und unerfahren Sie noch sind."

„Unerfahren, Sir?" Phelps war sichtlich entrüstet. „Ich bin immerhin seit sechs Jahren dabei."

„*Da*bei nicht, Phelps", sagte Swanson und zog schmunzelnd die Augenbrauen hoch. „Dabei nicht."

Wilde schlenderte an ihnen vorbei, als würde er

schweben. Als er Swanson bemerkte, hob er begeistert die Hand zum Gruß und wackelte grinsend mit den Fingern.

Wie der Kerl es bei dieser Leibesfülle fertigbrachte, dermaßen elegant und geschmeidig auszusehen, war Swanson ein Rätsel. Den aristokratischen Gentleman in Wildes Begleitung erkannte er ebenfalls auf Anhieb – trotz des falschen Schnurbarts und der lächerlichen Koteletten, die er sich angeklebt hatte. Es war Lord Alfred Douglas, jüngster Spross des Marquess of Queensbury. Es kursierten unschöne Gerüchte in den Clubs, was die Verbindung des Jungen zu Wilde anging, aber Queensbury würde ihn sicherlich mit strenger Hand auf den rechten Weg zurückführen, daran zweifelte Swanson nicht; immerhin hatte der Mann die britischen Boxregeln aufgestellt.

Sie warteten, bis die ganze Prozession an ihnen vorübergezogen war. Dann folgten sie den Trauernden in einigem Abstand bis zum offenen Grab, das direkt an der Friedhofsmauer im Schatten zweier Ulmen lag.

„Was genau tun wir eigentlich hier, Sir?", fragte Phelps.

„Wir warten und beobachten."

„Und auf was warten wir, Sir?"

„Keine Ahnung, Phelps. Auf irgendetwas Verdächtiges. Eine merkwürdige Kleinigkeit vielleicht. Ich weiß es auch erst, wenn ich es sehe."

Swanson beobachtete die Trauergäste genau. Nicht selten kam es vor, dass sich der Mörder bei Gelegenheiten wie diesen unter sie mischte, um sich auch am Leid der Angehörigen zu ergötzen. Was hatte sein alter Chef immer gesagt? „Achten Sie auf den, der am traurigsten aussieht und die Witwe stützt." Aber Wigfield war nicht verheiratet gewesen, von seinen ehemaligen Gespielinnen waren nur wenige da, und die Person, die von allen am traurigsten dreinschaute, schien Swanson die alte Miss Barker zu sein, die sich auf ihren Krückstock stützte.

Unter dem ehrwürdigen Gemurmel des anglikanischen

Geistlichen wurde der Sarg des Verblichenen in die Erde hinabgelassen. Nacheinander traten einige Trauergäste vor und warfen eine Schaufel Sand ins offene Grab.

Erde zu Erde. Asche zu Asche. Staub zu Staub.

Die ganze Zeremonie war in weniger als zehn Minuten vorbei und die Menge zerstreute sich.

Um die Beerdigung nicht zu stören, hatte Swanson am Pförtnerhäuschen zwei Polizisten postiert. Sie würden die Personalien der Trauergäste aufnehmen. So konnte er sie auch später noch aufsuchen und befragen. Als Wilde jedoch an ihm und Phelps vorüberkam, stellte sich Swanson ihm in den Weg und streckte die Hand aus.

„Auf ein Wort, Mr Wilde", sagte er.

„Guten Morgen, Chief Inspector." Wilde schien hocherfreut zu sein. Er ergriff Swansons Hand und schüttelte sie wie einen Pumpenschwengel. „Meine Güte, wie lange habe ich Sie nicht mehr gesprochen? Muss ja eine Ewigkeit her sein."

„Fünf Jahre", sagte Swanson.

„Und es ist jedes Mal ein Vergnügen." Wilde grinste anzüglich. Dann wandte er sich Phelps zu. „Aber ich glaube, Ihren kleinen Freund kenne ich noch nicht."

„Phelps", sagte Phelps ein wenig pikiert. „Sergeant Phelps, Scotland Yard."

„Na, macht ja nichts. Ich nehme an, Sie beide sind hier, um herauszufinden, wer dem armen Gordon den Hals umgedreht hat, was? Wüsste nicht, wie ich Ihnen da helfen könnte."

„Nun, ich frage mich, ob Sie es nicht vielleicht getan haben." Swanson sah ihn unverwandt an. „Haben Sie?"

„Man hat mich schon vieler Dinge verdächtigt", sagte Wilde mit einem Lächeln. „Aber ein Mörder zu sein, ist bei Weitem das Aufregendste."

„Sie waren Kunde bei Greenland, Grand & Wigfield?"

Wilde nickte. „Er war der Beste, den es gab. Deshalb

ließ ich Geschenke für liebe Freunde stets von ihm anfertigen. Keiner war so geschickt mit den Händen wie Gordon."

Swanson hoffte, dass Wilde über dessen Arbeit als Goldschmied sprach. „Waren Sie und Wigfield ..."

„Ob wir auch gesellschaftlich miteinander ... verkehrten, meinen Sie?"

„Mir kam der Gedanke", sagte Swanson.

„Nein, nein. Gordon hatte gänzlich andere Interessen. Obgleich ich nicht abgeneigt gewesen wäre, ihn mal zur Seite zu nehmen. Er war ein Bild von einem Mann."

Der junge Mann neben Wilde trat nervös von einem Bein auf das andere, sah in die entgegengesetzte Richtung und tat so, als würde er die Inschriften der Grabsteine lesen. Offenbar hatte er Angst, erkannt zu werden.

„Guten Morgen, Lord Douglas", sagte Swanson.

Lord Alfreds Kopf ruckte augenblicklich herum. „Sie wissen, wer ich bin?", fragte er entsetzt und zupfte nervös an seinen aufgeklebten Koteletten.

„Selbstverständlich."

„Ich habe dir gleich gesagt, lass die Maskerade sein, Bosie", meinte Wilde und knuffte ihn mit dem Ellenbogen in die Seite. „Du hast einfach kein Bartgesicht. Mit dem lächerlichen Ding siehst du aus wie ein verkleidetes Mädchen." Er lachte.

„Bitte, Oscar, sei nicht immer so gemein." Und mit flehendem Blick sah der junge Lord Alfred Douglas nun Swanson an. „Sagen Sie, werden Sie es Papa verraten?"

„Nein, Lord Alfred", sagte Swanson. „Solange Sie nichts mit dem Tod von Gordon Wigfield zu tun hatten, haben Sie von mir nichts zu befürchten. *Ihre* Art von Verbrechen fällt augenblicklich nicht in mein Gebiet."

Douglas stieß einen Seufzer der Erleichterung aus. „Sie sind sehr freundlich."

„Gewiss, gewiss." Swanson nickte und lächelte. „Sagen

Sie – wo waren Sie am letzten Montag zwischen sechs und neun Uhr morgens?"

„Er war bei mir, Chief Inspector", mischte Wilde sich ein und streichelte Douglas über den Kopf. „In meinem Appartement am St. James Place. Wir haben die ganze Nacht und den folgenden Morgen – über Literatur gesprochen. Nicht wahr, Bosie? Erinnerst du dich?"

Lord Alfred schien sich lebhaft zu erinnern, denn er errötete schlagartig. „Das ... das stimmt. Die ganze ... ganze Zeit über."

„Äußerst anregend, muss ich sagen." Wilde schnippte einen Fussel von seinem Ärmel. „Soweit ich mich entsinne, sprachen wir über de Sade. Interessanter Charakter. Aber der Reiz geht rasch verloren. Im Übermaß genossen verdirbt einem selbst die edelste Speise den Appetit, habe ich recht?"

Phelps hatte seinen Notizblock aufgeklappt und schrieb eifrig mit. Es kam selten genug vor, Lebensweisheiten aus dem Mund einer solchen Berühmtheit zu hören.

„Wenn Sie dann keine weiteren Fragen hätten, Chief Inspector", sagte Wilde. „Es ist ein verteufelt kalter Morgen."

„Eines noch", sagte Swanson. „Können Sie sich vorstellen, wer Wigfield nach dem Leben getrachtet haben könnte?"

„Nun –"

„Ja?"

„Nein, nicht wirklich. Allerdings gab es hier und da Gerüchte. Klatsch eben. Aber man macht sich ja so seine Gedanken."

„Was meinen Sie?"

„Frauen, Chief Inspector", sagte Wilde und verdrehte die Augen. „Wenn es nicht das Geld ist, sind es doch immer die Frauen, die einen Mann in den Untergang treiben. Und was man so hört, war Gordon beileibe kein

Kostverächter. All die gelangweilten Damen, die in sein Geschäft kamen und nur so zum Zeitvertreib Schmuckstücke bei ihm bestellten. Er dürfte einige von ihnen näher gekannt haben, als es ihren Gatten lieb gewesen ist, nehme ich an."

Phelps fragte: „Kennen Sie Namen?"

„Nein. Nein, solche Dinge gingen mich nun wirklich nichts an. Aber sagen Sie, Chief Inspector", fragte Wilde und deutete mit ausgestrecktem Zeigefinger auf Frederick Greenland. „Wer ist eigentlich dieser unverschämt gut aussehende Gentleman dort?"

Der Leichenschmaus, zu dem Frederick Greenland – dem Stand des Verstorbenen angemessen – ins Café Royal unweit des Piccadilly Circus eingeladen hatte, sollte erst um sieben Uhr beginnen, und so wollten Swanson und Phelps die Zeit nutzen, um sich noch einmal in aller Ruhe mit Mr Brian Springer zu unterhalten und ihn nach seinen geheimen Informationsquellen zu befragen. Denn während der letzten Tage war es niemandem mehr gelungen, seiner habhaft zu werden. Der Mann schien überall und nirgends zu sein. Immer war er entweder gerade gegangen oder wurde zu unbestimmter Zeit zurückerwartet.

Und wieder hatten sie Pech. Weder in der Redaktion der Sun noch in seinem Stammpub in der Fleet Street, wo der Journalist seinem Redakteur zufolge stets das Mittagessen einnahm, war Springer zu finden. Daher beschloss Swanson, es einmal bei ihm zu Hause zu versuchen. Aber auch dort öffnete niemand auf ihr Läuten hin. Allein die alte Miss Barker war da. Wie zufällig erschien sie im Treppenhaus, als die beiden Beamten des Yard vor Springers Wohnungstür standen.

Es konnte nicht schaden herauszufinden, was sie über den Mann von der Regenbogenpresse wusste.

„Oh, der Chief Inspector! Das ist aber schön, dass Sie mal wieder vorbeischauen." Sie ergriff seine Hand und zog ihn ins Zimmer. Erst dann schien sie Sergeant Phelps zu bemerken, der hinter Swanson gestanden hatte. „Und wen haben Sie denn da mitgebracht?"

„Phelps, Madam. Sergeant Phelps."

„Sind alle Männer im Yard so stattlich wie Sie beide?"

„Äh ..." Phelps errötete, als die alte Dame ihn von oben bis unten betrachtete und ihn mit ihren Blicken förmlich auszog. „Nun ja ..."

„Kommen Sie rein und nehmen Sie Platz." Sie streichelte den Rücken des Sergeants, als sie ihn zu einem Sessel führte. „Tee?"

„Nein danke, Miss Barker", sagte Swanson, ehe Phelps aus lauter Höflichkeit auf das Angebot eingehen konnte. „Zu dumm, aber wir sind wie immer schrecklich in Eile." Er hielt den Kopf schief und lächelte so zärtlich, wie es ihm eben möglich war. „Ist Ihnen in der Zwischenzeit zufällig noch etwas zu Mr Wigfield eingefallen? Hat er vielleicht mal verdächtigen Besuch bekommen? Sie kriegen doch sicherlich allerhand mit."

„Wollen Sie damit andeuten, ich würde lauschen?"

„Nichts läge mir ferner, Madam", versicherte Swanson. Doch Miss Barker schüttelte den Kopf. „Sagen Sie, Miss Barker, was hatte Mr Springer, der Journalist, für ein Verhältnis zu Mr Wigfield? Kannten sich die beiden?"

„Aber ja." Die alte Frau knirschte verächtlich mit ihrem Gebiss. „Er suchte Mr Wigfield häufig auf. Nicht nur hier, auch in der Werkstatt. Ein schrecklicher Mann. Und furchtbar aufdringlich."

„Sehen Sie ihn oft?", fragte Swanson.

„Den sieht man sehr selten. Kommt nur zum Schlafen nach Hause. Ich hab ein oder zwei Mal versucht, ihn zum Tee einzuladen – man will ja schließlich wissen, mit wem man es zu tun hat, wenn man schon unter einem Dach lebt, nicht? – aber er war immer in Eile. Haben keine Zeit, diese Zeitungsleute."

„Sprachen Sie mal mit ihm über seine Arbeit?", wollte Swanson wissen.

„Vielleicht darüber, woher er seine Informationen bekam?", ergänzte Phelps.

„Ach!" Sie machte eine wegwerfende Handbewegung. „Der redet ja kaum. Nur manchmal, wenn er betrunken ist und ich zufällig in der Tür stehe, wenn er heimkommt, macht er überhaupt den Mund auf. Und dann ist das immer ein scheußliches Zeug, sage ich Ihnen. Er schreibt ja nur Sensationsberichte. All die ekelhaften Sachen mit blutigen Leichen und Mord und Totschlag." Miss Barker senkte die Stimme, als sie weitersprach. „Neulich las ich einen Bericht von ihm über diesen schrecklichen Mord in Lewes – Hufeisen unter die Füße genagelt und so weiter, und den Kopf zu Brei zerquetscht." Sie erschauderte.

Aber Swanson kam nicht umhin zu denken, dass es sich dabei eher um den wohligen Schauer angenehmer Erregung handelte als um echtes Entsetzen. Miss Barker hatte etwas Morbides an sich. Das hatte er bereits bei seinem ersten Besuch festgestellt. Ob sie deswegen nie geheiratet hatte?

„Sagen Sie, Miss Barker", meinte Swanson. „Sie leben hier so ganz allein. Haben Sie niemals daran gedacht, in den Stand der Ehe zu treten?"

„Oh", sagte sie. „Tatsächlich war ich sogar einmal verlobt. Vor vielen Jahren. Aber er war nicht der Richtige. Ich gab ihm den Laufpass. Er war völlig verweichlicht; bildete sich ein, er sei Künstler oder so was." Sie blickte verträumt ins Nichts. Dann sagte sie: „Manchmal denke ich, Männer mögen starke Frauen nicht. Sie haben Angst vor ihnen. Doch Sie sind da ganz anders, Inspector, nicht wahr?" Und sie streichelte ihm liebevoll über das Knie.

Sergeant Phelps verschluckte sich vor Schreck an seinem eigenen Speichel und fing an zu husten.

„Danke für das Gespräch, Miss Barker", sagte Swanson und erhob sich. „Sie haben uns sehr geholfen."

„Wirklich?" Sie sah irritiert aus.

„Ja." Er lächelte. „Aber wir müssen weiter. Immer auf dem Sprung. Da unterscheiden wir Polizisten uns nicht allzu sehr von den Journalisten, fürchte ich."

„Werden Sie wiederkommen, Chief Inspector?", fragte Miss Barker.

„Gewiss", sagte Swanson und schob Phelps durch die Tür hinaus ins Treppenhaus. „Eines Tages – irgendwann." Und diesmal achtete er sorgsam darauf, seinen Hintern einzuziehen, als er ging.

Gegen halb sieben trudelten die ersten Trauergäste im Café Royal ein.

Swanson hatte sich extra einen Smoking geliehen, sah allerdings mit dem Zylinder auf dem Kopf ein bisschen zu sehr wie ein Bräutigam aus, um wirklich elegant zu wirken, und kam sich zwischen all den Herren in ihren schlichten Cuts mehr oder weniger wie ein verkleideter Affe vor.

Im Café Royal war er nie zuvor gewesen. Wie auch Phelps war er ganz fasziniert von den glitzernden Kronleuchtern, den dorischen Säulen aus glänzendem, schwarzem Marmor und den reich mit kostbarem Blattgold verzierten Decken und Wänden.

Oscar Wilde summte wie eine Hummel von Tisch zu Tisch, drehte Platzkärtchen um und vertauschte einige von ihnen, ehe das Gros der Gäste eingetroffen war. Als er Swanson zwischen den Gästen bemerkte, hielt er inne, begrüßte ihn überschwänglich und tastete ihn von oben bis unten mit den Augen ab.

„Très chique", meinte der Dichter und Ästhet und stieß

einen Pfiff aus. „Wer ist denn die Glückliche? Kenne ich sie schon?“ Dann fiel sein Blick auf Phelps. „Ah“, sagte er. „Da ist sie ja. Kommen Sie – ich habe Ihnen Plätze freigehalten.“ Er führte die beiden Polizisten galant zu einem großen, runden Tisch, an dem bereits Frederick Greenland, Lord Alfred Douglas und Archibald Horne saßen, nahm zwischen Greenland und Douglas Platz und sagte: „Was gibt es zu trinken?“

„Die sind ja beinahe zu schade, um davon zu essen“, sagte Phelps, der ebenfalls Platz genommen hatte und nun versuchte, den Grund für all die Messer, Gabeln und Löffel, die um seinen Teller herumlagen, zu finden. Wahllos nahm er eine der Gabeln zur Hand und klopfte damit prüfend ein paar Mal gegen den verzierten Tellerrand.

„Ach, ja, da sagen Sie was“, murmelte Wilde. „Mir fällt es auch von Tag zu Tag schwerer, auf dem hohen Niveau meines blauen Porzellans zu leben.“

Auch Archibald Horne betrachtete etwas hilflos die Unmengen an Silberbesteck.

„Von außen nach innen, Mr Horne“, soufflierte ihm Frederick, als wenig später die Kellner erschienen und die Vorsuppe aufgetragen wurde.

Es waren kaum Damen anwesend. Weder die beiden Comfort-Schwestern noch Miss Barker hatten den Weg ins Café Royal gefunden. Selbst Mr Horne war ohne Begleitung erschienen.

Zwischen den einzelnen Gängen wurden Reden gehalten – von Wegbegleitern und Kollegen Wigfields, die wahre Lobeshymnen auf den verstorbenen Goldschmied sangen. Er war ein Künstler gewesen, ein Perfektionist und begnadeter Handwerker, der seinen Beruf als Lebensinhalt verstanden hatte. Sein Tod war ein schrecklicher Verlust für die gesamte Goldschmiedeinnung.

Nach dem Dessert begaben sich Frederick Greenland

und Donald Swanson ins Foyer, um abseits der übrigen Gäste in aller Ruhe eine Zigarre zu rauchen.

Frederick riss ein Zündholz an, gab Swanson Feuer und fragte: „Sind Sie mit Ihren Ermittlungen schon ein Stück weitergekommen?"

„Es haben sich ein, zwei recht vielversprechende Ermittlungsansätze ergeben", sagte Swanson. Doch sein Blick strafte seine Worte Lügen. „Bislang jedoch nichts Konkretes. Wenigstens konnten wir die Dame mit der Verletzung am Handgelenk ausfindig machen." Und er erzählte in knappen Worten, was sich am Tag nach ihrem gemeinsamen Besuch in der Bolton Street zugetragen hatte. „Zumindest konnten wir sie als Täterin ausschließen", setzte er hinzu.

„Ich konnte mir auch kaum vorstellen, dass eine Frau für diese Morde verantwortlich gewesen sein sollte."

„Da seien Sie sich mal bloß nicht zu sicher, Mr Greenland. Denken Sie nur an Eleanor Pearcey oder Kate Webster. Beide erschlugen und zerstückelten ihre Opfer."

Frederick erschauderte. „Haben Sie schon herausgefunden, was es mit Wigfields Aufzeichnungen auf sich hat?"

„Nein. Bloß ein schreckliches Kauderwelsch und eine Handvoll Initialen."

„Mir kam diesbezüglich ein Gedanke", sagte Frederick und blies einen Rauchkringel in die Luft.

„Nur raus damit, Sir. Ich bin für jeden Hinweis dankbar."

„Ich kann mich irren, denn ich warf nur einen kurzen Blick darauf. Aber es könnte sich durchaus um eine Legierung handeln. Eine Art Geheimformel. Vielleicht, um ein besonders robustes Material herzustellen."

„Können Sie mir das näher erklären?"

„Aber gern. Goldschmiede fügen dem Feingold stets Kupfer und Silber hinzu", sagte Frederick. „Angenommen, Sie würden für Ihre Gattin ein Armband aus 750er Gold erwerben, so bestünde es aus 750 Teilen reinen Goldes und 250 Teilen Kupfer und Silber."

„Das heißt, Sie strecken das Gold mit anderen Metallen?", fragte Swanson, dem es nie in den Sinn gekommen wäre, etwas derartig Verrücktes zu tun, wie seiner Frau ein goldenes Armband zu kaufen. Davon abgesehen, dass er es sich bei seinem Gehalt auch gar nicht hätte leisten können. „Ist das nicht Betrug?"

„Nein, nein", versicherte Frederick. „Reines Gold lässt sich nicht besonders gut verarbeiten, wissen Sie? Zu weich. Das ist einer der Gründe, warum wir es ‚strecken', wie Sie es nennen. Ein anderer ist natürlich der Preis. Ist ein Schmuckstück fertig, wird es an die Goldsmiths' Hall geschickt. Dort prüft man, wie viel Gold die Legierung enthält und punziert es. Das heißt, es wird eine gut sichtbare Zahl eingeschlagen, die dem Kunden später zeigt, wie viel Feingold sein Ring oder Anhänger enthält. Das können 375, 585 oder 750 Teile von tausend sein. Der Rest ist – vereinfacht gesagt – immer Silber und Kupfer." Er sah Swanson fragend an. „Ist das so weit verständlich?"

„Ich denke schon. Aber was hat das mit Wigfields Aufzeichnungen zu tun?"

Frederick zog seinen Füllfederhalter hervor und begann, Zahlen und Buchstaben auf eine ordentlich gefaltete Stoffserviette zu kritzeln. 375/000 AU, 325/000 AG, 300/000 CU. „Kommt Ihnen das irgendwie bekannt vor, Chief Inspector?"

„Das ist ganz erstaunlich." Es waren Zahlen und Initialen. Genau wie in Gordon Wigfields Tagebuch.

„Hier haben Sie die Bestandteile einer gewöhnlichen und, wie ich wohl sagen darf, ziemlich minderwertigen, neunkarätigen Goldlegierung vor sich. AU ist Gold. AG ist Silber. Und CU ist Kupfer." Frederick steckte den Federhalter wieder ein. „Wäre es nicht denkbar, dass Gordon

Wigfield eine völlig neuartige Legierung erfand? Eine Legierung, die ganz besonders haltbar und strapazierfähig war? Ein Material beispielsweise, bestehend aus einer Vielzahl geheimer Legierungsbestandteile, das, einmal poliert, nicht mehr zerkratzt und nie wieder seinen Glanz verliert?“

„Und was würde das bringen?“, fragte Swanson.

„Nun, es würde unsere Arbeit vollkommen revolutionieren“, sagte Frederick, „und den Beruf der Polisseuse überflüssig machen. Was meinen Sie, wie viel Lohnkosten das einsparen könnte?“

„Was in Gottes Namen ist eine Polisseuse?“

„Jemand, der den lieben langen Tag nichts weiter tut, als in einer verdreckten, staubigen Kammer zu sitzen und Schmuck zu polieren“, sagte Frederick.

„Und Sie denken, jemand wollte verhindern, dass diese geheime Formel an die Öffentlichkeit gelangt?“

Frederick zuckte mit den Schultern. „Das war mein Gedanke.“

Swanson war nicht überzeugt. Von Verschwörungstheorien hielt er nicht viel. „Wo wir gerade dabei sind“, meinte er, „sagt Ihnen der Begriff ‚Blauer Franzose‘ etwas, Mr Greenland? Er könnte mit Ihrem Metier zu tun haben.“

„Selbstverständlich. Kommt er im Tagebuch vor?“

„Mehrfach. Was ist dieser Blaue Franzose?“

„Nun, der legendäre Tavernier-Diamant wird oft als ‚Blauer Franzose‘ bezeichnet“, sagte Frederick. „Ein sagenumwobener blauer Diamant von einzigartiger Schönheit, der auf mysteriösen Wegen aus Indien nach Frankreich kam und während der Revolution aus der Schatzkammer der französischen Krone verschwand.“

„Könnte dieser Diamant wieder aufgetaucht sein, was meinen Sie?“

„Die meisten meiner Kollegen sind, wie ich, der Ansicht, dass der Tavernier-Diamant tatsächlich wieder auftauchte.

Und zwar um 1830 hier in London. Vermutlich wurde er umgeschliffen, um seine wahre Herkunft zu verschleiern, und ist aller Wahrscheinlichkeit nach mit dem heute so berühmten Hope-Diamanten identisch."

„Der Hope-Diamant?", überlegte Swanson. „Könnte es um ihn gehen?"

„Wohl kaum. Der Stein befindet sich nach wie vor im Besitz der Familie Hope."

„Also eine Sackgasse."

„Das steht zu befürchten, Chief Inspector." Frederick drückte seine Zigarre in den Ascher und hob beide Hände. „Aber womöglich habe ich unrecht, und es existieren zwei Steine von derselben intensiven blauen Farbe. Der Tavernier und der Hope. Falls Sie es für eine vielversprechende Spur halten, sollten Sie in jedem Fall eine weitere Meinung einholen. Ich bin schon sehr lange nicht mehr im Beruf und nicht unbedingt auf dem Laufenden, was die neueste Forschung angeht. Was genau steht denn über den Blauen Franzosen in Wigfields Aufzeichnungen?"

„Ich habe eine Abschrift des Wortlauts", sagte Swanson, zog einen Zettel aus der Innentasche seines Smokings und hielt ihn Frederick hin. „Wenn Sie wollen, nehmen Sie sie an sich. Falls Ihnen noch mehr dazu einfällt, lassen Sie es mich wissen."

Frederick nahm den Zettel und las:

29. Dez. 1878:
The Devil's Wapping 9.00 PM. Von RM Franzose
2000,– pro ct in AU:
GW – SO – MOU – DO – AAR – IN
= 250/ooo – 250/ooo – 125/ooo – 125/ooo – 125/ooo – 125/ooo.

„Jetzt, wo ich es hier vor mir sehe, erscheint mir die Idee, es könne sich um eine Legierung handeln, wiederum vollkommen abwegig", sagte Frederick. „Diese Buchstaben sind jedenfalls keine mir bekannten Legierungselemente."

„Wer weiß, vielleicht hat Wigfield sie verschlüsselt."

„Schon möglich", sagte er, faltete den Zettel zusammen und steckte ihn mit nachdenklichem Gesicht ein.

In diesem Moment erschien Wilde, drehte eine Pirouette auf den Zehenspitzen und säuselte: „Was für eine Unverschämtheit, uns in unserer Trauer ganz allein zu lassen, Gentlemen."

Sie kehrten an ihren Tisch zurück, und Wilde begann, sehr unterhaltsam Anekdoten aus seiner Zeit in Amerika zum Besten zu geben. Der Mann war grandios, dachte Swanson. Ein geborenes Genie intelligenter Konversation. Auch wenn er seinen Lebenswandel nicht gutheißen konnte, bewunderte er Wilde. Das weibische Verhalten, das er immer wieder an den Tag legte, wenn er ihm als Polizist begegnete, hielt Swanson für pure Provokation. Der Mann hinter der Maske musste ein ganz anderer sein.

So verstrichen die Stunden.

„Verdammt heißer Sommer; selbst für ein Land, in dem die Sonne niemals untergeht. Finden Sie nicht auch, Mr Greenland?", sagte Wilde eben. Er hatte seinen Kragen gelockert und legte nun, von den anderen unbemerkt, seine feuchte, warme Hand auf Fredericks Oberschenkel. „Wie wär's mit einer kleinen Abkühlung in meinem Apartment am St. James Place? Eiscreme und Absinth. Und anschließend könnten wir ein wenig ungezogen sein und eine Kissenschlacht ausfechten."

Frederick erhob sich lächelnd und nickte den Anwesenden freundlich zu. „Gentlemen, ich fürchte, ich muss mich empfehlen."

„Ich hoffe, Sie nehmen mir das nicht übel. Sie sind nun mal ein unverschämt attraktiver junger Mann, Mr Greenland. Ich täte fast alles. Ihre Haut ist wie Seide.

Da kann ich einfach nicht anders. Wie wäre es mit Donnerstagabend im Willis – sagen wir um einundzwanzig Uhr?"

„Sehr freundlich von Ihnen, Mr Wilde." Frederick errötete. „Ich fürchte nur, ich werde nicht kommen können."

„Dabei will ich Ihnen gern behilflich sein." Wilde hatte sich ebenfalls erhoben und streckte die rechte Hand vertraulich nach Greenlands Wange aus. „Deswegen brauchen Sie sich nun wirklich nicht zu schämen, Fred. Es ist alles nur eine Frage der Technik, nicht wahr Bosie?" Und er wandte sich zu dem eifersüchtig schmollenden Lord Alfred Douglas um.

„Mr Wilde! Daran dürfen Sie nicht einmal denken."

„Oh, keine Sorge, Mr Greenland. Das Denken habe ich schon vor Ewigkeiten aufgegeben." Wilde strich schmunzelnd und blinzelnd seine grüne Krawatte glatt, die ihm bis auf den Schoß hing. Die beweglichen Finger des Ästheten verweilten fummelnd an deren Ende. „Denn kein Künstler sollte jemals zulassen, dass der Gedanke dem Genuss im Wege steht, wissen Sie? Die ordinären Massen mögen ja einen gewissen Genuss aus der Kunst beziehen; ich selbst jedoch glaube fest, dass alle Kunst allein im Genuss zu finden ist. Und da ist jeglicher Gedanke einfach ganz und gar fehl am Platze."

„Nun denn, Gentlemen", sagte Frederick und erhob sich. „Es ist spät geworden. Wollen wir, Mr Horne? Ihre Gattin wird sich fragen, wo wir bleiben."

Draußen vor dem Café Royal war es bereits dunkel geworden, und die gelben Gaslampen flackerten zischend im Londoner Nebel, als die beiden Männer auf den Gehsteig hinaustraten und Frederick am Piccadilly einem heranpolternden Hansom winkte. Die Droschke kam auf sein Handzeichen hin schaukelnd zum Stehen.

„Sagen Sie, Mr Horne", meinte Frederick. „Hätten Sie was dagegen, wenn wir einen kleinen Umweg fahren würden, ehe ich Sie nach Hause bringe?"

„Nicht das Geringste. Cathy wird ohnehin bereits zu Bett gegangen sein."

„Also dann. Fahren Sie uns zum Prospect of Whitby in der Wapping High Street", wies Frederick den Kutscher an, schob Archibald auf den Sitz und sprang selbst hinterher.

Nur wenige Augenblicke später trat ein korpulenter Herr aus den Schatten eines Seiteneingangs und schwang sich für einen Mann seiner Leibesfülle mit überraschend katzenhafter Leichtigkeit in die samtgepolsterte Fahrgastzelle des eleganten Einspänners, der an der Einmündung zur Glasshouse Street wartete. Er klopfte mit dem Knauf seines Stockes an das ovale Fenster hinter sich, um dem Fahrer das Zeichen zur Abfahrt zu geben.

„Jarveys", sagte er, „folgen Sie dem Wagen." Dann ließ er sich kopfschüttelnd in die Polster sinken.

Das Prospect of Whitby Pub in Wapping lag direkt an der Themse, nicht weit vom Execution Dock entfernt.

Es war noch keine zweihundert Jahre her, da hatte man hier die letzten Piraten hingerichtet und ihre Leichen zur Abschreckung in Käfigen aufgehängt, bis sie entweder dreimal von der reinigenden Flut überspült worden waren oder ihre verfaulenden Gebeine herabfielen und vom Fluss aufs Meer hinausgetragen wurden.

Eine unheimliche Gegend.

Die beiden Männer stiegen aus und die Droschke rasselte und klapperte über das feuchte Kopfsteinpflaster davon. Die schwachen Lichter verschwanden in der Ferne. Dann herrschte wieder Stille. Nur das Pfeifen des Windes und das Plätschern des Themsewassers, das rhythmisch gegen die Kaimauern schwappte, waren zu hören.

Sie standen allein in der Dunkelheit.

„Was tun wir hier, Mr Greenland?", fragte Archibald im Flüsterton.

„Keine Ahnung", gab Frederick zu. „Als Swanson mir den Tagebuchauszug zeigte, in dem vom The Devil's in Wapping die Rede war, fiel mir gleich dieses Pub hier ein. Es stammt aus der Zeit von Henry VIII. Und damals hieß es ‚The Devils's Tavern'. Die Aufzeichnungen in diesem Tagebuch sind fünfzehn Jahre alt. Aber ich hatte die vage Idee, der Mord an Wigfield könnte irgendetwas mit diesem Pub zu tun haben."

Archibald nickte, wenngleich er fand, dass fünfzehn Jahre eine verdammt lange Zeit waren. Was sollte nach all den Jahren hier noch zu finden sein?

Auf den ersten Blick hätte man glauben können, das Pub habe geschlossen. Es drang keinerlei Licht nach draußen. Schwarze Vorhänge an den Fenstern versperrten die Sicht auf den Schankraum. Aber es war Gegröle, Klaviermusik und Gelächter zu vernehmen. Und durch eine schmale Lücke im Vorhang hinter der trüben, verkratzten Scheibe der Tür konnten Frederick und Archibald erkennen, dass im Pub offensichtlich so etwas wie eine Party im Gange war.

Das waren mit Abstand die hässlichsten Frauen, die Archibald jemals zu Gesicht bekommen hatte. Lag vermutlich an der schlechten Ernährung. Und sie waren grässlich geschminkt.

Eine grell bemalte rothaarige Frau saß am Klavier und spielte einen Walzer. Die Ärmel ihres Kleides aufgekrempelt, sodass deutlich stark behaarte Männerarme zum Vorschein kamen. Eine andere tanzte ohne jedes Rhythmusgefühl auf einem Tisch mitten im Schankraum.

„Was treibt ihr hier?", fragte plötzlich eine tiefe Bassstimme hinter ihnen. Frederick wandte den Kopf und sah in das Gesicht einer großen Frau mit dunkelroten

Lippen. Dann wurden Archibald und er auch schon am Kragen gepackt und grob in den Schankraum des Pubs geschoben.

Augenblicklich verstummte die Musik, die Tänzerin hörte auf zu tanzen, und die Köpfe sämtlicher Damen ruckten herum. Zwei Dutzend bunt bemalter Augenpaare starrten sie an.

„Wer ist das, Betsy?", fragte jemand hysterisch.

„Hab die beiden beim Schnüffeln erwischt", antwortete die große Frau, die sie noch immer am Kragen festhielt, gab ihnen einen Stoß und Frederick und Archibald landeten unsanft auf dem Boden. Langsam rappelten sie sich wieder auf.

Die Dame hinter der Theke warf sich ihr Handtuch über die Schulter und sagte: „Frag die zwei Hübschen mal, wer sie sind, Betsy, Schätzchen!"

Betsy schloss die Eingangstür ab, rückte sorgfältig die Vorhänge zurecht und kam dann langsam und mit ernstem Gesicht auf sie zu. Ihre Stimme klang wie Donnergrollen, als sie von Frederick zu Archibald und wieder zurück sah und fragte: „Was wollt ihr kleinen Scheißer denn hier?"

Frederick bemerkte die schwarzen Bartstoppeln, die auf dem gepuderten Kinn der Dame sprossen. Das Gesicht unter der Schminke kam ihm irgendwie bekannt vor, so als hätte er es schon einmal gesehen – bei einer Veranstaltung auf dem Trafalgar Square. Betsy hatte zweifellos einen Sitz im Oberhaus.

Und allmählich begann es Frederick zu dämmern, warum man Gefängnisinsassen, Geisteskranken und Mitgliedern des House of Lords in England das Wahlrecht verweigerte. „Nun", sagte er, die Flucht nach vorn antretend, „ein Pint Porter wäre für den Anfang nicht schlecht, Mylord."

„Porter. So, so." Betsy ließ sich nichts anmerken, stieß

ihm aber grob die Faust vor die Brust. „Tut mir leid – Porter ist aus."

„Na, dann ein Bitter."

„Ist auch aus", meinte eine andere vollbusige Lady mit rotem Backenbart. Sie hatte sich eine Federboa um den fetten Hals geschlungen und wirbelte das lange, fusselige Ende wie ein Lasso herum. „Wissen Sie, was man hier vor hundert Jahren mit Spionen gemacht hat?"

„Ich habe keinen Schimmer", sagte Frederick.

„Man warf sie in die Kanäle."

„In die Kanäle?", fragte Archibald, an dessen Schläfen Angstschweiß zu perlen begann.

„Die ganze Gegend hier ist von einem Netz unterirdischer Gänge durchzogen, die in den Fluss münden. Man braucht nur einen Hebel umzulegen, und die gute alte Mutter Themse ruft ihre Liebsten zu sich."

Ein Leben zählte offenbar nicht viel in Wapping.

„Hören Sie", sagte Frederick. „Das Ganze ist ein fürchterliches Missverständnis. Wir kamen rein zufällig hier vorbei. Es war nicht unsere Absicht, Ihr ... Ihr Treffen zu belauschen."

„Schon klar", sagte Betsy. „Raus mit ihnen."

Dann wurden die beiden Männer wieder grob bei den Schultern gepackt und durch die hinteren Räume des Pubs nach draußen auf eine Art Terrasse gezerrt.

Nebelschwaden zogen wie Leichentücher über die Themse. Und im Licht der Häuser auf dem gegenüberliegenden Ufer waren schwach die Leichter und Lastkähne zu erkennen, die mitten auf dem Fluss vor Anker lagen.

Der Mann mit der Federboa öffnete eine schwere hölzerne Luke im Boden. „Rein da", befahl er.

„Lassen Sie mich los! Wir haben doch gar nichts getan!", schrie Archibald. Verzweifelt versuchte er die Hände abzuwehren, die sich an ihm zu schaffen machten, bis ein

Faustschlag ihn mitten ins Gesicht traf und er rückwärts zu Boden ging. Benommen blieb er liegen.

Dann wurden Frederick und er von starken Armen ergriffen und in das Loch im Boden gedrängt.

Krachend fiel die Luke über ihnen zu. Sie konnten noch hören, wie ein Riegel vorgeschoben wurde. Wo immer sie jetzt waren, es war stockfinster hier. Frederick tastete in der Dunkelheit seine Taschen ab. Schließlich fand er ein paar Streichhölzer und riss eines an der rauen Steinwand an. Unter ihnen lag ein viereckiger Stollen, der abwärts in die Dunkelheit führte. Und auch über ihnen war jetzt nichts weiter als Düsternis und Stille.

Brian Springer stand zur selben Zeit unweit von Cleopatras Needle am Themseufer und blickte auf den schmutzigen, träge dahinziehenden Fluss hinaus. Er wartete. Und das schon eine halbe Ewigkeit, wie es ihm vorkam. Der Mann verspätete sich jedes Mal ein wenig mehr. Zum wiederholten Male fummelte Springer seine verbeulte Taschenuhr heraus. Gleich elf Uhr. Eisige Kälte kroch wie unsichtbarer Nebel aus dem Fluss und wehte über die Kaimauer. Der Winter nahte. Seine Knöchel spürte er kaum noch. Er zog seine Taschenflasche aus dem Mantel, genehmigte sich einen kräftigen Schluck und begann dann auf und ab zu gehen, ehe er hier festfror.

Halb elf, hatte Gius gesagt. Und er solle pünktlich sein.

Dass ich nicht lache, dachte Springer bei sich und blickte nach rechts und links den Gehweg hinunter, den das schwache gelbe Licht der Gaslaternen nur unzulänglich beleuchtete.

Niemand zu sehen.

Keine Menschenseele.

Allerdings war Gius bei all ihren Treffen immer sehr vorsichtig gewesen. Womöglich versteckte er sich irgendwo, um sicherzugehen, dass keine Polizei in der Nähe war.

Eine Droschke fuhr langsam an Springer vorbei.

Er wollte sich eben gegen den polierten Granit des ägyptischen Obelisken lehnen, als er plötzlich die Mündung einer Pistole in seinem Rücken spürte und eine leise raue Stimme hinter ihm sagte: „Ist ein beliebter Platz für Selbstmörder. Haben Sie das gewusst, Mr Springer?"

„Mr Gius?"

„Höchstselbst", sagte die Stimme.

Und für einen Moment ergriff den Journalisten Panik. „Ich habe immer getan, was Sie von mir verlangten. Sie wollen mich doch jetzt nicht etwa ..." Er verstummte.

„Sie umbringen?", sagte die Stimme und der Druck des Pistolenlaufs verstärkte sich. „Keine Sorge, Mr Springer. Sie stehen gewiss nicht auf meiner Liste. Ich bin mit Ihrer Arbeit sehr zufrieden."

„Man beginnt, mich zu verdächtigen", sagte Springer. „Scotland Yard fängt an, Erkundigungen über mich einzuholen. Man stellt mir Fragen. Erkundigt sich nach meinen Quellen. Wenn herauskommt, dass ich Informationen von Ihnen bekommen habe, bin ich geliefert. Vor dem Gesetz ist das Beihilfe zum Mord."

„Nun werden Sie mal nicht kindisch. Es ist nicht mein Problem, wenn Sie sich nicht um ein Alibi kümmern."

„Warum ..." Er stockte. „Warum tun Sie das überhaupt?"

„Ich habe meine Gründe."

„Und warum ich? Was habe ich damit zu tun?"

„Wie gesagt – ich habe meine Gründe."

„Verstehen Sie mich nicht falsch", sagte Springer. „Ich weiß es sehr zu schätzen, dass Sie mir all die Informationen geben – schließlich bin ich Journalist, aber ..."

„Aber was?", fragte die leise Stimme.

„Es wäre von Vorteil, wenn ich Ihre Gründe kennen würde. Was meinen Sie, wie gut sich das in der Presse macht."

„Ich werde sie Ihnen zu gegebener Zeit anvertrauen", sagte Gius. „Bis dahin tun Sie einfach Ihre Arbeit."

„Und wann ist es wieder so weit?" Springer erschrak fast vor seiner eigenen Stimme, die ihm mit einem Mal zittrig und panisch vorkam.

„Schon heute in zehn Tagen", sagte Gius. „Es wird ein glänzendes Ereignis sein. Könnte nicht schaden, wenn Sie sich den Vormittag in der Nähe der Marylebone Road aufhalten würden. Es wird Ihnen gefallen, Mr Springer."

Der Druck der Pistole in seinem Rücken ließ allmählich nach, verschwand.

„Können Sie nicht etwas genauer sein?", fragte er.

Nichts. Keine Antwort.

„Ein oder zwei Hinweise wären hilfreich."

Stille.

Noch immer nichts.

Als Brian Springer es schließlich wagte, sich umzudrehen, war niemand mehr da. Nur er und der Obelisk. Elias Gius, der Mann, der ihn seit Wochen mit Informationen versorgte, war verschwunden, als hätte es ihn niemals gegeben.

Die Treffen hatten jedes Mal etwas seltsam Unwirkliches gehabt, und manchmal beschlich Springer das ungute Gefühl, er habe sie sich samt und sonders lediglich eingebildet.

Das Rauschen und Gurgeln von Wasser.

„Großer Gott, was ist das nur für ein schrecklicher Krach?", fragte Archibald, dessen Augen vor Schreck so groß wie Untertassen waren. Er sah Frederick im Halbdunkel an und dann dorthin, von wo das gurgelnde Geräusch kam.

„Wasser", sagte Frederick. „Ich fürchte, dieser Gang wird gerade geflutet." Er blickte nach oben, wo ihnen die unnachgiebige Holzluke den Weg versperrte. Unter ihnen wurde das Geräusch heraufschießenden Wassers immer lauter.

„Geflutet?" Archibald starrte ihn ungläubig an. „Wie können sie den Gang fluten, wenn wir noch hier drin sind? Wir werden ertrinken."

„Haben Sie denn vorhin nicht zugehört?" Frederick stieß einen unglücklichen Lacher aus. „Ich nehme an, genau das bezwecken sie damit. Es tut mir leid, Mr Horne. Ich fürchte, ich habe uns mit meiner unbedachten Bemerkung in diese Lage gebracht."

Das Rauschen wurde immer lauter. Und dann hatte das Wasser plötzlich ihre Füße erreicht, ihre Knie – und es stieg unaufhörlich weiter.

Bumm! Über ihnen polterte etwas auf die Luke. Es klang, als werfe jemand Steine darauf, um sie noch zusätzlich zu beschweren.

Bumm! Es krachte wieder.

Das Wasser hatte mittlerweile ihre Schultern erreicht, umspülte bald ihre Wangen, und die beiden Männer mussten ihre Gesichter gegen das Holz der Luke pressen, um überhaupt noch atmen zu können.

Bumm! Abermals donnerte es über ihnen. Dann hatte das sprudelnde Themsewasser den engen Schacht ganz und gar ausgefüllt.

Archibald kniff die Augen zu und trat verzweifelt mit den Beinen, um nicht in der gurgelnden schwarzen Tiefe zu versinken.

Bumm! Bumm! Bumm!

Die Geräusche drangen wie aus weiter Ferne an seine Ohren.

Bumm!

Ein letzter Schlag, und die Luke öffnete sich. Süße, rettende Luft strömte herein. Dann erschien ein feistes Gesicht in der Öffnung. Es war Wilde. Er hielt einen Pflasterstein in der Hand und lächelte, aber die

Anstrengung, die es ihn gekostet hatte, den Riegel aufzubrechen, war ihm sichtlich anzumerken. Er keuchte. Schweiß lief ihm über Stirn und Wangen und tropfte von seinem Kinn. Bereits völlig außer Atem streckte er ihnen die Hände entgegen, ergriff nacheinander Frederick und Archibald bei den Handgelenken und zerrte sie mit letzter Kraft nach oben. Als beide Männer hustend und Schlamm spuckend auf den großen unregelmäßigen Steinplatten der Terrasse lagen, presste Wilde schnaufend die Hände in den Rücken. „Ich glaube, jetzt sind Sie mir wirklich was schuldig, Freddy. Wenigstens ein Abendessen muss drin sein – oder die Türkischen Bäder –, alles ganz zwanglos natürlich."

„Sie sind uns gefolgt?"

„Natürlich. Denken Sie etwa, ich würde das Objekt meiner Begierde – wenn Sie mir diesen Ausdruck erlauben wollen – einfach so im Schlamm ersaufen lassen?" Er hievte Frederick in eine sitzende Position und hob schmunzelnd die rechte Augenbraue. „Wer weiß, vielleicht ändern Sie eines Tages Ihre Meinung und ich habe doch noch eine Chance."

„Also haben Sie gewusst, was uns hier erwarten würde", stellte Frederick fest.

Wilde zog die Schultern hoch. „Vielleicht?"

Archibald zog seine durchweichten Schuhe aus und warf sie neben sich. „Sind Sie denn in diese Machenschaften verstrickt?"

„Das Flair des Geheimnisvollen – macht einen Mann ungemein interessant, finden Sie nicht?"

„Aber wenn Sie mit denen unter einer Decke stecken", fragte Frederick und lehnte sich gegen die Kaimauer, die die alten, moosbewachsenen Treppenstufen begrenzte, die von der Terrasse zum Themseufer führten, „warum haben Sie uns dann gerettet?"

„Sagen wir einfach, Sie haben eine Saite in mir zum

Klingen gebracht. Donnerstags ist immer Tombola. Da sind ein paar Leute dabei, die nicht gesehen werden wollen. Wichtige Leute. Geschäftsmänner mit Einfluss. Und einige Politiker. Sie verstehen? Ich konnte Sie ja wohl kaum ins Verderben rennen lassen." Wilde gab ihm einen leichten Faustschlag gegen die Schulter. „Was ist mit dem Abendessen?"

„Sie werden noch mal im Gefängnis landen, Mr Wilde, wenn Sie so weitermachen." Frederick zupfte graugrünen Tang aus seinen Haaren und schüttelte den Kopf. „Außerdem weiß ich nicht, was Ihr Freund, der Lord, dazu sagen würde."

„Bosie?" Unter traurigem Seufzen wischte sich Wilde den stinkenden Themseschlamm mit einem Taschentuch von den Fingern. „Er wird ohnehin mein Untergang sein, Mr Greenland. Dessen bin ich mir bewusst ... eines Tages ..."

Der Wagen stand einsam unter der Laterne, als sie zur Crane Warf zurückkehrten – notdürftig auf eine Anzahl Packkisten gebockt und ohne seine Räder. So spielte das Leben. Aber irgendwo in Wapping würde man eine Weile keinen Hunger mehr leiden, denn auch der Gaul war verschwunden.

Blieb nur zu hoffen, dass Jarveys, der Kutscher, noch rechtzeitig das Weite gesucht hatte.

DRITTER TEIL

Reden ist Silber

KAPITEL 8

Eine Weile stand er einfach nur da, wie jeden Morgen um viertel vor sieben, im romantischen Halbdunkel der Werkstatt. Das Licht war zu dieser frühen Morgenstunde noch gedämpft, und auf den Werkbänken standen die unfertigen Köpfe vom Vortag ohne Augen. In einer halben Stunde würden sie kommen, all die vertrauten Gesichter, die er so liebte. Sie würden den Gips anrühren, mit größter Hingabe ihre Hände und Füße vollenden und auch die Augäpfel und Wimpern, die jetzt noch in den Kisten der alten Holzregale auf sie warteten.

John Theodore war immer als Erster zur Stelle, denn er genoss die Ruhe vor dem geschäftigen Treiben; sie hatte etwas Geheimnisvolles, fast Zauberhaftes an sich. Und obgleich er seine Familie, die Cousins und ihre Frauen, gern um sich hatte, mochte er die Werkstatt in solchen Augenblicken doch am liebsten. Niemals würde er den Tag vergessen, an dem er seinem Vater zum ersten Mal bei der Arbeit zugesehen hatte. Damals war er vierzehn gewesen, und sie waren noch nicht in den imposanten Neubau an der Marylebone Road umgezogen. Sein Vater war damit beschäftigt gewesen, ein lebensechtes Porträt des Prinzen von Wales anzufertigen, der wie durch ein Wunder von schwerer Krankheit genesen war und Glückwünsche aus dem ganzen Empire erhielt. In jenen Tagen war die Werkstatt noch mit Gaslicht beleuchtet gewesen und genauso still wie in diesen dreißig Minuten am Morgen, ehe die Arbeit begann. Die gute alte Zeit ...

Plötzlicher Lärm riss ihn unsanft aus seinen Träumereien. Das Bild seines Vaters verschwand, und er knipste ärgerlich das elektrische Licht an, das surrend heller wurde. Er sah auf die Uhr. Kurz nach sieben. Was war das bloß für ein gottverdammtes Poltern da draußen? Es musste vom Haupteingang kommen. Als er die Werkstatt verließ und die große Treppe zur Eingangshalle hinuntereilte, hörte er sie draußen schreien. Arbeiter, vermutete er, die sich mit einer Wagenladung Gips abmühten. Aber warum um Himmels willen machten sie dabei solch einen Lärm?

„Guten Morgen, Urgroßmutter. Wollen mal sehen, was es mit diesem Krach auf sich hat, was?", sagte er beiläufig, als er die mächtige, von Kronleuchtern erhellte Halle im Laufschritt durchquerte und an der winzigen, zerbrechlich wirkenden alten Dame mit dem wächsernen Gesicht und dem weißen Spitzenhäubchen vorübereilte. Eine Erwiderung seines Grußes blieb sie ihm schuldig. Sie stand reglos und stumm am Treppenaufgang, den Kneifer auf der Nase, und lächelte weise. „Streitet euch nicht, Jungs", hatte sie damals auf ihrem Sterbebett zu seinen Großvätern gesagt. Etwas, woran auch er sich ein Leben lang gehalten hatte. Doch das war vor dreiundvierzig Jahren gewesen. Als er jetzt auf den schwach beleuchteten Gehsteig hinaustrat und die beiden fluchenden Männer sah, war er drauf und dran, die guten Vorsätze zu vergessen.

„*Du* hast den Gurt fahren lassen, Rodney, du verdammter Idiot!", schrie einer der beiden, ein muskelbepackter Kerl ohne Hals, der in kurzen Hosen und schmuddeligem Unterhemd neben den Trümmern einer riesigen Holzkiste stand und wütend seine Mütze zerknüllte. „Sieh dir die verfluchte Sauerei an!"

„Leck mich, Mann!", giftete der andere zurück. „‚Lass kommen', haste gesagt! Lass kommen! Lass kommen! Nu haste den Salat!" Und er spuckte aus. Er hockte schwer atmend und schwitzend auf der Ladefläche eines klapprigen, braunen Fuhrwerks, das unmittelbar vor dem Haupteingang parkte, und blickte aus sicherer Entfernung auf die zerborstene Packkiste hinunter. Eine Seite war der

Länge nach aufgerissen. Holzwolle, Splitter und Papier quollen daraus hervor.

„Was zur Hölle geht hier vor – *Gentlemen*?", fragte John Theodore mit geschlossenen Augen und zusammengebissenen Zähnen. Am liebsten hätte er die beiden am Kragen gepackt und ihre Köpfe wie Kokosnüsse zusammengeschlagen. In anderthalb Stunden würden sie öffnen. Wie sollte er bis dahin bloß dieses Chaos beseitigt haben? Doch er zwang sich zur Ruhe.

„Wir ham' hier 'ne Lieferung für Mister Tassod", sagte der Mann, der Rodney hieß. Er sprang mit einem Satz von der Ladefläche herunter. „Sind Sie das?"

„Tassod?" John Theodore trat einen Schritt zurück.

„Ja." Rodney sah ihn durchdringend an, runzelte die Stirn und konsultierte dann die Frachtpapiere auf seinem Klemmbrett. „Steht hier, Sir. M. Tassod's Wachsfigurenkabinett, Marylebone Road. T-U-S-S-A-U-D", buchstabierte er. „Heißt doch wohl *Tassod*, oder was?"

„Tüsso", sagte John Theodore pikiert. „So spricht man es aus."

„Ah, Franzose, wie?" Rodney zwinkerte verschmitzt. „Paris, hm? Bin zwar nie da gewesen, hab aber viel davon gehört. Kleine *Madmosells* und dieser lustige Turm. Habt extra 'ne Maschine gebaut, um euerm König den Kopf abzuschneiden, oder?" Er machte eine entsprechende Geste mit dem Daumen, um seine Worte zu unterstreichen. „Komische Leute, ihr Franzosen."

John Theodore Tussaud, Künstler, Manager und Urenkel der Firmengründerin Marie Tussaud, war drauf und dran, seinen ersten Mord zu begehen. Einfach so. Ganz leichthin. Und mit einem Lächeln. Er war selbst überrascht, wie wenig es ihm ausgemacht hätte, den beiden Männern mit seinem Taschenmesser die Kehlen durchzuschneiden. *Großer Gott, so einfach ist also das Töten,* dachte er in diesem Moment. Doch er fing sich wieder. Statt nach dem Messer zu suchen, tastete er seine Taschen nach der Dose mit dem Schnupftabak ab, fand sie schließlich in einer der Rocktaschen und klopfte sich eine Prise auf den linken Handrücken. Nachdem er sie hastig in die Nase gesogen hatte, zog er sein Taschentuch hervor und schnäuzte sich. Jetzt ging es ihm besser. Er trat noch ein wenig näher an die zertrümmerte Kiste heran und bog eines der zersplitterten Bretter beiseite. „Also schön“, sagte er. „Was ist das?“

„Keine Ahnung, Mr Tassod, Sir.“ Der Mann ohne Hals breitete die Arme aus. „Ehrlich gesagt: Was da drinnen iss, geht uns nichts an. Wir sollten's nur abliefern.“

„Woher kommt es denn?“, wollte John Theodore wissen, während er langsam und kopfschüttelnd um die zerstörte Holzkiste herumging. „Wenigstens das werden Sie mir doch wohl sagen können.“

Rodney konsultierte ein weiteres Mal seine Frachtpapiere. „Wir haben die Ladung in Norwood aufgenommen, Sir“, sagte er dann. „Von einem Mann namens Gius. Elias Gius. Seine Adresse ist 24 Tennison Road, South Norwood, Sir.“

Ein Mann dieses Namens war John Theodore nicht bekannt. Trotzdem begann er sich allmählich für die seltsame Lieferung zu interessieren. Er war schon immer ein Freund von teuren Leuchtern und kostbarem Gerät gewesen, und als er nun den hellen Glanz von Silber zwischen all der Holzwolle gewahrte, da war aller Ärger verflogen. Ein ihm bislang unbekannter Bewunderer musste ihnen dieses Ding zum Geschenk gemacht haben. Vermutlich eine kostbare Reiterstatue aus einer der in Norwood ansässigen Silberschmieden. Zu schade, dass sie beschädigt worden war.

Allmählich waren auch die ersten Passanten stehen geblieben.

„Muss wohl aus dem Königshaus kommen", sagte ein Mann ohne Zähne. „So schön, wie das glänzt!"

„Nichts als Prunk! Prunk! Prunk!", rief jemand verächtlich. „Was für eine verdammte Verschwendung!"

„Oh!", rief ein Gentleman mit rotem Backenbart begeistert und klopfte mit dem Silberknauf seines Stockes gegen die Holzkiste. „Ein neues Exponat für die Horrorkammer!"

„*Horrorkammer*?", fragten John Theodore und die beiden Fuhrleute wie aus einem Mund.

„Na, gewiss. Oder wollen Sie mir vielleicht weismachen, diese Galgenhand da gehört Dornröschen?" Und mit diesen Worten schob er das Verpackungsmaterial mit seinem Stock zur Seite und klopfte gegen den zerborstenen Armstumpf der Silberstatue.

Und jetzt sah auch John Theodore, was der Mann gemeint hatte. Aus dem gezackten Silberrand des Arms der Plastik ragte wie aus einem gestärkten Hemdsärmel die verbrannte und teilweise skelettierte Hand eines Menschen hervor.

Eine Dreiviertelstunde später stand Chief Inspector Donald Sutherland Swanson auf dem Gehsteig vor Madame Tussauds Wachsfigurenkabinett in der Marylebone Road und nahm die merkwürdige Silberstatue in Augenschein. Zwei Polizisten in Uniform hielten die Schaulustigen in Schach und kümmerten sich darum, dass niemand der Holzkiste zu nahe kam. John Theodore Tussaud hockte auf den Stufen vor dem Haupteingang, immer noch kopfschüttelnd und das Gesicht in den Händen vergraben, während die beiden Fuhrunternehmer mit baumelnden Beinen auf ihrem Karren saßen und Swanson schweigend dabei zusahen, wie dieser im Schein der ringsum aufgestellten Lampen die vermeintliche Silberplastik vollständig von Brettern und Holzwolle befreite.

Zum Vorschein kam das Abbild eines nackten Mannes in Lebensgröße. In der rechten Hand hielt er ein Hufeisen und in der abgebrochenen linken etwas, das Swanson entfernt an eine Anzahl Weihrauchkegel erinnerte.

„Miles Owen Unwin, 1834–1893", las Swanson die verschnörkelt gravierte Inschrift auf dem Sockel der Statue laut vor. Er trat ein, zwei Schritte zurück. „Kannten Sie diesen Mann, Mr Tussaud?"

„Gott behüte. Nein." Tussaud schaute nur kurz auf. Der Tag war gelaufen, das sah man ihm an.

„Und Sie haben natürlich auch keinerlei Ahnung, weshalb man ihn an Sie geschickt haben könnte, nicht wahr?"

„Ganz recht. Habe ich nicht."

Swanson hatte seinen „Ich-glaube-Ihnen-kein-Wort"-Blick aufgesetzt. Er wandte sich den beiden Männern auf dem Karren zu: „Was ist mit dem Auftraggeber, diesem Mr Gius, von dem Sie mir erzählt haben. Was wissen Sie über ihn?"

„Großer Kerl", sagte der Mann, der Rodney hieß. „Jude, glaub ich."

Swanson zog die Stirn in Falten. Warum nur alle immer auf den Juden rumhackten? Vor fünf Jahren hatte man ihnen sogar die Ripper-Morde anhängen wollen. „Wie kommen Sie darauf, dass er Jude ist?", fragte er.

„Na, wegen dem Namen", sagte Rodney. „Elias. Ist sicher kein Norweger." Er kicherte.

„Was noch?" Swanson fixierte ihn mit bohrenden Blicken. „Erinnern Sie sich daran, wie er ausgesehen hat?"

„Klar."

„Und?"

„Wie ein Jude."

Swanson wandte sich dem anderen Mann zu. „Was ist mit Ihnen?"

„Nee, ich bin Christ, Sir. Da können Sie jeden fragen."

„Ob Sie den Mann beschreiben können, möchte ich wissen."

„Klar kann ich das. War groß, wie Rodney sagt. Und 'nen schwarzen Bart hat er gehabt."

„Sehr gut." Swanson nickte. „Was noch?"

„War ganz und gar in Schwarz gekleidet. Und er trug 'nen Hut. Und Handschuhe – die war'n auch schwarz."

„Haarfarbe?"

„Schwarz", meinte er und kratzte sich am Kopf. „Glaub ich."

„Wo haben Sie die Ware denn von ihm in Empfang genommen?", wollte Swanson wissen. „Wir brauchen die Adresse."

„Tennison Road, Sir", sagte er. „War 'ne Fabrik für Schmuck, wo wir den Kasten abgeholt haben. Mr Gius hat uns gesagt, wann wir den da abholen sollen, und er hat im Voraus bezahlt. War 'ne ganz gewöhnliche Kiste für uns. Nur verteufelt schwer. Zwei Arbeiter aus der Fabrik haben uns sogar noch geholfen, das verfluchte Ding aufzuladen. Hatte alles seine Richtigkeit. Stimmt doch, Rodney, oder?"

Rodney nickte.

Swanson ließ sich die Adresse geben und entließ die beiden Männer in die Obhut eines Constables. Sie würden im Yard ihre Aussagen zu Protokoll geben können. Swanson war klar, dass es sich bei dem Namen des Auftraggebers um ein Alias handeln musste. Und unter der angegebenen Adresse würde der Auftraggeber mit größter Sicherheit auch nicht mehr zu finden sein; trotzdem konnte es nicht schaden, sich dort einmal umzusehen.

„Inspector?" Mr Tussauds Stimme riss Swanson aus seinen Gedanken.

„Ja?"

„Kann ich jetzt gehen, oder brauchen Sie mich noch?"

Der Mann hatte nichts mit dem Verbrechen zu tun,

das war Swanson klar. „Nein", sagte er. „Ich denke, Sie können jetzt wieder Ihren Geschäften nachgehen. Allerdings möchte ich, dass Sie uns eine Adresse geben, unter der Sie zu erreichen sind – für eventuelle Fragen."

„Sie erreichen mich stets hier", sagte Tussaud und deutete mit ausgestrecktem Zeigefinger auf das imposante Gebäude des Wachsfigurenkabinetts. „Was wird mit der Statue geschehen?"

Was für eine merkwürdige Frage. „Der Yard wird sie natürlich beschlagnahmen müssen", sagte Swanson.

„Wie schade. Denken Sie, wir könnten sie zurückbekommen? Sobald etwas Gras über die Sache gewachsen ist vielleicht?"

„Ich fürchte, daraus wird nichts, Mr Tussaud. Nach Abschluss der Obduktion wird der Leichnam zur Bestattung freigegeben. Das einzige Gras, das also über diese Sache wachsen wird, wird das Gras auf dem Grab von Mr Miles Owen Unwin sein."

„Aber die Silberhülle", gab Tussaud zu bedenken, „die wird man wohl kaum mit ihm begraben, was denken Sie?"

„Nein, wohl kaum. Doch ich gehe sicher davon aus, dass man die Statue selbst nach Abschluss der Ermittlungen ins Schwarze Museum von Scotland Yard verbringen wird."

„Was für eine Verschwendung", meinte Tussaud. „Niemand wird sie dort sehen."

„Tun Sie mir einen Gefallen", meinte Swanson, dem die unzähligen Schaulustigen, die die nackte Statue in all ihrer Blöße begafften, langsam unangenehm wurden. „Holen Sie einen Mantel und hängen Sie ihn dem armen Kerl um. Dann ist allen gedient, und Sie können wenigstens den Mantel später in Ihrem Museum ausstellen."

Er hatte die Worte kaum ausgesprochen, da war der Wachskünstler auch schon in einer Wolke aus Staub verschwunden, um einen Mantel zu holen. Warum nur, fragte sich Swanson, waren es immer die Mörder und ihre Opfer, die man im Wachsfigurenkabinett ausstellte, und nie die Hüter des Gesetzes?

Elias Gius, dachte er. Schon wieder. Der Name schien mittlerweile wie ein böser Geist über dem Fall zu schweben. Er winkte einem Constable.

„Sir?" Der Mann salutierte.

„Nehmen Sie sich eine Droschke zum Yard und richten Sie Sergeant Penwood aus, er soll umgehend nach South Norwood fahren und Mrs Unwin benachrichtigen. Ich fürchte, wir haben besonders schlechte Nachrichten für sie."

Die Person, die sich Elias Gius nannte, war zufrieden. Sie saß im Wohnzimmer ihres Londoner Hauses und dachte über die vergangenen Wochen nach.

Gordon Wigfield war tot. Anthony Albert Richardson ebenfalls. Alles hatte wie am Schnürchen geklappt. Miles Owen Unwin hatte Gius allerdings am meisten Vergnügen bereitet. Er war so furchtbar leicht zu beeindrucken gewesen, der große Vorreiter der galvanischen Vergoldung. Elias Gius hatte ihn auf genau dem richtigen Fuß erwischt – dem falschen nämlich! Eine übertriebene Lobeshymne auf sein Lebenswerk, ein wenig vorgespieltes Interesse an der Elektrolyse und seinen Vergoldungsexperimenten, und die Sache war ein Kinderspiel gewesen. Der arme Kerl hatte Gius mit in die Werkstatt genommen, ihm alles gezeigt und erläutert und dann, als er begriff, was wirklich gespielt wurde, so ungläubig dreingeschaut wie ein Kamel, das in der Wüste auf Schneeverwehungen stieß.

Die Werkstatt und das Wohnhaus von Miles Owen Unwin lagen in South Norwood etwas versteckt in einer schmalen Passage, die von der Tennison Road abging, und sahen nicht sehr imposant aus. Es war ein flaches Gebäude mit vergitterten Fenstern und bröckeligem weißem Putz. Ein beinahe winziges Messingschild neben der Tür verriet dem Besucher, wer hier seiner Arbeit nachging. Darauf stand: „Unwin Galvanik und Feuervergoldung". Termine nach Vereinbarung.

„Langsam wird die Sache unangenehm", sagte Swanson zu Phelps, als sie darauf warteten, eingelassen zu werden. Er war nicht sonderlich guter Laune. Mittlerweile ermittelten sie an drei verschiedenen Tatorten in zwei verschiedenen Städten, waren aber während der vergangenen Tage keinen einzigen Schritt weitergekommen. Und der Gedanke, gleich Mrs Unwin gegenübertreten zu müssen, behagte Swanson nicht sonderlich.

Es war Sergeant Penwood, der ihnen die Tür öffnete. Wie er Swanson mitteilte, war Unwins Witwe nicht ansprechbar. Sie hatte die Nachricht vom Tod ihres Mannes wie erwartet sehr schlecht aufgenommen und war völlig hysterisch geworden. Penwood, der ihr die Nachricht vor Stunden überbracht hatte, war der Leidtragende gewesen. Immer wieder hatte sie ihn einen Mörder genannt. Ein befreundeter Arzt hatte ihr daraufhin eine Beruhigungsspritze gegeben und sie zu Bett gebracht.

Insgeheim war Swanson froh, ihr nicht begegnen zu müssen. Sollte sich jemand anders ihre Vorwürfe anhören, Scotland Yard habe sie von Anfang an nicht ernst genommen und nie auch nur einen Finger krumm gemacht, geschweige denn auf der Suche nach ihrem vermissten Gatten Beamte nach Ipswich geschickt.

Swanson und Phelps verhörten zunächst die Angestellten. Wie sie erfuhren, hatte die Kiste, in der Miles Owen Unwins versilberter Leichnam an Madame Tussauds geschickt worden war, schon tagelang abholfertig bei den Postsachen gestanden. Niemand hatte sich Gedanken darum gemacht, was sie enthielt. Die Firma verschickte täglich Unmengen von Paketen und Kisten.

Swansons vordringlichstes Anliegen war es zu klären,

ob es sich bei der Leiche im Innern der Silberstatue tatsächlich um die sterblichen Überreste des Firmengründers handelte. Kein leichtes Unterfangen, da der Mann bis zur Unkenntlichkeit verbrannt war. Selbst Charly Stedman war mit der Frage überfordert gewesen. Unwins Altgeselle, ein vierunddreißigjähriger Greis ohne Haare und Zähne, erklärte ihnen schließlich, woran sie ganz einfach erkennen könnten, ob es sich bei dem versilberten Mann um Mr Unwin handelte oder nicht.

„Wenn er wie Mister Unwin aussieht, ist es auch Mister Unwin", sagte er. „Hab schon mal nur so zum Spaß 'ne tote Ratte versilbert. Ist ganz einfach. Man schmiert das Amalgam gleichmäßig auf den ganzen Körper und ..."

„Was ist dieses Amalgam?" Phelps blickte ihn fragend an.

„Oh, 'tschuldigung, Sir. Hab nich dran gedacht, dass Sie ja Polypen sind und keine Ahnung haben."

Swanson lächelte.

„Bevor man die Ratte versilbern kann", fuhr der Goldschmied fort, der offensichtlich vergessen hatte, dass er, wenn auch nur im übertragenen Sinne, von seinem verstorbenen Chef sprach, „muss man Silber mit Quecksilber verrühren. Da entsteht so eine Paste. Das ist das Amalgam."

Quecksilber, dachte Swanson bei sich. Kein Wunder, dass der Mann wie Methusalem aussah und kein einziges Haar mehr am Leib hatte. „Was geschieht dann?", fragte er.

„Damit wird alles eingestrichen – die ganze verdammte Ratte – von oben bis unten. Man benutzt 'ne Hasenpfote dazu, keinen Pinsel. Und dann kommt sie in den Ofen. Da wird sie so lange heiß gemacht, bis das Quecksilber verdampft ist und nur noch das Silber übrig bleibt. Wenn's fertig ist, sieht man jedes noch so kleine Detail: Augen, Nase, die spitzen Zähne, jedes Haar. Sieht dann aus wie 'ne lebendige Ratte aus Silber – nur dass sie tot ist."

„Wie lange würde es Ihrer Ansicht nach dauern, einen ganzen Menschen zu versilbern?“, fragte Swanson.

„Fünf, sechs Stunden bestimmt, mit allem Drum und Dran. Wenn man darin geübt ist.“

„Wenn es hier geschehen wäre, hätten Sie dann etwas davon bemerkt?“

„Nicht, wenn es hinten in den Werkstätten passiert wär“, sagte der Goldschmied. „Da, wo Mr Unwin seine Experimente machte. Die war'n immer verschlossen. Da hatte auch keiner von uns was zu suchen. Und in der Woche, wo der Chef in Ipswich war, hatten alle hier frei.“

In dieser Zeit wäre der Mörder also vollkommen ungestört gewesen, dachte Swanson und warf Phelps einen vielsagenden Blick zu.

„Wären Sie bereit, den Toten zu identifizieren?“, fragte Swanson. „Ich möchte das Mrs Unwin wirklich ersparen.“

„'türlich, Sir. Für den Alten mach ich doch alles.“

Nachdem ihnen der Altgeselle Zugang zu den Werkstätten verschafft hatte, sahen Swanson und Phelps sich in den abgeschiedenen Räumlichkeiten um, in denen Unwin seine galvanischen Experimente ausgeführt hatte. Der erste Raum war riesig. An den Wänden standen mächtige, salzverkrustete Wannen, die mit einer schwarzen, nach Ammoniak stinkenden Flüssigkeit gefüllt waren. An der Decke darüber hingen schwere Flaschenzüge mit Eisenketten.

Als sie in die angrenzende Halle gingen, sah Swanson einen großen, schwerfälligen Mann mit Schnauzbart, der sich an der Tür eines gigantischen Ofens zu schaffen machte. Er trug Lederhandschuhe, hatte eine Lupe in der Hand und stocherte mit einer Pinzette in den Ascheresten herum. Dann lief er zu einer Werkbank an der gegenüberliegenden Wand und steckte das, was er in der Asche gefunden hatte, in eine kleine Papiertüte.

Swanson sah dem seltsamen Treiben eine Weile zu. Der Mann schien so sehr mit sich selbst beschäftigt zu sein, dass er die beiden Polizisten überhaupt nicht bemerkte. Und er sah erst zu ihnen hin, als Swanson sich räusperte.

„Oh, die Polizei. Ich war schon ganz gespannt, wann Sie endlich eintrudeln würden." Er lächelte breit. „Scotland Yard, nehme ich an."

„Ganz recht. Ich bin Chief Inspector Swanson. Und das ist Sergeant Phelps. Wer zum Teufel sind Sie?"

„Holmes", sagte der Mann, schien sich dann aber sogleich zu besinnen, schüttelte den Kopf und steckte das Vergrößerungsglas ein. „Äh ... bitte entschuldigen Sie. Mein Name ist Conan Doyle. Arthur Conan Doyle. Ich bin der Nachbar."

„Conan Doyle, der Schriftsteller?", fragte Phelps begeistert. Der Sergeant hatte nicht eine Ausgabe des Strand Magazines verpasst und befand sich in einem Alter, in dem er noch sehr leicht zu beeindrucken war. „Sie sind der Mann, der für Dr. Watson die Abenteuer von Sherlock Holmes aufschreibt, nicht wahr?"

„Äh – ja. So könnte man sagen."

„Wie ist er denn so?"

Conan Doyle runzelte fragend die Stirn. „Wer?"

„Nun, Mr Holmes", sagte Phelps. „Sie müssen ihn doch ziemlich gut kennen. Ist er tatsächlich so ein Übermensch?"

„Sherlock Holmes ist ein toter Mann", sagte Conan Doyle lakonisch. „Ehrlich gesagt geht er mir allmählich auf die Nerven. Er wächst mir buchstäblich über den Kopf. Ich werde ihn wohl noch in diesem Jahr umbringen müssen."

„Was? Sie scheinen zu vergessen, dass Sie mit der Polizei sprechen."

„Lassen Sie's gut sein, Phelps." Swanson sah sich einmal

mehr genötigt einzuschreiten. „Um den Fall können wir uns kümmern, wenn es so weit ist."

„Aber, Sir ... Das kann er doch nicht tun."

„Ich kann mit Holmes tun und lassen, was ich will. Schließlich habe ich ihn erschaffen."

„Ihn erschaffen?" Phelps wackelte ungläubig mit dem Kopf. Wahrscheinlich, dachte Swanson amüsiert, hielt er Conan Doyle für größenwahnsinnig. „Was, um Himmels willen, meinen Sie damit?"

„Ah, verstehe, Sergeant. Sie glauben wie so viele, Holmes sei eine echte Person aus Fleisch und Blut, was?" Conan Doyle legte ihm lächelnd eine Hand auf die Schulter. „Tja, vielleicht sollte mich das mit einem gewissen Stolz erfüllen. Dummerweise tut es das nicht. Die Holmes-Geschichten sind trivial bis zum Gehtnichtmehr. Reinste Fließbandarbeit. Die letzten habe ich allein des Geldes wegen geschrieben. Sie sollten meine anderen Arbeiten sehen."

„Heißt das, nichts von alledem ist wirklich geschehen?" Phelps ließ enttäuscht die Arme baumeln.

Conan Doyle nickte.

„Nicht mal die Sache mit dem gefleckten Band?"

Conan Doyle schüttelte den Kopf. „Es sind alles bloß Geschichten, Sergeant. Geschichten, die ich mir ausgedacht habe." Er breitete die Arme aus. „Märchen, wenn Sie so wollen."

„Wer hat Sie eigentlich hier reingelassen?", fragte Swanson.

„Mr Unwins Gattin gab mir einen Schlüssel."

„Demnach waren Sie mit Miles Owen Unwin bekannt?"

„Wir waren Nachbarn, Chief Inspector", sagte Conan Doyle. „Und ab und an durfte ich seine Werkstätten für Experimente nutzen. Ratten mit Zyanid vergiften und so. Man benutzt es für die Vergoldungsbäder, haben Sie das gewusst?"

„Tatsächlich?" Swanson straffte sich. Die Erfahrung hatte gezeigt, dass niemals etwas Gutes dabei herauskam, wenn Zivilisten sich an Tatorten herumdrückten, um auf eigene Faust nach Spuren zu suchen. Das galt auch für den Erfinder von Sherlock Holmes. „Und können Sie mir erklären, was Sie jetzt hier tun?"

„Ich versuche natürlich, einen Mörder zu fangen."

„Natürlich. Natürlich. Aber meinen Sie nicht, das sollten Sie lieber uns überlassen?"

„Haha. Sie sind lustig." Conan Doyle grinste, zog die Lupe wieder hervor und beugte sich herunter, um die Werkbank zu untersuchen. „Mal ehrlich – was soll man von einer Polizei halten, deren Beamte nicht mal wissen, was Fingerabdrücke sind? Ich studiere die Daktyloskopie seit Jahren."

„Na hören Sie mal, was bilden Sie sich ein? Wir wissen sehr wohl, was Fingerabdrücke sind", sagte Swanson, der das nicht auf sich sitzen lassen wollte. Auch wenn es noch keine fünf Wochen her war, dass er das Wort zum ersten Mal gehört hatte. Nur mit diesem zweiten Begriff konnte er augenblicklich rein gar nichts anfangen.

„Aha!", stieß Conan Doyle plötzlich hervor und warf sich auf den Boden. Swanson und Phelps sahen staunend zu, wie der Mann mit der Lupe in der Hand den Boden absuchend hastig zur Tür kroch. „Gummisohlen. Hab ich's mir doch gedacht."

Er war vor einem Regal liegen geblieben, in dem ein halbes Dutzend Paar kniehohe Gummistiefel standen. Er nahm eines heraus, drehte beide Stiefel um und untersuchte sie schweigend und mit gerunzelter Stirn. Aber erst, als er die Öffnung des einen Stiefels mit beiden Händen an seine Nase geführt und ein paar tiefe Züge genommen hatte, erschien ein triumphierendes Lächeln auf seinem Gesicht. „Wie süß die Morgenluft doch ist."

„Was haben Sie, Mann?", fragte Swanson, der die

Bemerkung über die Fingerabdrücke noch nicht ganz verdaut hatte und sich allmählich wie ein dummer Schuljunge vorkam. „Haben Sie was gefunden?"

„Das kann man wohl sagen. Sie riechen nach Lavendel."

„Was?"

„Die Stiefel", sagte Conan Doyle und drehte sich, noch immer am Boden liegend, auf die Seite. Zufrieden grinsend klatschte er in die Hände. „Wer immer diese Stiefel trug, er rieb sich zuvor seine Füße mit Lavendelöl ein."

„Lavendelöl." Phelps stand staunend und mit offenem Mund da. „Was kann das nur zu bedeuten haben?"

Swanson verdrehte die Augen und gab seinem Sergeant einen leichten Klaps auf den Hinterkopf. Warum nur, fragte er sich, verloren selbst die besten Polizisten jedes Mal den Verstand, sobald sie einem Prominenten gegenüberstanden? „Gar nichts, Phelps." Und an Conan Doyle gewandt fügte er hinzu. „Ich fürchte, Sie verschwenden unsere Zeit mit Kleinigkeiten, Sir."

„Für einen großen Geist ist nichts zu gering", sagte Conan Doyle. „Kommen Sie." Er rappelte sich auf die Füße und winkte sie hinter sich her. „Ich wohne gleich nebenan. Miss Leckie wird uns einen Tee machen, und dann erkläre ich Ihnen alles."

Swanson fand, dass es zumindest nicht schaden konnte, sich anzuhören, was der Mann zu sagen hatte. „Also schön", meinte er. „Ich könnte einen Tee vertragen."

Sie folgten dem Schriftsteller ein Stück weit die Tennison Road hinauf, bis zur Hausnummer 12, einem imposanten roten Backsteinhaus, dessen Treppenaufgang zwei weiße Steinlöwen bewachten. Immer zwei Stufen auf einmal nehmend sprang Conan Doyle die Stiegen hinauf, öffnete die Tür und rief fröhlich ins leere Treppenhaus hinein: „Miss Leckie! Besuch! Wir brauchen Tee für drei!" Dann führte er Swanson und Phelps in ein geräumiges, helles Zimmer im Erdgeschoss, dessen Fenster auf die Straße hinausgingen. Überall an den Wänden standen Bücherregale. Über dem Kamin hing ein Hirschgeweih. Und auf dem Sims einige auf ein Messer gespießte Briefe. Conan Doyle deutete auf eine Sitzgruppe in der Mitte. „Nehmen Sie doch Platz, bitte."

„Also?", fragte Swanson nach einigen Sekunden des Schweigens, und Sergeant Phelps zückte wie aufs Stichwort Bleistift und Block. „Was hatten Sie in Mr Unwins Werkstatt zu suchen?"

„Ich habe einen gewissen Ruf, wie Sie vielleicht gehört haben werden. Mrs Unwin erhofft sich von mir Aufklärung darüber, was mit ihrem Mann geschehen und warum es passiert ist. Und ich denke, ich habe ein paar Hinweise gefunden", fügte er hinzu.

Sie wurden unterbrochen, als eine junge, vielleicht zwanzigjährige Frau kurz darauf den Tee und etwas Gebäck auf einem Tablett hereintrug. Sie hatte dunkelblonde Locken und strahlend grüne Augen, die wie kostbare Smaragde funkelten.

„Gentlemen, darf ich vorstellen? Miss Leckie", sagte Conan Doyle mit einem kleinen verlegenen Lächeln. „Sie hilft mir ein bisschen mit dem Haushalt. Touie, meine Frau, ist sehr krank, wissen Sie? Tuberkulose – es sieht nicht gut aus." Er schlug die Augen nieder. Aber die vertrauten Blicke, die er und das Mädchen sich zuwarfen, ließen Swanson vermuten, dass Miss Leckie ihm nicht nur bei der Hausarbeit behilflich war. Die beiden standen einander bedeutend näher, als es die gesellschaftlichen Konventionen erlaubten, daran bestand kein Zweifel. Auch wenn sie versuchten, es so gut es eben ging zu verbergen.

Aus dem oberen Stockwerk war Gepolter zu hören, gefolgt vom Schreien eines Kleinkindes.

„Das ist der kleine Kingsley", sagte Conan Doyle. „Ein

richtiger Sonnenschein. Er ist mein Ein und Alles. Gehst du hoch, Schatz, und siehst mal nach ihm?", fügte er an Miss Leckie gewandt hinzu.

Sie knickste und huschte davon.

„Wo war ich stehen geblieben?"

„Sie wollten uns eben erzählen, was Sie in der Werkstatt gefunden haben, Mr Conan Doyle", sagte Swanson, als sich die Tür hinter ihr geschlossen hatte.

„Ich bin mir bewusst, wie vermessen es klingt", sagte Conan Doyle, legte die Handflächen aufeinander und stützte sein plumpes Kinn auf die Fingerspitzen, „aber ein paar mehr Fakten von Ihrer Seite würden mir helfen, das Bild, das ich mir von unserem Täter gemacht habe, zu vervollständigen."

Jetzt ist es also schon *unser* Täter, dachte Swanson. Er war es nicht gewohnt, Amateure ins Vertrauen zu ziehen, und hatte eigentlich nicht vorgehabt, hier und heute damit anzufangen. Trotzdem sagte er: „Bei allen drei Leichen wurde Weihrauch gefunden. Und während der Mörder unter die Fußsohlen eines seiner Opfer Hufeisen genagelt hat, wurde Mr Unwins Standbild mit einem Hufeisen in der Hand dargestellt. Was machen Sie daraus?"

„Weihrauch." Conan Doyle rieb sich nachdenklich mit Daumen und Zeigefinger über die Stirn. „Höchst interessant, Chief Inspector. Aber nichts Neues für mich. Darüber grüble ich bereits, seit ich das erste Mal davon in der Zeitung las. Wer weiß, eine göttliche Mission vielleicht? Unter Umständen glaubt der Mörder, im Auftrag Gottes zu handeln. Aber die Hufeisen –" Er zuckte die Achseln. „Möglicherweise symbolisieren sie den Teufel. Der ewige Kampf zwischen Gut und Böse."

„Das ist es immer", sagte Swanson. „Unser tägliches Brot. Da erzählen Sie *uns* nichts Neues. Wenn Sie nicht mehr zu bieten haben, fürchte ich, Sie verschwenden nur unsere Zeit." Und er machte Anstalten, sich zu erheben.

„Warten Sie! Warten Sie!" Conan Doyle hob die Hand. „Ich werde es Ihnen erklären."

„Sie haben fünf Minuten", sagte Swanson und setzte sich wieder.

Conan Doyle richtete sich auf und strich seine Hosenbeine glatt. Dann sagte er: „Ich konnte feststellen, dass unser Mann ungefähr einen Meter siebzig misst, sehr kleine Füße hat – höchstens Schuhgröße 38 –, schwarzes Haar und eine Narbe auf der Oberlippe. Er wuchs wahrscheinlich in einfachen bürgerlichen Verhältnissen auf, ist an technischem Gerät interessiert oder zumindest im Umgang damit nicht ungeübt, hat trotz seiner Mordlust großen Respekt vor fremdem Eigentum und ist vermutlich Rechtshänder."

Swanson sah ihn entgeistert an. „Das wollen Sie alles herausgefunden haben, als Sie da drüben in der Werkstatt herumgekrochen sind?"

„Ausschließlich logische Schlussfolgerungen, Chief Inspector", sagte er und zuckte die Achseln. „Sehen Sie: Ihnen wird der Zustand der Werkstatt aufgefallen sein – überall war Staub und Dreck. Besonders auf dem Boden. Und in den Türrahmen hingen Spinnweben. Nicht sehr verwunderlich, wenn man bedenkt, dass nur Unwin selbst die Werkstatt für seine Experimente benutzte und niemanden zum Saubermachen hereinließ. Natürlich für mich ein Vorteil, denn so konnte ich ohne Schwierigkeiten die Fußspuren zweier Personen ausmachen. Sie führten von der Hintertür zu den galvanischen Bädern, weiter zum Schmelzofen, von dort zu einer Graviermaschine und endeten vor der Werkbank. Eine dieser Personen trug gewöhnliche Straßenschuhe Größe 43; das war Unwin – die Größe stimmt mit seiner überein, wie ich feststellen konnte. Seine Kleider lagen ordentlich gefaltet auf einer der Werkbänke. Davor die Schuhe. Der andere trug Gummistiefel mit Profilsohlen in Größe 40. Zunächst nahm ich an, der Besucher sei bereits in Stiefeln erschienen, doch das änderte sich, als ich vorhin in Ihrem Beisein die Stiefel untersuchte und den Lavendelgeruch feststellte. Der Besucher zog seine eigenen Schuhe aus und die kleinstmöglichen Stiefel an, die zur Verfügung standen. Da dieser geheimnisvolle Besucher etwa einen Meter siebzig groß ist, sagt mir meine Erfahrung als Mediziner, dass er gewöhnlich Schuhgröße 37 oder 38 trägt."

„Er ist einen Meter siebzig groß?" Swanson fragte sich, ob er etwas verpasst hatte. „Wie wollen Sie das wissen?"

„Die Spinnenweben. Sie sind auf dieser Höhe zerrissen. Unwin dagegen maß nur einen knappen Meter sechzig."

„Schön", meinte Swanson, „fahren Sie fort. Wie kommen Sie auf den Rechtshänder und diese ... diese anderen Sachen?"

„Unwin stand vor der Werkbank, als er niedergeschlagen wurde, und fiel nach links. Man konnte noch deutlich den Abdruck des Körpers im Staub ausmachen. Daher nehme ich an, der Schlag traf ihn von rechts. Von dort schleifte ihn der Mörder zu einem Flaschenzug auf der anderen Seite. Doch um an die Ketten zu gelangen, musste unser Mann auf einen alten samtbezogenen Schemel steigen. Erstaunlicherweise zog er dazu die Stiefel aus, denn auf dem Samt war derselbe Lavendelduft festzustellen; was mich zu der Annahme veranlasst, er stamme aus kleinbürgerlichem Hause. Man hat ihn als Kind gelehrt, nicht mit den Schuhen auf die Möbel zu steigen. Dann befestigte er Unwin am Flaschenzug, versilberte ihn und hievte ihn in den großen Ofen. Das war's – im Großen und Ganzen."

„Die Haarfarbe?", erinnerte ihn Swanson. „Sie sagten, der Täter habe schwarzes Haar."

„Oh, wirklich! Das hätte ich um ein Haar vergessen, Inspector", sagte Conan Doyle und kicherte über seinen kleinen Scherz. „Ich fand einige tiefschwarze, etwa schulterlange Haare. Miles Unwin hingegen trug sein Haar kurz. Und es war bereits ergraut."

„Und die Narbe auf der Oberlippe?", fragte Phelps.

„Na gut, das habe ich mir ausgedacht", sagte Conan Doyle. „Um es etwas interessanter zu machen."

„Warum tun Sie das, Mr Doyle?", fragte Swanson. „Weshalb sind Sie so verdammt versessen darauf, den Mörder zu finden?"

„Um zu zeigen, dass die Holmes'sche Methode – dass meine Methode – tatsächlich funktioniert", sagte Conan Doyle. „Es gab da mal einen Fall von Diebstahl hier ganz in der Nähe, der mir immer noch auf der Seele lastet."

„Inwiefern?"

„Ich versuchte, die Spur eines Diebes aufzunehmen. Aber meine Methode ist eine komplizierte und langsame Methode. Und während ich in der Zwischenzeit nichts weiter feststellte, als dass der Täter Linkshänder war und genagelte Stiefel trug, gelang es dem örtlichen Constable ohne viel nachzudenken, den Schuldigen innerhalb einer Viertelstunde zu fassen. Es ist mir daher ein Anliegen, diese Schmach vergessen zu machen."

Dann ging die Türglocke und nur Sekunden später erschien Miss Leckie wieder im Zimmer, einen in verdreckte Lumpen gekleideten Jungen im Schlepptau.

„Ah, Capstick!" Conan Doyle erhob sich, sichtlich erfreut, den Jungen zu sehen. „Gute Nachrichten?"

„Ja, Mr D., Sir." Er zog sich die Mütze vom Kopf und zerknautschte sie in den Händen. „Sie können Mr Holmes ausrichten, wir haben ihn gefunden."

„Guter Junge", meinte Conan Doyle und begann, umständlich seine Taschen abzuklopfen. „Zu dumm. Sagen Sie, hätten Sie wohl ..." Er sah Swanson an, der den Hilfe suchenden Blick sogleich an seinen Sergeant weiterreichte – den einzigen Engländer im Raum.

Phelps kramte knurrend in seinen Taschen und ließ

ein paar Kupfermünzen und Fusseln in Capsticks ausgestreckte Hand fallen.

„Sag deinen Leuten, sie sollen weiter an ihm dranbleiben“, sagte Conan Doyle. „Ich bin stolz auf euch ... äh, ich meine: Holmes wird verflucht stolz auf euch sein, wenn ich ihm davon berichte.“ Er fuchtelte mit der Hand. „Und nun husch – zurück an die Arbeit. Einen Shilling für den, der mir seine Adresse geben kann.“

Der Junge setzte seine Mütze wieder auf und rannte davon.

Swanson starrte noch immer zur Tür. „Was zum Geier war das?“

„Einer meiner Späher“, erklärte Conan Doyle. „Capstick und seine Bande. Die Tennison-Road-Irregulären. Sie sind meine Augen und Ohren. Capstick und seine Jungs laufen überall herum, ohne dabei aufzufallen. In ganz London. Es ist wie ein riesiges Netzwerk. Und sie waren ungemein tüchtig in den letzten Wochen. Mit ihrer Hilfe konnte ich wenigstens halbwegs sicher herausfinden, was Miles Unwin tat, nachdem er zu diesem Kongress nach Ipswich abgereist war.“

„Ich bin sehr gespannt“, meinte Swanson.

„Nach den beiden vorausgegangenen Morden an Goldschmieden in Lewes und hier in London war für mich von Anfang an klar, dass das Verschwinden von Miles Unwin, der ja dem gleichen Berufsstand angehörte, kein Zufall sein konnte. Also ließ ich die Irregulären über London ausschwärmen und schickte Miss Leckie undercover nach Lewes. Sie war erfolglos, wie ich leider zugeben muss. Meine Jungs allerdings bewährten sich wieder einmal. Wie sich herausstellte, fuhr Unwin zum Schein tatsächlich nach Ipswich, verbrachte dort die Nacht und kehrte bereits am folgenden Tag heimlich nach London zurück, wo er sich nach Wapping begab und den Abend im Prospect of Whitby mit Gleichgesinnten verbrachte.“

„Ebenfalls Goldschmiede?“, fragte Phelps, der sich eifrig Notizen machte.

„Nicht ganz, Sergeant“, sagte Conan Doyle. „Allesamt einflussreiche Männer aus Politik und Wirtschaft, die sich als Frauen verkleiden und einmal in der Woche eine Art Maskenball abhalten, bei dem alle Hemmungen fallen.“

„Perverse also“, stellte Phelps fest.

„Wenn Sie so wollen. Unwin ging wohl regelmäßig dorthin. Ich frage mich daher, ob die ersten beiden Verbrechen möglicherweise nur einem Zweck dienten – nämlich vom Mord an Unwin abzulenken? Vielleicht hat er sein Wissen über die Identität einer prominenten Persönlichkeit genutzt, um jemanden zu erpressen. Ich war selbst einmal dort, um es zu überprüfen. Als Frau verkleidet natürlich und aus rein beruflichen Gründen.“

„Trauen Sie ihm Erpressung zu?“, fragte Swanson. „Immerhin war er Ihr Freund.“

„Wir waren Nachbarn, Chief Inspector“, sagte Conan Doyle. „Und wer kennt schon seine Nachbarn genau? Ich holte seine Post rein, und Miss Leckie goss die Blumen, wenn die Unwins im Urlaub waren. Aber befreundet? Nein. Miles pflegte sehr wenige enge Kontakte.“

„Harte Worte, Mr Conan Doyle.

„Nun, es sind Fakten. Und die lügen niemals.“

„Haben Sie mit Mrs Unwin über die Ergebnisse Ihrer Nachforschungen gesprochen?“, fragte Swanson.

„Ich hätte es getan, wenn es geholfen hätte“, sagte Conan Doyle. „Doch nachdem ich heute Mittag von seinem Tod in Kenntnis gesetzt worden war, habe ich selbstredend entschieden, Isodora die delikate Sache mit dem Prospect of Whitby gänzlich zu verschweigen.“

„Warum?“

„Es würde sie nur unnötig verstören.“

„Sie machte auf mich nicht den Eindruck, als bräche sie jeden Moment zusammen“, sagte Swanson. „Mrs Unwin scheint im Gegenteil eine sehr starke Persönlichkeit zu sein."

„Eben. Aus diesem Grund verschwieg ich es ihr ja", sagte Conan Doyle. „Ihre innige, kontrollierende Liebe würde nämlich augenblicklich in abgrundtiefen Hass umschlagen, und sie würde Miles am Ende in einem Armengrab verscharren."

„Könnte Mrs Unwin hinter das kleine Geheimnis ihres Gatten gekommen sein und ihn selbst umgebracht haben?", fragte Phelps.

„Du mein Güte!", rief Conan Doyle. „Daran habe ich überhaupt noch nicht gedacht." Er grübelte eine Weile. Dann sagte er: „Nein. Nein, es passt nicht zu den gefundenen Spuren."

„Sind Sie sich bei der Sache ganz sicher?", fragte Swanson.

„Nun ja – im Gegensatz zu Holmes bin ich keine Maschine", sagte Conan Doyle freundlich. „Es ist menschlich, sich zu irren. Aber verlassen Sie sich darauf: Alle drei Morde gehören zusammen. Und der Mörder ist entweder eine Frau oder aber ein sehr weibischer Mann. Und nachdem ich über das bunte Treiben im Prospect of Whitby in Kenntnis gesetzt worden bin, neige ich eher zu letzterer Ansicht."

„Es gibt Hinweise darauf, ein Diamant könne bei den Morden eine Rolle spielen", sagte Swanson. „Hörten Sie bei Ihren Nachforschungen davon?"

„Nein. Das ist mir ausnahmsweise einmal ganz neu. Aber wenn Sie etwas über Diamanten erfahren wollen, Chief Inspector, ist K. J. Pilling in Mayfair Ihr Mann. Niemand in London ist besser als er. Ich selbst werde als Nächstes die Umstände des Mordes an Gordon Wigfield genauer unter die Lupe nehmen. Schon morgen Abend bin ich mit Mr Greenland, dem Geschäftsinhaber, und dessen Angestellten verabredet. Ich werde Sie auf dem Laufenden halten, Chief Inspector", schloss er – eine Spur zu hochmütig für Swansons Geschmack.

Sie standen bereits an der Tür zum Korridor, als Miss Leckie hereinkam, um die Teegedecke abzuräumen.

„Sagen Sie, Miss Leckie", meinte Swanson freundlich, „benutzen Sie eigentlich Lavendelöl?"

„Ich ... ja." Sie sah Hilfe suchend zu Conan Doyle auf, der sie um zwei Köpfe überragte. „Sicherlich. Das macht doch jede Frau."

„Und wozu benutzen Sie es?"

„Ich reibe mir die Füße damit ein."

„Darf ich fragen, welche Schuhgröße Sie haben?"

„37", sagte Miss Leckie.

Am folgenden Nachmittag fuhren Swanson und Sergeant Phelps nach Mayfair. „K. J. Pilling" stand in schlichten schwarzen Buchstaben auf der einfachen gelben Markise, die das Schaufenster des Geschäfts in der Albemarle Street gegen die letzten Strahlen der Oktobersonne beschirmte. Swanson und Phelps traten ein und fanden sich in einem geschmackvoll eingerichteten Antiquitätenladen wieder, der bis unter die Decke mit Silberschalen, erlesenem Schmuck und seltenen antiquarischen Kostbarkeiten angefüllt war.

Doch Mr Pilling war nicht im Haus, wie sie von einem der Verkäufer erfuhren. Er sei im Geschäft gegenüber, Hutchinsons Antiquitäten, gleich auf der anderen Straßenseite.

Und dort fanden sie ihn auch. Ein kleiner, grauhaariger Mann im maßgeschneiderten Anzug stand mitten im Geschäft und unterhielt sich mit der Besitzerin.

„Was kostet das?", fragte er eben.

Die Ladenbesitzerin, eine große, schlanke Frau Mitte fünfzig, sah ihn fragend an. „Was ... was genau interessiert Sie denn?"

„Alles." Der kleine Mann machte eine Handbewegung, die den ganzen Laden mit einschloss. „Das alles hier."

„Ich ... äh ..." Die Dame schwankte ein bisschen und sah ihn ungläubig an. Dann lachte sie. „Das soll wohl ein Scherz sein, was? Sie können doch nicht alles hier kaufen."

„Doch, doch", sagte der Mann. „Klar kann ich das. Also? Was wollen Sie dafür haben?"

„Ja, ich ..." Wieder stieß sie ein ungläubiges Lachen aus. „Das geht doch nicht."

Das konnte noch Stunden so weitergehen, und Swanson fand, dass es an der Zeit war, sich bemerkbar zu machen. „Entschuldigen Sie, Sir. Sind Sie Mr Pilling?"

Der kleine grauhaarige Mann im kostbaren Maßanzug drehte sich lächelnd um. „Ja, ja, der bin ich", sagte er freundlich und reichte Swanson die Hand. „Mit wem habe ich die Ehre?"

„Chief Inspector Swanson", sagte Swanson und stellte auch seinen Sergeant vor.

„Ist mir eine Ehre, Gentlemen. Was kann ich für Sie tun?"

„Wir würden uns gern einen Moment mit Ihnen unterhalten", sagte Phelps. „Sie kannten den verstorbenen Mr Unwin?"

„Ehrlich gesagt kommen Sie mir ein wenig ungelegen, meine Herren", sagte Pilling. „Sehen Sie, ich bin mitten in Geschäften. Aber ja. Ja, selbstverständlich kannte ich Mr Unwin. Er arbeitete gelegentlich für mich. Haben Sie noch ein paar Minuten Geduld, und ich kann mich Ihnen ganz und gar widmen. Gehen Sie doch schon einmal rüber und sagen Sie meiner Frau, sie soll Ihnen einen Tee machen, ja?" Damit wandte sich Pilling wieder der Geschäftsinhaberin zu. „Wären Sie vielleicht so gut, mir ein Knäuel Wolle zu geben, Mrs Hutchinson?"

Sie sah irritiert aus. „Wenn Ihnen das hilft."

„Ungemein, Mylady", sagte Pilling und deutete eine Verbeugung an.

Als die Geschäftsinhaberin damit zurückkam, gab Pilling der Frau das Ende des Fadens in die Hand, bat sie in einer Ecke stehen zu bleiben und durchquerte, das Knäuel abrollend, diagonal den Laden. Im Weggehen hörte Swanson noch, wie Pilling die Inhaberin fragte: „Welche Seite Ihres Ladens wollen Sie mir verkaufen, Mrs Hutchinson? Die rechte oder die linke?"

Swanson und Phelps wurden in Pillings Büro geführt, wo ein riesiger Tresor und ein mächtiger Schreibtisch standen; davor zwei bequem aussehende, gepolsterte Stühle. Mrs Pilling bat sie Platz zu nehmen und versorgte sie mit Tee und Keksen. Doch sie mussten nicht lange warten. Schon nach ein paar Minuten kam Mr Pilling hinter ihnen her. Er schien besonders gut gelaunt zu sein.

„Sie sehen aus, als seien Sie sich mit der Dame einig geworden", sagte Swanson.

„Oh ja. Das wird man sich letzten Endes immer; sofern man rechnen kann", meinte Pilling. Zufrieden rieb er sich die Hände. „Sie werden das Geschäft zum Ende der Woche räumen und nach Schottland gehen. Wieder ein Konkurrent weniger." Er schüttelte den Kopf. „Aber Sie sind sicherlich nicht hier, um mit mir über meine Geschäftspolitik zu philosophieren. Wie kann ich Ihnen helfen?"

„Sie sind Diamanthändler, Mr Pilling?", fragte Swanson.

„Unter anderem. Sie suchen ein Weihnachtsgeschenk für die Gattin?"

„Nicht direkt", antwortete Swanson. „Wir ermitteln in den Mordfällen Wigfield und Unwin."

„Hab davon gehört. Schlimme Sache, das." Pilling nahm hinter seinem riesigen Schreibtisch Platz. „Ich kannte die beiden gut. Sie arbeiteten gelegentlich für mich, wenn ich etwas zu vergolden hatte oder der Meinung war, ein Stein ließe sich in Gold gefasst besser verkaufen."

„Unterhalten Sie keine eigene Werkstatt?"

„Nein, nein. Ich bin mit dem Handel durchaus zufrieden. Ich sage immer: Haltet das Handwerk hoch. So hoch, dass ich nicht drankomme. Wissen Sie, mit einfacher Hände Arbeit ist heutzutage kein Geld mehr zu verdienen."

„Heißt es nicht ‚ehrlicher Hände Arbeit', Mr Pilling?", fragte Swanson.

„Damit auch nicht. Sie haben recht. Für mich liegt der Segen im Handel", erklärte der kleine Mann. „Sehen Sie, wenn Schmuck morgen aus der Mode käme, würde ich eben Kleiderschränke verkaufen oder Mietdroschken."

„Was können Sie uns über Mr Unwin sagen?", fragte Phelps und schlug eine neue Seite seines Notizbuchs auf.

„Großartiger Mann, wenn Sie mich fragen", sagte Pilling. „Ein Künstler – genau wie Gordon Wigfield. Wirklich, zu schade. Die beiden waren Meister ihres Fachs. Natürlich immer viel zu teuer."

„Und als Menschen?"

„Ich verstehe nicht."

„Von ihrer Arbeit mal abgesehen", meinte Swanson. „Wie waren Wigfield und Unwin so? Privat, meine ich."

„Nun, ich habe nicht vor, mich an dem Klatsch und Tratsch zu beteiligen, der über Gordon verbreitet wird. Die Frauen und so. Er wusste das Leben zu genießen, gar kein Zweifel. Ich sehe nicht, was daran so verwerflich ist."

„Und Mr Unwin?", fragte Phelps. „Klatschte man über ihn ebenfalls?"

„Nein", entgegnete Pilling. „Nicht über Miles. Er war ein Kanarienvogel in einem goldenen Käfig, wissen Sie? Heiratete die falsche Frau. Sie ließ ihn keine Sekunde aus den Augen."

Das hatte sich Swanson bereits gedacht. „War er glücklich verheiratet?"

„Haben Sie Mrs Unwin mal kennengelernt?"

„Ich begegnete ihr einmal", gab Swanson zu.

„Dann werden Sie wohl keine Schwierigkeiten haben, sich die Frage selbst zu beantworten", meinte Pilling.

„Könnte er den Kongress der Galvaniseure, den er angeblich besuchte, lediglich als Vorwand benutzt haben, um ..."

„Um sich mit einer anderen Frau zu treffen?" Pilling rieb sich lächelnd das Kinn. „Also ich hätt's getan, wenn ich er gewesen wäre. Aber Miles war ein sehr vorsichtiger Mann. Kann mir nicht vorstellen, dass er sich das getraut hätte. Sie fuhr ihm ja fast überall hin nach, die Frau."

Swanson schlug die Beine übereinander und lehnte sich zurück. „Wer könnte Ihrer Meinung nach von Mr Unwins Tod profitiert haben?"

„Niemand. Er war ein Virtuose auf seinem Gebiet. Kam aus ärmlichen Verhältnissen. Fing als kleiner Goldschmiedegeselle in Devon an und arbeitete sich hoch. Kam irgendwie zu Geld und eröffnete dann in South Norwood seine Fabrik."

„Gab es jemanden, der ihm seinen Erfolg neidete?"

„Nun, ein, zwei Kollegen gab es schon. Er gewann mehrfach Preise. Die Königliche Akademie für Goldschmiedekunst lobt jedes Jahr einen Preis aus, und Unwin gewann mehrmals in Folge. Das sorgt naturgemäß für Ressentiments."

„Kennen Sie Namen?"

„Die Gentlemen Shepman und Sarto fallen mir da ein", sagte Pilling. „Beide ebenfalls begnadete Goldschmiede. Mr Sarto schuf einen Schmetterling aus Gold, Ebenholz und Elfenbein, den man aufziehen konnte und der mit den Flügeln schlug. Und 1890 fertigte er eine winzige Violine aus geschwärztem Silber an, die sich tatsächlich spielen ließ. Aber Miles gewann trotzdem den Preis."

„Und dieser Shepman?", fragte Phelps.

„Wurde '91 mit einem Giftring Zweiter nach Miles Unwin."

Swanson wurde hellhörig. „Was zum Teufel ist ein Giftring?"

„Nun, wie der Name schon sagt, ist es ein Ring, in dem sich Gift aufbewahren lässt", erklärte Pilling. „Man unterscheidet zwei verschiedene Sorten. Der gewöhnliche Giftring lässt sich öffnen und verbirgt das Gift – zumeist in pulverisierter Form – in seinem Innern. Eine etwas ausgefeiltere und von Mr Shepman bevorzugte Variante ist der Ring mit Giftdorn. Er verfügt über einen verborgenen Mechanismus, der einen mit tödlichem Gift getränkten Stachel hervorschnellen lässt ..."

Swanson nickte. „Hätten Sie wohl die Güte, Mr Pilling, uns die Adressen der Gentlemen Sarto und Shepman zu geben?"

„Selbstverständlich." Und er nannte ihnen eine Straße in Holborn. „Aber Sie fragten mich vorhin danach, ob ich Diamanthändler sei. Geht es um Diamanten bei den beiden Morden?"

„Wir wissen es nicht", gab Swanson zu. „Möglicherweise spielt ein Blauer Franzose eine gewisse Rolle dabei."

„Ah, der Hope-Diamant. Das ist interessant."

„Es handelt sich also bei dem Hope und dem Blauen Franzosen um ein und denselben Stein?"

„Das ist so gut wie sicher, ja", sagte Pilling. „Niemand weiß das ganz genau. Allerdings geht man davon aus. Der Tavernier-Diamant, wie der Blaue Franzose eigentlich heißt, wurde aus der Schatzkammer des französischen Königshauses gestohlen und kam vermutlich irgendwann Anfang des Jahrhunderts nach London. Unter Kennern besteht nicht der geringste Zweifel, dass der Hope mit dem Blauen Franzosen identisch ist."

„Sie sind einer der führenden Diamanthändler im Land. Hat man Ihnen den Stein je angeboten?"

„Ich habe schon vieles gekauft, es eine Weile behalten und dann weiterverkauft. Der Hope-Diamant gehört allerdings nicht dazu. Dummerweise wurde er mir nie zum Kauf angeboten. Soweit ich weiß, wacht die Hope-Familie noch immer mit Argusaugen über diesen einzigartigen Schatz. Lady Maudley, eine entfernte Verwandte von Lord Hope, suchte mich eines Tages auf, um mir ein paar Gemälde anzubieten. Natürlich fuhr ich hin und sah sie mir an, aber –" Er machte eine wegwerfende Handbewegung. „Das meiste war unverkäuflicher Schrott, also versuchte sie, mich mit Whisky gefügig zu machen. Ich war trotzdem nicht interessiert. Aber sie hatte da diesen Märchenwald in Deutschland."

„Märchenwald?", echote Phelps.

„Grimms Märchen", sagte Pilling. „Rotkäppchen, der böse Wolf, Lebkuchenhäuser, Hänsel und Gretel. Am Ende waren wir beide betrunken und ich hatte den Märchenwald gekauft. Meine Frau schlief schon, als ich nach Hause kam. ‚Margret', sag ich, ‚ich hab 'nen Märchenwald in Deutschland gekauft.' – ‚Was?', fragt sie mich, und ich sage: ‚Ich habe 'nen Märchenwald in Deutschland gekauft.' – ‚Ach, du bist doch besoffen', sagt sie. ‚Ja', sag ich, ‚stimmt – und den Märchenwald hab ich trotzdem gekauft.'"

„Sehr interessant, Mr Pilling", meinte Swanson. Bei der Begeisterung, mit der der Mann sprach, dachte er, konnte es ihm nicht allein ums Geldverdienen gehen. Den Handel schien er vielmehr zu seinem persönlichen Vergnügen zu betreiben. Dass dabei auch jede Menge Gewinn abfiel, war für Pilling vermutlich nur ein willkommener Nebeneffekt. „Kommen wir wieder auf den Hope-Diamanten zurück. Haben Sie ihn jemals zu Gesicht bekommen?"

„Hier in meinen eigenen Räumen, meinen Sie?“ Pilling schüttelte den Kopf. „Nein. Ich fürchte, da muss ich Sie enttäuschen. Nur zu gern hätte ich ihn besessen, darauf können Sie Gift nehmen. Ich glaube nämlich nicht an den Fluch.“

„Den Fluch?“, fragte Swanson.

„Sie haben nie davon gehört?“

„Nein.“

„Nun, man sagt, es laste ein Fluch auf dem Stein“, sagte Pilling. „Wahrscheinlich nur, um den Preis zu drücken – oder ihn in die Höhe zu treiben, wer weiß?“

„Was hat es mit diesem Fluch auf sich?“, wollte Swanson wissen.

„Der Hope-Diamant bringt angeblich Tod und Verderben über seine Besitzer“, sagte Pilling und verdrehte die Augen. „Aber sollten Gordon Wigfield und Miles Unwin irgendwie in den Besitz des Steins gelangt sein – was ich mir beim besten Willen nicht vorstellen kann –, so würde das die Legende um den Hope noch mehr anheizen. Es wäre immerhin nicht das erste Mal, dass jemand wegen des Diamanten sein Leben lassen musste. Tavernier selbst wurde angeblich in Russland von einem Rudel wilder Hunde zerrissen. Und auch die Hinrichtung Marie Antoinettes schreiben manche der Tatsache zu, sie habe den Diamanten zuvor getragen.“ Er winkte ab. „Ammenmärchen, wenn Sie mich fragen. Doch gibt es auch Fälle in jüngerer Zeit. Wie diesen unschönen Zwischenfall vor einigen Jahren – in Paignton, soweit ich mich entsinne. Die Werkstatt, in der sich der Hope damals zur Überprüfung seiner Fassung befand, wurde von Raubmördern überfallen, und sämtliche Angestellten wurden getötet. Doch dem Hope geschah nichts. Die Mörder waren Stümper auf der ganzen Linie. Sie nahmen die Kasse mit – ein paar Tausend Pfund –, etwas Schmuck und die Gold- und Silberbarren. Den Hope ließen sie liegen. Wussten vermutlich nicht mal, was sie da vor sich hatten."

„Demnach keine Fachleute", stellte Swanson fest.

„Davon kann man wohl ausgehen", meinte Pilling. „Die wären nicht so dumm gewesen."

„Möglicherweise wurden sie gestört", überlegte Phelps. „Könnte sein, dass sie abhauen mussten, ehe sie ihn fanden."

Pilling nickte. „Gut möglich, Sergeant. Wer weiß das schon? Und die Geschichte liegt, wie gesagt, bereits einige Jahre zurück. Da sind mir die Details nicht mehr ganz so präsent. Zumal ich selbst sie auch nur vom Hörensagen kenne. Mich betraf es ja nicht."

„Nehmen wir einmal an, Sie oder jemand anders würde den Hope in seinen Besitz bringen wollen ...", sagte Swanson.

„Oh, das will ich ja", gab Pilling zu. „Aber ich werde ihn nicht bekommen. Niemand wird das. Es sei denn ..."

„Es sei denn?"

„Es sei denn, Lord Francis Hope verliert auch seine letzten Geldgeber und ist gezwungen, den Stein zu veräußern."

„Lord Hope steckt in finanziellen Schwierigkeiten?"

„Von mir haben Sie es nicht, Chief Inspector", sagte Pilling und hob den Zeigefinger, „aber nach allem, was man so hört, lebt Lord Francis Hope wohl ziemlich über seine Verhältnisse. Hat eine blutjunge Schauspielerin am Hals – Amerikanerin. Das sagt doch schon alles. Allein sie zufriedenzustellen wird ihn schon ein Vermögen kosten. Und wenn es seinem Besitz an den Kragen geht, werde ich da sein. Ich kann selbstredend kein Vermögen für den blauen Diamanten bezahlen. Sollte er mir allerdings zu einem halbwegs vernünftigen Preis angeboten werden, könnte ich wohl kaum Nein sagen."

Swanson fragte sich, wie viel man wohl würde anlegen

müssen, um den Stein zu bekommen. „Und was wäre in Ihren Augen ein vernünftiger Preis, Mr Pilling?", fragte er.

„Schwer zu sagen. Alles zwischen geschenkt und 150.000 Pfund, nehme ich an." Er lächelte.

„Ich danke Ihnen", sagte Swanson. „Haben Sie vor, in nächster Zeit die Stadt zu verlassen?"

„Nicht, wenn es sich vermeiden lässt."

„Gut. Ich möchte Sie bitten, uns für den Fall eine Adresse zu hinterlassen, unter der Sie zu erreichen sind. Möglicherweise haben wir noch weitere Fragen an Sie."

Ein kleiner, vielleicht zehnjähriger Junge rannte an der offenen Bürotür vorbei.

„Warte mal, Kleiner", rief Pilling und winkte ihn zu sich. „Ich habe mit dir zu reden."

„Ja, Mr Pilling, Sir?" Der kleine Kerl blickte verängstigt zu ihm auf. „Soll ich nich den anderen helfen?"

„Nein, nein. Du bist noch zu klein für die schwere Arbeit. Aber bilde dir bloß nicht ein, du kämst deswegen ungeschoren davon", setzte er hinzu.

„Nein, Sir. Tue ich nicht." Er rang die Hände, und seine zitternde Unterlippe verriet, dass er kurz davor stand, in Tränen auszubrechen. „Bestimmt nicht, Mr Pilling, Sir. Bestimmt nicht."

„Schön." Pilling sah ihn mit strenger Miene an, die Augenbrauen hochgezogen. Dann tippte er dem Jungen mit dem Zeigefinger vor die Brust und sagte: „Auch wenn du noch klein bist – hier hat jeder seine Aufgabe, hörst du?"

„Ja, Sir."

„Und du bist mir für die Werkzeugkiste zuständig, Junge." Er wandte sich ab, trat hinter seinen Schreibtisch und zog eine Schublade auf. Als er sie wieder zuschob, hatte er eine riesige Kneifzange in der Hand. „Siehst du das hier?"

Kopfnicken.

„Sollte heute Abend auch nur eines der Werkzeuge fehlen –" Pilling beugte sich zu dem Jungen hinunter, die Kneifzange wie eine Waffe drohend in der Hand. „Dann frage ich nicht erst lange danach, wo es abgeblieben ist, verstehst du? Sondern ich schneide dir hiermit die Daumen ab. Und dann fahren wir zusammen ins Krankenhaus. Hast du das verstanden?"

Wieder eifriges Nicken.

„Dann sieh zu, dass die anderen es ebenfalls verstehen", sagte Pilling und scheuchte den Jungen aus dem Zimmer. „Haben mir die Fassade mit verfaulten Eiern ruiniert, die kleinen Bastarde", meinte er, als der Junge verschwunden war, und lachte. „Ich lasse sie für mich arbeiten, damit sie es wiedergutmachen. Sie denken, sie zahlen ihre Schulden bei mir ab. Was für ein Unsinn. Am Ende bekommen sie doch Geld dafür." Er stieß einen Seufzer aus. „Ich bringe es einfach nicht fertig, sie zu bestrafen. Überlegen Sie mal, wie jung sie noch sind. Wissen Sie, ich hab was übrig für junge Leute, die aus schwierigen Verhältnissen kommen und ihren Weg machen. Holte selbst ein paar von ihnen aus den Opiumhöhlen heraus. Einer ist jetzt sogar Arzt in der Harley Street."

„Sie sind ja ein richtiger Philanthrop, Mr Pilling", meinte Swanson erstaunt.

„Eine kleine Schwäche", sagte Pilling. „Nur tratschen Sie es nicht rum, Chief Inspector. Sonst verliere ich noch meine Reputation." Er lächelte verschmitzt. „Der Handel ist ein hartes Geschäft."

Ehe Swanson Gelegenheit bekam, die Gentlemen Shepman und Sarto in Hatton Garden aufzusuchen, kehrte er noch einmal in den Yard zurück, um sich bei Detective Constable Evans von der Abteilung Recherche und Archiv nach den angeforderten Akten zu erkundigen. Zu seiner Überraschung hatte er sie bereits auf seinem Schreibtisch.

Doch sie waren nicht sonderlich ergiebig. Zwei schmale Mäppchen mit einigen gehefteten Seiten. Swanson hatte damit gerechnet, dass es ihn mehrere Tage und Unmengen von Tee und Keksen kosten würde, sie eingehend zu studieren. Er benötigte genau fünf Minuten.

Das erste Mäppchen enthielt einen Fall in Yorkshire. Ein betrunkener Franzose im blauen Anzug hatte in Huddersfield eine Reihe Damen schockiert, indem er ihnen unaufgefordert seinen *petit oiseau* gezeigt hatte, war daraufhin verhaftet und zu fünf Jahren Zuchthaus in Wakefield verurteilt worden. Im zweiten Mäppchen fand er, wonach er suchte. Es war offenbar der Raubüberfall in Devon, von dem Pilling gesprochen hatte. Am 22. Dezember 1878 waren fünf maskierte Männer in das Juweliergeschäft Halston in Paignton eingedrungen und hatten bis auf einen Mann namens Stephen Osbourne, der schwer verletzt überlebt hatte, alle Angestellten getötet; sogar zwei Kinder waren unter den Opfern – zwei der vier Sprösslinge des Firmeninhabers, der sie ausgerechnet an diesem Tag mit ins Geschäft genommen hatte, weil sie einmal erleben wollten, wie ihr Vater arbeitete. Die Mörder waren mit Messern bewaffnet gewesen, hatten zunächst den Inhaber der Goldschmiede getötet und sich dann über die Angestellten hergemacht. Dass es einem der Männer gelungen war zu überleben, grenzte an ein Wunder. Als die Polizei am Tatort eintraf, lag er unter einem der Werktische und hielt ein totes Mädchen im Arm. Offenbar hatte er sich, in der Annahme, sie sei nicht ernstlich verletzt, schützend über sie geworfen und war mit ihr unter einen der Tische gekrochen. Selbst den Beamten der Devon Police gegenüber weigerte er sich, das Mädchen loszulassen, und behauptete steif und fest, es könne nicht tot sein.

Es war eine entsetzlich traurige Geschichte und Swanson kam nicht umhin, Abscheu und Wut für diese Tat zu empfinden. Im Großen und Ganzen hatte sich alles so abgespielt, wie Pilling, der Diamanthändler, es ihnen bereits erzählt hatte.

Evans hatte eine handschriftliche Notiz hinzugefügt: „Kein Blauer Franzose, aber der Fall war damals landesweit in den Zeitungen. Wegen der vielen Toten, und weil der berühmte Hope-Diamant um ein Haar verloren gegangen *wäre*."

Swanson öffnete die Tür zum Nebenzimmer. „Wilson?"

Sergeant Penwood erschien stattdessen und blinzelte hinter seinen dicken Brillengläsern. „Ja, Sir?"

„Es geht um diesen Fall in Devon." Er reichte dem Sergeant die Mappe. „Tun Sie mir den Gefallen, und schicken Sie ein Telegramm an den Chief Constable der Grafschaft. Ich möchte mich dort mit jemandem unterhalten, der mir etwas mehr über den Überfall auf eine Goldschmiede in Paignton sagen kann."

„Sehr wohl, Sir. Ich schick es gleich los." Penwood schlug die Hacken zusammen und wartete. „Noch was, Sir?"

„Wo ist Wilson? Hat er nicht heute Dienst?"

„Nein, Sir. Er hat frei. Ich habe seinen Dienst übernommen."

„Seit wann machen Sie freiwillig Überstunden, Penwood? Sagen Sie nicht, Sie sparen auf etwas."

Halbwegs zufrieden mit sich und der Welt schnappte Swanson sich seinen Hut und Sergeant Phelps und nahm einen Hansom nach High Holborn.

Hatton Garden lag mitten im jüdischen Viertel und war schon seit dem 17. Jahrhundert die Hochburg des Goldschmiedehandwerks in London gewesen. Hier waren die traditionsreichsten Juweliere, Edelsteinschleifer und Diamanthändler zu finden, und sie arbeiteten Schulter an Schulter. Sergeant Peter Phelps zuckte jedes Mal nervös zusammen, wenn ihm ein Mann, auf den die Beschreibung von Elias Gius zutraf, mit schwarzen Kleidern, schwarzem

Vollbart und schulterlangen schwarzen Haaren begegnete. Etwas, das in dieser Gegend auf fast jeden Passanten zutraf, denn die meisten waren orthodoxe Juden.

„Entspannen Sie sich, Phelps", sagte Swanson, als sie nebeneinander die Straße entlangschlenderten. „Das sind ganz normale Leute."

Die Goldschmiede Sarto befand sich in einem eleganten, weißen Eckhaus, das unmittelbar an den Bleeding Heart Yard grenzte. Unweigerlich musste Swanson an die schauerliche Geschichte der Lady Hatton denken, die seine Mutter ihm vor all den Jahren am Kaminfeuer erzählt hatte, als er noch ein kleiner Junge gewesen war. Angeblich war die wunderschöne und elfengleiche Lady Elizabeth Hatton während eines rauschenden Balls im Hause ihres Vaters von einem diabolischen Tänzer mit Krallenhänden entführt und niemals wieder gesehen worden. Allein ihr gewaltsam herausgerissenes Herz, das noch immer verzweifelt Blut hervorpumpte, war in einer Ecke des Yards gefunden worden. Der kleine Donald hatte danach nächtelang nicht mehr allein zu schlafen gewagt, doch vermutlich, so dachte er heute, war es genau diese Geschichte gewesen, die in ihm schon früh den Wunsch geweckt hatte, Polizist zu werden.

Ein Goldschmied saß hinter seinem Werktisch, eine riesige Lupenbrille auf dem Kopf, die fast sein ganzes Gesicht bedeckte, und war gerade dabei, ein kompliziert aussehendes Ornament aus einer Silberplatte auszusägen, als Swanson und Phelps das Geschäft betraten.

„Sind Sie Mr Sarto?", fragte Swanson.

Der Goldschmied legte seelenruhig die Laubsäge aus der Hand und sah von seinem Werktisch auf. „Wer will das wissen?"

„Detective Chief Inspector Swanson vom Yard."

„Ja. Ich bin Sarto", sagte Mr Sarto und nahm ärgerlich seine Kopflupe ab. „Sie sind spät dran."

Swanson hob irritiert die Augenbrauen. „Und wieso?"

„Das weiß ich doch nicht. Ich habe den Diebstahl des Armreifs jedenfalls vor drei Tagen schon gemeldet."

„Tut mir leid, Sie enttäuschen zu müssen, Mr Sarto, aber wir sind nicht wegen eines Diebstahls hier."

„Nein? Das ist bedauerlich."

„Es geht um den Mord an einem Ihrer Kollegen", sagte Swanson. „Miles Owen Unwin. Kannten Sie ihn?"

„Das kann man wohl sagen", meinte Sarto.

„Was hielten Sie von ihm?"

„Was soll ich groß von ihm gehalten haben? War ein armer Teufel, der einen Zerberus geheiratet hat, würde ich sagen."

Swanson nickte zustimmend. „Wie wir hörten, gab es zwischen Ihnen und dem Verstorbenen gewisse Querelen", sagte er. „Futterneid unter Kollegen?"

Phelps klappte dienstbeflissen sein Notizbuch auf.

„Ich bitte Sie. Miles war doch keiner mehr von uns. Seit er seine Goldschmiede aufgegeben hatte, um in Elektrolysebädern zu planschen, hielt er sich für einen Wissenschaftler. Und er hatte absolut keine Ahnung von Edelsteinen. Konnte ja einen Smaragd nicht mal von einem Turmalin unterscheiden." Sarto schnaufte. „Was Miles Unwin tat, hatte nichts mit Kunstfertigkeit zu tun. All seine Arbeit taten Maschinen. Und ab und an legte mal einer seiner Arbeiter Hand an. Was ich hier tue, ist Handwerkskunst in höchster Vollendung."

Künstler sind komische Leute mit komischen Ideen, dachte Swanson, der schon eine ganze Reihe von ihnen kennengelernt hatte. Und die meisten von ihnen besaßen ein übergroßes Ego. „Trotz allem war Unwin sehr erfolgreich. Ich könnte mir vorstellen, dass beruflicher Neid ein großer Motivator ist. Gab es da nicht diesen Preis?"

„Den Preis der königlichen Akademie?" Sarto lachte. „Sie denken doch nicht etwa, ich hätte ihn umgebracht, um diesen Preis zu gewinnen? Sie wissen, dass er undotiert ist?"

„Nein", gab Swanson zu.

„Wenn es mir wirklich um das Prestige ginge, um die Ehre, die diese Auszeichnung mit sich bringt, wäre Miles Owen Unwin der letzte Mensch gewesen, den ich getötet hätte. Er kann ja letztlich nichts dafür. Wenn schon, hätte ich mir die Mitglieder der Jury vorgenommen." Er grübelte eine Weile. „Vielleicht mache ich das eines Tages sogar."

Das leuchtete Swanson ein. Dem Argument hatte er nichts entgegenzusetzen. „Können Sie mir sagen, wo Sie während der letzten vierzehn Tage waren?"

„In meiner Werkstatt bei der Arbeit", antwortete Sarto. „Ich muss Geld verdienen, wissen Sie?"

„Sie waren zu keinem Zeitpunkt in South Norwood?"

„Nein. Und ich habe jede Menge Zeugen dafür, Chief Inspector."

Swanson nickte. „Sagen Sie, Mr Sarto – benutzen Sie Lavendelöl?"

„Wüsste nicht, wofür." Der Goldschmied sah irritiert aus.

„Man benutzt es wie eine Salbe", erklärte ihm Phelps. „Soll die Haut geschmeidig halten."

„Danke für den Tipp. Eine gute Salbe kann ich gebrauchen", sagte er und betrachtete seine Daumen. „Hab verdammt trockene Hände. Reißen immer wieder ein. Kommt vom Schmuckpolieren, wissen Sie?"

Swanson dachte an das, was Greenland ihm im Café Royal erzählt hatte, und fragte: „Sagen Sie, halten Sie es für möglich, dass jemand eine Legierung entwickelt hat, die das Polieren von Schmuck überflüssig macht?"

„Also, ich würde ja dafür töten, nicht mehr polieren zu müssen", sagte er. „Aber nein. Das ist der größte Schwachsinn, den ich jemals gehört habe."

Swanson schmunzelte. „Eine letzte Frage: Welche Schuhgröße tragen Sie?"

„Fünfundvierzig", sagte Sarto. „Aber was hat denn das mit dem Mord an Miles zu tun?"

„Alles oder nichts", gab Swanson zur Antwort. Hier gab es nichts mehr für sie zu tun. „Ich danke Ihnen, Mr Sarto", sagte er und empfahl sich.

Das Juweliergeschäft Shepman & Handwerk lag nur wenige Häuser weiter auf derselben Straßenseite. Es war ein sehr kleiner Laden mit nur einem Schaufenster und einem winzigen Verkaufsraum, von dem aus man, wie in Sartos Geschäft, direkt in die Werkstatt blickte. Ein Glöckchen bimmelte leise, als die beiden Polizisten eintraten. Eine hübsche junge Goldschmiedin befeilte gerade einen Ring. Hinter ihr saß ein kleines, vielleicht dreijähriges Mädchen auf dem Boden der Werkstatt und klopfte mit einem Hammer gegen ein hölzernes Bettchen, in dem ein strampelnder und fröhlich glucksender Säugling lag. Mr Shepman, der Besitzer des Geschäfts, ein schlanker, grauhaariger Mann in den Vierzigern, sortierte Diamanten auf einem Tablett, erhob sich aber gleich und begrüßte sie freundlich.

Swanson stellte sich und seinen Sergeant vor und sagte: „Interessanter Firmenname – Handwerk. Niederländisch?"

„Deutsch", sagte er. „Meine Frau stammt von dort. Wir arbeiten zusammen."

„Und wie laufen die Geschäfte – gut?", fragte Swanson.

„Könnte besser sein", sagte Shepman. „Ich weiß nicht, ob ich das noch sehr lange so weitermache. Ich habe Familie, wie Sie sehen. Und es ist nicht mehr sehr viel Geld in diesem Beruf zu verdienen, seit die Dukes und Lords anfangen, auf die Reize einer Mätresse zu verzichten und ihr Vermögen lieber zur Rennbahn tragen." Er wackelte unglücklich mit dem Kopf. „Ich trage mich mit dem Gedanken, etwas gänzlich anderes zu tun – ein Pub eröffnen vielleicht. Oder Ritterturniere in Arundel. Wir haben uns noch dazu breitschlagen lassen, den großen Ball in der Goldsmiths' Hall am ersten Dezember mitzugestalten. Danach sehen wir weiter."

Swanson erinnerte sich daran, dass auch Miss Comfort von einem Ball gesprochen hatte, und fragte: „Was ist das für ein Ball, Mr Shepman?"

„Ein Ball zu Ehren des Schutzheiligen der Goldschmiede. Etwas ganz Besonderes, denn zum ersten Mal kommen Vertreter unserer Zunft vom Festland herüber", schwärmte er. „Wir werden also in diesem Jahr nicht einen, sondern zwei Schutzpatrone haben. Für gewöhnlich feiern wir das Fest des heiligen St. Dunstan im Mai, aber dieses Jahr ..."

„Das wird sicher großartig, Mr Shepman", meinte Swanson, bemüht, das Gespräch auf den eigentlichen Grund seines Besuchs zurückzulenken. „Vergessen wir mal für einen Augenblick die Schutzheiligen. Was können Sie mir über Miles Owen Unwin sagen?"

„Völlig überschätzt, der Mann", sagte Shepman kalt.

„Sie haben gehört, was ihm zugestoßen ist?"

„Das habe ich. Und ich kann nicht sagen, dass es mir sonderlich leidtäte. Verstehen Sie mich nicht falsch, Chief Inspector – es ist nicht so, dass ich ihm den Tod gewünscht hätte. Aber er war ein Verbrecher. Verdorben durch und durch."

„Das sind schwere Anschuldigungen", sagte Phelps, der augenblicklich sein Notizbuch aus der Tasche gezogen hatte. „Was genau hat er sich Ihrer Meinung nach denn zuschulden kommen lassen?"

„Er zog seine Kunden über den Tisch", sagte Shepman geheimnisvoll. „Ich weiß nicht, ob ich da ins Detail gehen sollte."

„Es könnte uns womöglich helfen, wenn Sie die

Freundlichkeit besäßen, es zu tun, Sir", sagte Swanson verbindlich lächelnd. „Also?"

„Über die Toten soll man nichts Schlechtes sagen", meinte Shepman. „Bringt Unglück über einen selbst. Hat meine Großmutter immer gesagt."

„Und meine sagte immer: Spricht die Wahrheit dein Mund, tue laut sie nur kund. Mit Anspielungen können wir nicht viel anfangen, Mr Shepman. Das hat immer den unangenehmen Beigeschmack von Wichtigtuerei."

„Von Wichtigtuerei?", wiederholte Shepman. „Dass ich nicht lache! Geschichten könnte ich Ihnen erzählen ..."

Swanson verschränkte die Arme vor der Brust. „Tun Sie sich unseretwegen keinen Zwang an, Sir."

Shepman sah sich nach rechts und links um, so als stünden unsichtbare Beobachter mit riesigen Ohren in jeder Ecke des Verkaufsraums. „Kann ich davon ausgehen, dass diese Unterhaltung unter uns bleibt?"

„Kommt darauf an", meinte Swanson.

„Sehen Sie – ich lege es nicht darauf an, eine Verleumdungsklage an den Hals zu bekommen", sagte Shepman. „Unter uns gesagt: Unwin war ein ziemlicher Windhund. Von seinen nächtlichen Eskapaden mal ganz abgesehen."

„Was meinen Sie mit ‚seinen nächtlichen Eskapaden'?", fragte Phelps.

„Nun, Miles Unwin war anders", druckste Shepman herum. „Er war nicht der Mann, für den die meisten ihn hielten. Er hatte eine dunkle Seite." Shepman senkte die Stimme, als er sagte: „Er trug auch gerne mal Damenkleider."

„Sie wussten davon?" Swanson war überrascht. Denn es war kaum vorstellbar, dass Unwin mit seiner Neigung hausieren gegangen war. „Woher?"

„Es ist mir etwas peinlich, aber ... Eines Abends hatte er zu tief ins Glas geschaut, nehme ich an. Und da lud er mich ein, mit ihm zu kommen." Shepman fuchtelte mit den Händen. „In so ein Pub in Wapping. Ich habe natürlich abgelehnt."

„Natürlich", sagte Swanson amüsiert über Shepmans Sorge, Scotland Yard könne etwas anderes annehmen. „Was, würden Sie sagen, war Mr Unwin für ein Mensch?"

„Ein Egoist war er. Er sah stets nur seinen eigenen Vorteil. Was andere anging, lebte er nach dem Prinzip: Ich für mich und du für mich. Und Gott für uns alle."

„Sind nicht die meisten Menschen so?", fragte Sergeant Phelps und sah in die entsetzten Augen von Swanson und Shepman. „Ich meine, jeder ist doch erst mal auf seinen eigenen Vorteil bedacht ..." Er verstummte.

„Unwin war unehrlich", fuhr Shepman fort. „Er betrog seine Frau – was vermutlich jeder in seiner Situation getan hätte. Aber er betrog – und das ist nicht zu entschuldigen –, er betrog auch seine Kundschaft."

Er hielt inne und Swanson ermunterte ihn mit einer Handbewegung fortzufahren. „Nun ja. Es kommt immer mal wieder vor, dass eine Dame ihr Schmuckstück nicht wiedererkennt, nachdem es zur Reparatur in der Werkstatt war und man es aufpoliert hat, aber ..."

„Aber?" Phelps' Bleistift zuckte gespannt auf dem umgeschlagenen Papierstreifen.

„So manche Dame erkennt ihre Perlenkette nicht wieder, nachdem man sie gereinigt hat", erklärte Shepman. „Ist steif und fest davon überzeugt, das könne nicht ihre Perlenkette sein, weil sie jetzt weiß schimmert und nicht mehr gelb oder braun." Er schüttelte sich angewidert. „Allerdings lässt sich das doch relativ leicht erklären. Unwin hingegen ... Er stand in dem Ruf, echte Diamanten gegen Imitate auszutauschen."

„Waren das Gerüchte, oder gab es Beweise?", fragte Swanson, der mit Gerüchten nicht viel anfangen konnte. „Wurde jemals deswegen Anzeige erstattet?"

„Kann mich nicht entsinnen", gab Shepman zu.

„Möglich ist es schon. Das ist ja auch der Grund, weshalb er die Goldschmiede aufgab und stattdessen seine galvanischen Forschungen vorantrieb – weil die Gerüchte nicht verstummen wollten. Und Gerüchte kommen nicht von ungefähr, Chief Inspector. Ein Fünkchen Wahrheit steckt immer darin."

In diesem Moment begann das Baby zu schreien und machte jede weitere Unterhaltung unmöglich. Und als Frau Handwerk dann auch noch schamlos ihre wohlgeformte deutsche Brust entblößte, um es zu stillen, eilten Swanson und Phelps schleunigst davon.

Sie standen zu dritt in jenem Teil der Werkstatt, in dem vor Wochen Gordon Wigfield gestorben war: Frederick Greenland, Archibald Horne und Arthur Conan Doyle. Nun, streng genommen waren es lediglich Frederick und Mr Horne, die standen – der berühmte Autor kroch am Boden herum und suchte nach Spuren.

„Ich fürchte, hier ist nicht mehr viel zu holen", sagte er. Er stand vom Fußboden auf, steckte seine riesige Lupe ein und klopfte sich den Staub aus den Kleidern. „Seit der Entdeckung der Leiche ist einfach schon zu viel Zeit vergangen. Hinzu kommen die vielen Polizistenfüße, die seither hier herumgetrampelt sind."

„Verstehe", sagte Frederick. „Immerhin war es einen Versuch wert; abgesehen von der großen Ehre, Sie hier bei uns begrüßen zu dürfen. Wer kann schon von sich behaupten, der geistige Vater von Sherlock Holmes habe sich persönlich um seine Angelegenheiten gekümmert?"

„Ah, nicht der Rede wert", sagte Conan Doyle und winkte ab. „Die Ehre ist ganz auf meiner Seite, Mr Greenland. Mein Steckenpferd, wissen Sie? Und obgleich ich keine verwertbaren Spuren mehr finden konnte, so sagt mir mein Gefühl doch, dass der Mord an Ihrem Teilhaber in direktem Zusammenhang mit dem Tod meines Nachbarn Miles Unwin und jenem unglücklichen Kerl unten in Lewes steht."

„Meinen Sie?"

„Da habe ich gar keinen Zweifel", sagte Conan Doyle. „Erst gestern sprach ich mit dem Beamten darüber, der den Fall leitet."

„Mit Chief Inspector Swanson?"

„Ja, ich glaube, das war sein Name. Ich konnte ihm eine Reihe von Hinweisen geben. Und er musste wohl oder übel eingestehen, dass ich recht habe."

„Hat er Ihnen Wigfields Tagebuch gezeigt?", fragte Frederick.

„Nein. Nein, das wird er wohl vergessen haben. Was stand denn darin?"

Frederick zeigte ihm den Zettel, den Swanson ihm gegeben hatte.

Conan Doyle konnte nichts damit anfangen. „Zahlen und Zeichen", sagte er. „Darüber muss ich erst nachdenken. Aber The Devil's in Wapping ... Das ist das heutige Prospect of Whitby, wenn ich nicht irre." Er rieb sich das Kinn.

„Sie irren sich nicht", sagte Mr Horne. „Wir waren neulich dort. Lauter Frauen mit Bärten, die musizierten und herumtanzten. Sie versuchten tatsächlich, uns zu ertränken."

„Das passt zu meiner Theorie, es könne ein Transvestit gewesen sein", sagte Conan Doyle nachdenklich. „Wollen wir nicht noch irgendwo einen nehmen, was meinen Sie? Dann erkläre ich Ihnen alles."

„Keine schlechte Idee", meinte Frederick. „Allerdings nur, wenn Mr Horne nichts dagegen einzuwenden hat."

„Von mir aus gern, Sir", sagte der junge Goldschmied. „Es ist mir eine Ehre."

Und so kamen sie überein, Fredericks Stammpub unweit der Lincoln Inn Fields aufzusuchen. Alles in allem nur ein kurzer Fußmarsch von etwa fünfzehn Minuten.

Ins Gespräch vertieft schlenderten sie den um diese Zeit fast menschenleeren Strand in Richtung Fleet Street hinauf und hatten gerade den Kingsway überquert, als sich ihnen in einer schmalen, verlassenen Gasse eine Gruppe junger Männer in den Weg stellte.

„So spät noch unterwegs, meine Herren?", fragte einer von ihnen – offensichtlich der Rädelsführer. „Ist nachts 'ne gefährliche Gegend hier."

„Wir passen schon auf uns auf", meinte Frederick. „Und nun machen Sie bitte den Weg frei, Gentlemen."

„Gentlemen", wiederholten zahlreiche Stimmen. Es wurde herzlich gegluckst und gekichert. Dann sagte der junge Mann, der zuerst gesprochen hatte: „Und jetzt macht mal schön eure Brieftaschen auf."

„Einen Shilling für jeden, wenn ihr uns in Frieden lasst", sagte Frederick, der Freundlichkeit nie für eine Schwäche gehalten hatte, und hielt Conan Doyle, der sich schon bereit machte, auf die Bande loszugehen, mit einer Handbewegung zurück.

Die Burschen streckten ihre schmutzigen Hände aus, und Frederick ließ in jede Hand eine Münze fallen. Unter Gelächter und Gejohle wurde der Schatz in die Taschen gesteckt.

Der Anführer der Gruppe trat wieder vor. „Wo so viel ist, da ist bestimmt noch mehr zu holen", sagte er, derweil die anderen hinter ihm nickten und lachten. Dann hoben die Männer auf sein Zeichen hin die Fäuste und bildeten einen Halbkreis um Frederick, Mr Horne und Conan Doyle.

„Bleiben Sie hinter mir, Gentlemen", sagte der berühmte Autor und trat ein paar Schritte vor. „Ich denke, ich werde schon mit ihnen fertig."

Frederick bezweifelte das. Die Kerle sahen so aus, als

seien sie mit allen Wassern gewaschen und ließen nicht mit sich spaßen.

„Ich werd dir zeigen, wer hier mit wem fertigwird, Fatzke." Der Kerl mit der Mütze – offensichtlich der Anführer – spuckte aus und trat langsam auf ihn zu, die Fäuste erhoben.

Conan Doyle, der sich lässig auf seinen Spazierstock stützte, sah ihn geringschätzig an, nickte nur und sagte kein Wort.

„Hast du mich nicht gehört?", fragte er und trat noch einen Schritt näher. „Ich red mit dir, Fatzke." Die jungen Männer hinter ihm schlossen auf.

„Mach dich nicht unglücklich, Junge", sagte Conan Doyle leichthin. „Geh nach Hause und nimm deine Kumpels mit."

Alle lachten. Einige von ihnen griffen in ihre Taschen und zogen rostige, selbst gemachte Schlagringe heraus.

Frederick trat einen Schritt vor und sagte: „Lasst gut sein, Jungs. Wir wollen keinen Ärger. Das bringt doch nichts."

„Den Ärger habt ihr schon", sagte der mit der Mütze. „Leert eure Taschen aus, und alles ist gut. Wenn ihr macht, was wir euch sagen, passiert euch nichts."

„Verdammt mutig", meinte Conan Doyle. „Zehn Mann gegen drei wehrlose ältere Herren."

Wehrlose ältere Herren? Frederick glaubte, seinen Ohren nicht zu trauen. Er war erst zweiundvierzig, und die Situation begann an seiner Ehre zu kratzen. Er wollte eben etwas sagen, als der Kerl mit der Mütze unvermittelt auf Conan Doyle losging.

Im selben Moment, als der Junge mit erhobenen Fäusten auf ihn losging, riss sich Conan Doyle seinen Zylinder vom Kopf und schlug ihm damit ins Gesicht. Er schwang seinen Spazierstock wie einen Degen und ließ ihn unglaublich schnell einmal rechts und einmal links gegen den Hals des Angreifers klatschen. Dann beugte er sich herunter, hakte den gebogenen Knauf hinter dessen rechtes Bein und zog mit einem kräftigen Ruck daran. Der Bursche verlor den Halt und stürzte mit hilflos fuchtelnden Armen auf den Rücken. Alles ging blitzschnell. Conan Doyle war mit einem Satz bei ihm, beugte sich herunter und schlug ihm die rechte Faust ins Gesicht, ehe er den Spazierstock herumwirbelte und mit dessen Spitze auf den Kehlkopf des am Boden liegenden Jungen zielte.

„Reicht euch das?", fragte Conan Doyle.

„Lasst ... lasst sie gehen", quiekte der Kerl am Boden mit erstickter Stimme. Seine Augen schienen vor Überraschung und Angst schier aus den Höhlen zu quellen. „Um Gottes willen, lasst sie gehen."

Die anderen traten erschrocken einen Schritt zurück.

„Nehmt eure Schlagringe ab", sagte Conan Doyle. „Und werft sie hier rüber."

„Oh Gott, tut, was er sagt", jammerte er, als Doyle den Druck auf seinen Kehlkopf noch verstärkte. Und Sekunden später fielen die Schlagringe klirrend zu Boden.

„So ist es gut. Und jetzt eure Hosen."

„Was?", fragte einer, und Doyle drehte seinen Spazierstock auf dem Adamsapfel ihres gefallenen Anführers nach rechts und links.

„Ausziehen", befahl er. Und nacheinander zog die Bande ihre Hosen aus und warf sie auf dem Gehweg auf einen Haufen. „Sehr schön. Und nun die Hemden und die Unterhosen", sagte er. „Andernfalls bringe ich ihn um."

Frederick wurde allmählich unbehaglich zumute, aber Conan Doyle schien ganz in seinem Element zu sein.

Erst als auch das letzte Kleidungsstück ausgezogen und auf dem Haufen gelandet war, nahm er den Stock beiseite. Nackt und zitternd standen die Burschen in der Kälte und versuchten, ihre Blöße zu bedecken. „Und nun seht zu, dass ihr wegkommt", sagte Conan Doyle und schlug einem der Männer mit dem Stock auf den nackten Hintern.

Fluchend rannten sie davon.

Frederick pfiff durch die Zähne. „Liebe Güte", sagte er. „Wo haben Sie denn das gelernt?"

„Ich hatte einige Jahre Unterricht in Jiu Jitsu und Fechten", sagte Conan Doyle. „Und ich gebe mir Mühe, nicht aus dem Training zu kommen. Gelegenheiten wie diese kann ich nicht ungenutzt verstreichen lassen." Er lachte. „Kommen Sie, Gentlemen. Suchen wir uns ein Pub und genehmigen uns ein, zwei Pints auf den Schrecken. Ich würde Sie ja einladen, aber dummerweise habe ich meine Brieftasche nicht dabei ..."

„Schon gut. Wir sind nicht weiter als ein paar Schritte vom Sam's entfernt. Ich lade Sie ein", sagte Frederick. Fast hatte er vergessen, dass Conan Doyle ja immer noch Schotte war.

VIERTER TEIL

Hope

KAPITEL 9

„Was haben wir bislang, Phelps?", fragte Swanson. Die tief stehende Oktobersonne schien zum Fenster herein und blendete die beiden Männer, die in Swansons Büro vor der Schiefertafel mit all den Kreidestrichen, Daten, Orten, Fakten und Verdächtigen in diesem Fall standen.

„Jede Menge undurchsichtige Spuren, würde ich sagen, Sir", meinte Sergeant Phelps. „So ziemlich das Einzige, was wir nicht haben, ist Schnupfen."

Swanson setzte sich auf die Schreibtischkante. „Also?"

„Also, was, Sir?"

„Was sind die gesicherten Fakten in diesem Fall?"

Der Sergeant, der vor der Tafel auf und ab schritt wie ein Soldat beim Exerzieren, blieb plötzlich stehen. „Nun ... zunächst haben wir da die drei Opfer. Allesamt Goldschmiede." Er kratzte sich hinter dem Ohr.

„Gut, weiter."

„Alle drei wurden auf, sagen wir mal, sehr exzentrische Weise getötet. Und zwei von ihnen hatten – nun ja, gewisse Vorlieben."

„Da wäre zunächst mal Gordon Wigfield", sagte Swanson, erhob sich wieder und ergriff ein Stückchen Kreide.

„Kam in den Achtzigern aus Galompton nach London", fuhr Phelps fort. „Liebte die Damen, Sir. Und wie man so hörte, jede Menge davon. Starb an inneren Verbrennungen. Und der Mörder legte ihm Weihrauch in die Mundhöhle."

Swanson schrieb mit Kreide einen entsprechenden Vermerk unter dessen Namen und sah Phelps abwartend an.

„Dann haben wir Richardson in Lewes", sagte der Sergeant. „Zerquetschter Schädel, Hufeisen unter die Füße genagelt und wieder Weihrauchkegel. Ein Mann ohne engere Freunde. Abgesehen von seinem Einsiedlerdasein und einer gewissen Einsilbigkeit lässt sich über ihn nichts Schlechtes sagen. Keine Schulden, keine Skandale. Nicht mal Gerüchte. Lebte sehr zurückgezogen. Das Einzige, das wir mit Bestimmtheit wissen, ist, dass er aus Torquay stammte. Dann Miles Owen Unwin. Der Mörder versilberte ihn und gab ihm ein Hufeisen in die Hand. Das Opfer war in seinen Kreisen ein angesehener Mann. Aufgewachsen in Babbacombe. Hatte jede Menge beruflicher Neider. Und ebenfalls sexuell verdreht. Soweit wir wissen, erzählte er seiner Frau, er würde beruflich zu einer Konferenz mit anderen Goldschmieden nach Ipswich fahren."

„Was sich als falsch herausgestellt hat", ergänzte Swanson und machte einen entsprechenden Vermerk.

„Sehr richtig, Sir. Traf sich stattdessen in einem Pub in Wapping mit Gleichgesinnten."

„Mit Leuten wie Oscar Wilde", sagte Swanson, schrieb dessen Namen auf die Liste der Verdächtigen und warf die Kreide auf den Schreibtisch. „Weiberhelden, Tunten und Eremiten. Weihrauch und Hufeisen. Was machen wir daraus, Phelps? Wo sind die Zusammenhänge? Was ist das Motiv?"

„Schwer zu sagen, Sir."

Swanson stieß einen Seufzer aus, ließ sich in seinen Bürostuhl fallen und massierte seine Schläfen. „Warum bedient sich ein Mörder in allen drei Fällen solch außergewöhnlicher Methoden?" Swanson war sich sicher, dass es einen ganz bestimmten Grund dafür gab. Kein Mensch tat so etwas, ohne einen Sinn darin zu sehen.

Phelps ließ die Arme baumeln. „Vielleicht macht es dem Mörder einfach Spaß."

„Oder er will auf diese Weise Unsterblichkeit erlangen", sagte Swanson und strich sich nachdenklich mit Daumen und Zeigefinger über seinen Schnurbart.

„Wie Jack the Ripper, meinen Sie?"

„Ja, aber unser Mörder ist anders. Besonders. Seine Morde wirken inszeniert, fast kunstvoll. Er hat einen Goldschmied mit Gold ausgegossen und einen anderen versilbert. Von den Hufeisen unter Richardsons Füßen und dem ganzen Weihrauch mal abgesehen. Welcher Mörder könnte da schon mithalten."

„Sie meinen, es geht ihm um Aufmerksamkeit?"

Swanson hielt es für möglich, doch er spürte auch, dass mehr dahinterstecken musste. „Das allein kann es nicht sein, Phelps. Aber nehmen wir mal für einen Moment an, es wäre so. Wer würde dann am meisten von den Verbrechen profitieren?"

„Nun – die Presse natürlich", sagte Phelps. „Je sensationeller die Morde, umso besser verkaufen sich die Zeitungen."

„Damit wären wir wieder bei Mr Springer von der Sun", sagte Swanson und schüttelte den Kopf. „Er ist jedes Mal erstaunlich gut informiert. Kaum wird irgendwo eine Leiche gefunden, steht es auch schon in der Zeitung. Selbst Details, die wir nicht an die Presseleute weitergegeben haben, scheint er zu kennen."

„Täterwissen, Sir."

Swanson verdrehte die Augen. „Ich weiß, wie man das nennt, Phelps. Die Frage ist doch: Kennt er diese Dinge aus erster Hand? Weil er zur Tatzeit am Tatort war? Oder ..."

„Oder, Sir?"

„Oder haben wir möglicherweise eine undichte Stelle?"

„Im Yard?" Phelps war ehrlich entrüstet. „Kann ich mir nicht vorstellen. Wer sollte so etwas tun?"

„Nicht unbedingt hier bei uns. Aber ein alkoholabhängiger Polizeiarzt in Lewes womöglich", sagte Swanson.

„Das erklärt aber nicht die beiden anderen Fälle."

„Stedman, Collins und Hunt", sagte Swanson. „Was, wenn einer von ihnen beim Bäcker oder im Pub geredet hat? Völlig unbeabsichtigt. Ohne sich etwas dabei zu denken. Ich las mal, dass nach achtundvierzig Stunden ohne Schlaf selbst die integersten Personen zu sabbernden Idioten werden. Sie arbeiten fast ohne Pause rund um die Uhr. Und ich kann mich nicht erinnern, die drei jemals von etwas anderem als ihrer Arbeit sprechen gehört zu haben."

„Ehe wir anfangen, unsere Leute zu verdächtigen, sollten wir Springer mal etwas genauer unter die Lupe nehmen, Sir", meinte Phelps.

„Das haben wir bereits. Für zwei der Morde hat er ein Alibi. Aber Sie haben recht." Swanson rieb sich abermals die Schläfen. „Ich fange schon an, paranoide Züge auszubilden. Also: Wer hatte ein Motiv für diese Morde. Und wer die Gelegenheit und die Möglichkeiten, sie zu begehen?" Er trat abermals an die Tafel und betrachtete die wenigen Namen, die darauf standen. Archibald Horne, die Comfort-Schwestern, Oscar Wilde und Lord Alfred Douglas. Und über allem schwebte der große Unbekannte: Elias Gius. „Könnte einer von ihnen Gius sein? Was meinen Sie, Phelps? Wer hätte die Möglichkeit gehabt?"

„Die Möglichkeiten hätte jeder gehabt, der sich halbwegs mit dem Handwerk des Goldschmieds auskennt", sagte Phelps. „Eine gewisse Fachkenntnis scheint schon vonnöten zu sein. Ein Bäcker hätte es sicher etwas anders angefasst, wenn ich mal so sagen darf."

„Der einzige Goldschmied auf der Liste ist Horne", sagte Swanson, „und dem traue ich die Taten ehrlich gesagt nicht zu."

„Alexandra und Georgina Comfort waren mit Wigfield befreundet", gab Phelps zu bedenken. „Sie sahen ihm vermutlich häufiger bei der Arbeit zu und könnten sich so manches abgeschaut haben."

„Und Wilde?"

„Ist Künstler", meinte Phelps, als reiche allein das als Erklärung aus. „Seine Fantasie ist verdreht genug, sich solche Morde auszudenken. Und was halten Sie von Conan Doyles Theorie, Sir?"

„Dass Unwin das eigentliche Opfer ist und die anderen Morde nur Ablenkungsmanöver?" Swanson zuckte mit den Schultern. „Conan Doyle ist kein schlechter Bursche. Er meint es nicht böse, aber seine Theorien funktionieren nur im Strand Magazine. Das lässt sich kaum ins wahre Leben übertragen. Der Täter ist einen Meter siebzig groß, hat kleine Füße und das alles? Er ist mir ein bisschen zu selbstgefällig. Ein Pygmäe, der einen Zylinderhut auf seinem Blasrohr balanciert, würde Doyles Spinnwebentheorie schon zum Einsturz bringen, Phelps. Aber das mit dem Lavendel klang nicht ganz verkehrt. Es könnte eine Frau sein oder einer von Wildes und Unwins Sorte." Swanson seufzte und rieb sich mit den Händen durchs Gesicht. „Irgendwas übersehen wir, Phelps. Da ist zum einen der seltsame Code in Wigfields Tagebuch, von dem Stedman meint, es könnten Initialen sein. Drei davon passen zu den Mordopfern. Angenommen, sie alle waren an dem Überfall in Paignton beteiligt, hatte dann womöglich einer der anderen drei einen Grund, sie zu töten? Aber weshalb? Aus Angst, jemand könnte nach all den Jahren reden? Ums Geld kann es kaum gehen. Das werden sie damals aufgeteilt haben. Da muss noch etwas anderes sein. Und das macht mir Sorgen. Weil ich es nicht sehe." Swanson schüttelte energisch den Kopf. „Wir übersehen etwas. Etwas, das wir direkt vor Augen haben."

„Bleiben uns also nur die Initialen."

Das ist zumindest etwas, dachte Swanson. Er stand auf und verschränkte die Arme hinter seinem Rücken. „Wir wissen einfach zu wenig über den Fall, Phelps. Aber wenn wir mit dem zuständigen Beamten gesprochen haben, werden wir ein gutes Stück schlauer sein, hoffe ich. Zufälligerweise erhielt ich heute Antwort aus Devon.

Wainwright, der ehemalige Chief Constable, stimmt einem Treffen zu. Allerdings ist er im Ruhestand und wohnt in irgend so einem gottverlassenen Kaff im Moor. Hat vorgeschlagen, wir sollten uns in einem Pub mit ihm treffen. Ich ließ bereits zurückkabeln. Wir werden morgen in aller Frühe aufbrechen."

Swanson trat ans Fenster und sah durch die kahlen Äste der alten Bäume auf das braune Wasser der Themse hinaus. „Was haben Torquay, Babbacombe und Galompton gemeinsam, Phelps?", fragte er schließlich.

Der Sergeant dachte eine Weile nach. Dann sagte er: „Sie haben alle ein O in der Mitte, Sir?"

„Wenn mich meine geografischen Kenntnisse nicht trügen", sagte Swanson und drehte sich um, „dann liegen alle diese Orte in Devon."

„Ist das so?"

„Ja, Phelps. Und zwar im Umkreis von nur wenigen Meilen. Und wissen Sie was?"

„Ich fürchte, nein, Sir." Phelps ließ die Arme baumeln.

„Sogar Mister Oscar Fingal O'Flahertie Wills Wilde hat ein Sommerhaus ganz in der Nähe!"

Swanson und Sergeant Phelps nahmen den Zug um sechs Uhr fünfzehn von Victoria Station nach Exeter, von dort eine Droschke nach Moretonhampstead und schließlich den Bus, der zwischen dem kleinen Ortsflecken am Rande des Moors und Princetown verkehrte. Wobei sie die einzigen Fahrgäste waren.

Der Warren House Inn, das Pub, vor dem der Busfahrer sie aussteigen ließ und in dem sie sich mit dem ehemaligen Chief Constable der Grafschaft treffen sollten, war ein einsam gelegenes Haus, das auf einem windumtosten Hügel irgendwo in der Einöde des Dartmoor an der Straße nach Postbridge lag.

Im kleinen Schankraum war es dunkel und heiß. Ein

Feuer prasselte knisternd im Kamin. Niemand sonst war dort.

„Mahlzeit." Der Wirt, der hinter der Theke erschien, kaum dass sich die Tür hinter ihnen geschlossen hatte, trug eine lederne Schürze und hatte ein Geschirrtuch über dem Arm.

Swanson erwiderte den Gruß und setzte hinzu: „Wir sind hier mit jemandem verabredet. Aber der Mann scheint sich zu verspäten."

„Kommen sehr wenige Leute her vor dem Abend", meinte der Wirt. „Wollen Sie was trinken, solange Sie warten?"

Phelps sah Swanson fragend an – ein fast flehendes Funkeln in den Augen.

„Also schön", meinte er. „Zwei Pints von Ihrem Besten."

„Setzen Sie sich", sagte der Wirt, während er das Bier zapfte, und deutete mit dem Kopf auf die Hocker an der Theke.

Swanson zog seine Taschenuhr hervor und warf einen Blick darauf. Der ehemalige Chief Constable ließ sich Zeit. Hoffentlich hatte er ihre Verabredung nicht völlig vergessen. Immerhin musste der Mann schon ein gewisses Alter haben. Swanson hatte sich ausschließlich auf die Zusage verlassen, die er via Telegramm aus Taunton erhalten hatte. Er hoffte, dass der Mann noch auftauchen würde. Denn andernfalls wäre die Fahrt in die Provinz ganz und gar umsonst gewesen.

„Verdammt heiß hier, Sir", sagte Phelps und blies die Wangen auf. Er zog seinen Mantel aus, warf ihn über die Lehne eines Stuhles und lockerte seinen Hemdkragen. Der Schweiß lief ihm trotzdem in Strömen den Rücken hinunter. „Wie halten Sie das bloß aus? Sagen Sie, können Sie nicht das Feuer da löschen?"

„Bin doch nicht verrückt", antwortete der Wirt. Er stellte ihnen die Gläser hin. „Wenn's Ihnen hier drin zu heiß ist, müssen Sie schon vor die Tür gehen – oder eben mehr trinken. Das Feuer in diesem Kamin brennt seit beinahe fünfzig Jahren ohne Unterbrechung. Und ich habe ganz sicher nicht vor, es jetzt für zwei verwöhnte Stadtpolizisten ausgehen zu lassen."

„Ist nicht schlecht für den Umsatz, kann ich mir denken." Swanson nahm das Glas, das der Mann vor ihn hingestellt hatte, trank einen Schluck und fragte: „Wer sagt Ihnen, dass wir Polizisten sind, guter Mann?"

Der Wirt rümpfte die Nase. „Lebenslange Erfahrung. Coppers rieche ich drei Meilen gegen den Wind. Billige Anzüge, die einen Hauch bürgerlicher Würde vermitteln sollen, aber nur eine Handbreit vom Bestatter entfernt sind."

Phelps hatte ausgetrunken und stellte sein Glas auf den Tresen zurück.

„Noch eins?", fragte der Wirt.

„Ich weiß nicht, Sir", entgegnete der Sergeant.

„Im Dienst, was?" Er lachte. „Kommen Sie, Sergeant – auf einem Bein kann man nicht stehen." Und als Swanson nickte, begann der Wirt ein weiteres Bier zu zapfen, ohne dass Phelps etwas gesagt hatte. Er stellte es ihm hin und sagte: „Dann schießen Sie mal los. Was kann ich für Sie zwei tun?"

Jetzt wurde Swanson auch schlagartig klar, weswegen der Mann, auf den sie hier warteten, nicht kommen würde. Er war schon da. Er sah den Wirt hinter der Theke mit zusammengekniffenen Augen an und sagte: „Sie sind der Chief Constable a. D., habe ich recht?"

„Ich war gespannt, wann Sie drauf kommen würden", sagte der Wirt mit einem breiten Grinsen und wirbelte sein Handtuch über die Schulter. „Ich bin Thomas Wainwright, ehemaliger Chief Constable der Grafschaft Devon. Ich übernahm dieses Pub, als ich vor einigen Jahren in den Ruhestand ging."

Phelps stieß bei dieser Enthüllung vor Schreck mit dem Ellenbogen gegen das volle Pintglas auf der Theke. Es fiel herunter und zersplitterte an der Kamineinfassung. Es zischte und dampfte, als sich das Bier in die Flammen ergoss. Das flackernde Feuer schrumpfte zur Glut zusammen, und für einen schrecklichen Moment sah es so aus, als würde es tatsächlich verlöschen. Doch es erholte sich rasch. Und schon nach wenigen Augenblicken züngelten die Flammen wieder orange und rot den Kaminschacht empor.

„Ich kann Ihnen nur raten, im Dienst nicht übermäßig zu trinken, Sergeant", sagte Wainwright. „Hätte nicht viel gefehlt, und Sie hätten sich unglücklich gemacht."

„Sie wissen, weshalb wir hier sind, Mr Wainwright", sagte Swanson ungeduldig. „Wir haben nicht viel Zeit. Was geschah damals in Paignton?"

„Natürlich. Bitte entschuldigen Sie", sagte der ehemalige Chief Constable und wurde übergangslos ernst. „Es war eines der schrecklichsten Verbrechen, mit denen ich während meiner gesamten Laufbahn als Polizist zu tun hatte. Ein brutaler Überfall, der in seiner Kaltblütigkeit den Ratcliff-Highway-Morden in nichts nachstand. Es gab zehn Tote, darunter zwei Kinder. Ein Mädchen und ein Junge. Es waren mehrere Personen an dem Überfall beteiligt gewesen. Sonst wäre es ihnen wohl kaum gelungen, acht Angestellte zu überwältigen."

„Wem gehörte das Geschäft?"

„Andrew Halston. Ehrbarer Mann. Verheiratet. Vater von vier Kindern. Zwei Jungs, zwei Mädchen", sagte Wainwright. „Sie wohnten etwas außerhalb der Stadt. Er hatte das Geschäft erst im Sommer übernommen."

„Wie hat sich der Überfall abgespielt?"

„Wir nehmen an, die Räuber kamen ins Geschäft und Halston stellte sich ihnen entgegen. Er wurde durch einen Dolchstich ins Herz getötet. Die anderen Opfer waren seine Angestellten. Die Mörder schnitten ihnen die Kehlen durch oder erschlugen sie."

„Warum waren die Kinder dort?"

„Ihr Vater wollte ihnen seine Arbeit zeigen. Das jedenfalls sagte Mrs Halston aus."

„Was wurde gestohlen?"

„Die Täter hatten es ausschließlich auf Gold- und Silberbarren abgesehen. Gemessen an der Brutalität ihres Vorgehens war die Beute eher gering."

„Ich hörte, der Hope-Diamant habe sich zum Zeitpunkt des Überfalls in der Werkstatt befunden", sagte Swanson. „Wieso wurde er nicht gestohlen? Lag er im Tresor?"

„Darüber haben wir uns auch den Kopf zerbrochen", sagte Wainwright. „Das Diamantcollier, in das der Hope gefasst ist, lag auf einem der Werktische. Ganz offen. Aber die Mörder rührten es nicht an."

„Möglicherweise hatten sie Angst vor dem Fluch", gab Phelps zu bedenken.

„Vor dem Fluch?" Der ehemalige Chief Constable schüttelte schmunzelnd den Kopf. „Glauben Sie wirklich, Sergeant, skrupellose Mörder würden sich von einem angeblichen Fluch abschrecken lassen? Nein – ihnen wird sicherlich klar gewesen sein, wie schwer sich ein so berühmtes Schmuckstück an den Mann bringen lassen würde. Womöglich war ihnen die Ware einfach zu heiß."

„Könnte ein Grund sein." Swanson nippte nachdenklich an seinem Bier. Eine Bemerkung, die Mr Shepman über Miles Unwin gemacht hatte, war ihm in den Sinn gekommen. „Gab es Hinweise darauf, dass an der Fassung des Steins etwas verändert wurde?"

„Ich kann mich nicht entsinnen. Worauf wollen Sie hinaus?"

„Was, wenn der Überfall nur inszeniert war und etwas schiefging?", sagte Swanson.

Wainwright runzelte die Stirn. „Was meinen Sie mit ‚inszeniert'?"

„Nun, vielleicht hatten die Räuber einen ganz anderen Plan", sagte Swanson, „nämlich, den echten Hope-Diamanten gegen ein Imitat auszutauschen. Ein Hehler hätte sich in London allemal dafür gefunden, meinen Sie nicht?"

„Interessant. Daran haben wir überhaupt nicht gedacht", gab Wainwright zu. „Das war ein Fehler."

„Gab es Spuren?"

„Keine, die wir bestimmten Personen hätten zuordnen können", sagte Wainwright. „Da war das Messer in Andrew Halstons Brust. Die Hämmer, die die Täter benutzten, um den Arbeitern die Schädel einzuschlagen. Und ein schwarzes Tuch. Halston hielt es noch in der Hand, als man ihn fand. Die Täter waren vermummt und trugen bis auf das eine Messer keine Waffen bei sich. Vermutlich war es nicht geplant, jemanden zu verletzen, und es kam nur dazu, weil es Halston gelang, einem der Täter die Maske vom Gesicht zu reißen. Das Massaker verübten sie offenbar spontan. Denn sämtliche Mordwerkzeuge stammten aus der Werkstatt selbst."

„Demnach könnten Täter und Opfer sich gekannt haben", meinte Swanson. „Zumindest vom Sehen her."

Wainwright nickte. „Das war auch unser Gedanke."

„Verdächtige?"

„Wir hatten den einzigen Überlebenden in Verdacht. Einen Goldschmied namens Stephen Osbourne. Warum hätten die Mörder ihn verschonen sollen?"

„Hatte er eine Erklärung dafür?"

„Behauptete, er hätte sich mit Halstons Tochter unter einem der Werktische versteckt. Er hielt das tote kleine Mädchen noch im Arm, als unsere Leute eintrafen", sagte der Chief Constable und schnaubte verächtlich. „Die Mörderbande fand zwar die Kleine, übersah aber einen ausgewachsenen Mann? Was soll das gewesen sein, ein Weihnachtswunder? Einfach lächerlich. Ich sah mir die Werkstatt damals sehr genau an. Die Mörder hätten schon blind sein müssen, um ihn nicht zu entdecken."

„Dann müssen wir ihn noch einmal befragen."

„Unglücklicherweise geht das nicht mehr", sagte der Chief Constable, „denn er verstarb vor etwa zweieinhalb Jahren."

„Ermordet?", fragte Swanson.

Er schüttelte den Kopf. „Magenkrebs. Wahrscheinlich hat ihn letzten Endes sein schlechtes Gewissen aufgefressen."

„War jemand aus seiner Familie bei ihm, als er starb?", fragte Swanson. „Könnte sein, dass er sich kurz vor seinem Tod noch jemandem anvertraut hat. Um sein Gewissen zu erleichtern und der Hölle zu entgehen."

„Soviel wir wissen, war er alleinstehend und hatte keine Angehörigen. Kaum Freunde. Der einzige Kontakt, den wir überhaupt finden konnten, war ein Kollege von ihm, der ihn ab und an besuchte und ihm etwas Gesellschaft leistete."

„Kennen Sie seinen Namen?"

„Daniel Ormond", sagte der Chief Constable. „Er ist Diamantgutachter. Wohl eine richtige Koryphäe auf seinem Gebiet. Betreibt einen Juwelenhandel in Torquay. Wir haben ihn damals befragt. Ehrlich gesagt kam nicht viel dabei raus. Er war uns keine große Hilfe."

„Wir werden ihn uns mal ansehen", sagte Swanson. Dann fragte er: „Existiert eigentlich das Juweliergeschäft in Paignton noch?"

„Nein. Die Gattin des ermordeten Inhabers verkaufte es und zog aufs Land. Soviel ich hörte, heiratete sie wieder, kam aber nie über den großen Verlust hinweg und nahm sich schließlich das Leben."

Der Bus fuhr nur einmal am Tag, und so waren Swanson und Phelps gezwungen, auf dem Viehwagen eines benachbarten Bauern nach Moretonhampstead zurückzurumpeln. Nach einigem Hin und Her ergatterten sie dort schließlich einen Bus, der sie anderthalb Stunden später weiter nach Torquay brachte, wo sie am späten Nachmittag eintrafen.

Torquay war wie Rom und Lissabon auf sieben Hügeln errichtet worden, hatte aber bis auf das mediterrane Klima nichts mit Italien oder Portugal gemein.

Sie waren heute Morgen im eisigen Oktoberregen in London aufgebrochen, und schon auf dem Weg ins Dartmoor war es Swanson vorgekommen, als hätten sie mehrere Klimazonen durchquert. Je weiter sie nach Westen kamen, umso milder wurde es. Aber hier in Torquay – an der britischen Riviera – herrschten noch immer Temperaturen wie im Spätsommer: Die Sonne schien aus einem beinahe wolkenlosen Himmel, und es mochten gut und gerne an die fünfzehn Grad Celsius sein.

Sie durchquerten gerade den mit Palmen und Blumenrabatten üppig bestandenen Park unweit des königlichen Pavillons, als plötzlich ein großer, hölzerner Reifen von rechts heranschoss, Peter Phelps heftig gegen das Knie prallte und so unglücklich vor dessen Füßen landete, dass der Sergeant strauchelte und der Länge nach hinschlug.

Kinderlachen war zu hören. Dann tauchte ein rundes, von blonden Haaren umrahmtes Kindergesicht hinter einem Ginsterbusch auf. Das kleine, vielleicht dreijährige Mädchen kam aus seinem Versteck hervor und hüpfte immer noch lachend auf die beiden Polizisten zu. Es blieb vor Swanson und Phelps stehen und starrte sie mit großen Augen an.

Swanson betrachtete es amüsiert und mit hochgezogenen Augenbrauen. „Wer bist du denn?“, fragte er.

„Agatha", sagte das Mädchen und knickste höflich. „Agatha Clarissa Miller."

Swanson war erstaunt, wie gut sie sprach. „Und wo kommst du her, so ganz allein?"

„Ashfield", sagte Agatha. „Kennst du Ashfield?"

„Nein, Kleines." Eine Stadt dieses Namens war Swanson völlig fremd. „Es ist das allerschönste Haus in der Barton Road", sagte das Mädchen. „Es gehört meinem Papa. Er heißt Frederick Miller. Weißt du das eigentlich?"

Swanson beugte sich zu ihr hinunter, lächelte und sagte: „Und weißt du eigentlich, dass du einen Polizisten verletzt hast? Das gehört sich aber gar nicht, junge Dame. Du solltest in Zukunft vorsichtiger sein."

„Oh, bitte verzeihen Sie. Ach, Agatha! Oh, sie ist eine richtige Plage", plapperte die Gouvernante drauflos, die kurz darauf schnaufend angelaufen kam. „Du meine Güte, ich hoffe, sie hat Sie nicht belästigt?"

„Keine Spur", sagte Swanson.

„Ich habe sie schon überall gesucht. Sie entwischt mir ständig bei den unmöglichsten Gelegenheiten."

„Nun haben Sie die Kleine ja wiedergefunden, Ma'am", meinte Swanson.

„Gott sei Dank", sagte die Gouvernante, „Mr Miller wäre außer sich, wenn er davon erführe."

„Es ist ja nichts weiter geschehen."

„Ach, wenn Sie wüssten. Hat nichts als Unsinn im Kopf, dieses Mädchen. Denkt sich immerzu irgendwelche Geschichten aus, wissen Sie? Hat einfach zu viel Fantasie. Das ist nicht gut für Mädchen."

Swanson bemühte sich um ein Lächeln. „Wenn Sie meinen."

„Und lügt, wenn sie den Mund aufmacht", fuhr die Frau fort. „Hätte blaue Hasen gesehen und Kätzchen, die Tee trinken. Solche Sachen. Neulich fing sie an, in der Bibel zu lesen, das freche Ding. Behauptete, sie hätte sich das

Lesen selbst beigebracht. Überlegen Sie mal, wie schädlich das ist, in dem Alter. Da kann sich ja das Gehirn gar nicht mehr richtig entwickeln, wenn es so jung schon ..."

„Ja, ja, sehr interessant", meinte Swanson. „Aber wir müssen jetzt wirklich weiter. Sagen Sie, wissen Sie zufällig, wo wir das Juweliergeschäft Ormond finden?"

„Nein, tut mir leid", sagte die Frau. „Vielleicht in der High Street. Da würde ich es versuchen. Da sind viele Geschäfte."

Swanson bedankte sich. Im Weggehen bekam er noch mit, wie die Frau zum Mond am Himmel deutete und zur kleinen Agatha sagte: „Guck mal Schätzchen, der Saturn. Wie schön man den selbst bei Tage schon sehen kann."

„Aber der hat doch gar keine Ringe."

„Ach, du dummes Ding. Ist doch auch abnehmender Saturn."

Sie fanden das Geschäft in der Nähe des Hafens. Eine freundliche Verkäuferin fragte sie nach ihren Wünschen, und Swanson bat sie darum, den Geschäftsinhaber sprechen zu dürfen. Ein wenig beleidigt, wie es ihm schien, verschwand sie in den hinteren Räumen und kam nach einigen Minuten mit der Auskunft zurück, Mr Ormond hätte zu tun, würde aber gleich für sie da sein. Zehn Minuten könne es allerdings noch dauern, da er gerade dabei sei, einen Smaragd von beachtlicher Größe zu fassen.

Swanson und Phelps, die mehr Erfahrung mit dem Fassen von Verbrechern hatten, nahmen auf den unbequemen Stühlen im Wartebereich Platz und ergaben sich demütig in ihr Los.

Als Ormond schließlich kam, ein schlanker, schwarzhaariger Mann in den Fünfzigern, beäugte er sie arrogant von oben herab. Wahrscheinlich, dachte Swanson bei sich, sah er auf den ersten Blick, dass sich zwei Männer in dermaßen billigen Anzügen keine seiner Kostbarkeiten würden leisten können und ein Gespräch mit ihnen pure Zeitverschwendung war. „Guten Tag, meine Herren. Ich habe wenig Zeit. Was wünschen Sie?"

„Ich bin Detective Chief Inspector Donald Swanson von Scotland Yard", sagte der Chief Inspector und erhob sich. „Und das ist Detective Sergeant Peter Phelps."

Die Arroganz verschwand aus seinem Gesicht. „Worum geht es, Gentlemen?"

„Wir ermitteln im Fall der drei kürzlich in London und Lewes ermordeten Goldschmiede", erklärte Swanson mit einem schmallippigen Lächeln. Der Mann war ihm auf Anhieb unsympathisch gewesen. „Sie haben sicherlich davon gehört. Wir hätten dazu ein paar Fragen an Sie."

Ormond nickte, wischte sich verlegen mit der Hand über das Gesicht, warf einen raschen Blick über die Schulter zurück zu seinen Mitarbeiterinnen und nickte schließlich abermals. „Also schön", sagte er. „Kommen Sie. Wir unterhalten uns in meinem Büro."

„Wir danken Ihnen für Ihr Entgegenkommen", sagte Swanson übertrieben freundlich und stieg hinter Ormond und Phelps die ausgetretenen Stufen hinunter, die vom Verkaufsraum in ein gemütlich eingerichtetes Arbeitszimmer im Kellergeschoss führten.

Ormond deutete auf zwei bequem aussehende Sessel und nahm selbst hinter einem wuchtigen Schreibtisch Platz. „Sie sagten, es ginge um Mord? Ehrlich gesagt weiß ich nicht recht, wie ich Ihnen da weiterhelfen könnte."

„Sie sind Diamantgutachter, Mr Ormond, ist das richtig?" Swanson beugte sich vor. „Soweit ich unterrichtet bin, sogar der führende im Land."

„Nun", Ormond schmunzelte in gespielter Verlegenheit. „So sagt man wohl, ja. Meine Gutachten haben ein gewisses Gewicht. Benötigt Scotland Yard jemanden, der unserer geschätzten Königin die Echtheit der Kronjuwelen bestätigt?"

„Wohl kaum", sagte Swanson. „Wie ich eingangs erwähnte, hat unser Besuch mit dem unnatürlichen Ableben einiger Ihrer Kollegen zu tun. Und mit dem blauen Hope-Diamanten. Es heißt, es läge ein Fluch auf ihm. Was wissen Sie darüber?"

Ormond rieb sich nachdenklich das Kinn, und Swanson hatte den Eindruck, die Gesichtsfarbe des Mannes habe soeben schlagartig an Intensität verloren.

„Nun?", hakte der Chief Inspector nach.

„Aber das ist doch ausgemachter Unsinn", meinte Ormond und stieß ein kleines, meckerndes Lachen aus. „Ein Mythos. Dieser Fluch existiert nicht."

„Tatsächlich? Wir hörten, es habe schon in der Vergangenheit einige Todesfälle gegeben, die mit dem Hope in Zusammenhang gebracht wurden."

„Ich bitte Sie! Das sind doch Märchen. Belegbare Fälle gibt es nicht."

„Was ist mit dem Überfall auf das Juweliergeschäft Halston in Paignton vor ungefähr fünfzehn Jahren?", fragte Swanson.

„Sie denken, der Hope-Diamant hätte damit zu tun?" Ormond lachte gekünstelt. „Das ist doch vollkommen lächerlich."

„Zehn Tote sind keinesfalls lächerlich zu nennen, Mr Ormond", sagte Swanson. „Damals befand sich der Diamant zur Überprüfung seiner Fassung bei Halston, stimmt das?"

„Es stand ja in allen Zeitungen."

„Wir erhofften uns ein paar Informationen von Ihnen zu dem Mord damals", warf Phelps ein.

„Ich wüsste nicht ...", begann Ormond, doch Swanson unterbrach ihn.

„Sie waren mit Stephen Osbourne, dem einzigen

Überlebenden dieses Überfalls, befreundet", sagte er. „Das wurde uns jedenfalls zugetragen."

Ormond senkte den Kopf. „Ja. Ja, das stimmt."

„Sprach er mal mit Ihnen über den fraglichen Tag?"

„Den Tag des Überfalls?" Ormond schüttelte den Kopf. „Nein, niemals. Es ist wahr – Stephen war ein guter Freund von mir. Und ich kümmerte mich in seinen letzten Tagen um ihn. Er hat es offensichtlich niemals verwunden. Und er weigerte sich bis zuletzt, darüber zu sprechen."

„Haben Sie ihn jemals danach gefragt, wieso er als Einziger lebend davonkam?"

„Nein."

„Wieso nicht?"

„Weil ich das Thema in seiner Gegenwart grundsätzlich vermied", sagte Ormond. „Es machte ihn schrecklich melancholisch, darüber zu sprechen."

„Aha", sagte Swanson. „Sagen Sie, kannten Sie Gordon Wigfield, Anthony Richardson oder Miles Unwin?"

„Die drei ermordeten Goldschmiede, was?"

„Ja."

„Schrecklich. Ich las ihre Namen in der Zeitung. Man kommt ja kaum daran vorbei. Aber nein, ich kannte sie nicht. Nur der Name Unwin sagte mir etwas. Er gewann mehrfach den Preis der königlichen Akademie. Aber auch ihn kannte ich nicht persönlich."

„Die anderen Namen sagen Ihnen nichts?", hakte Phelps nach.

„Nicht das Geringste."

„Das erstaunt mich", meinte Swanson. Sein Gefühl sagte ihm, dass der Mann log.

„Wieso?"

„Tja, wir fanden ein Tagebuch in der Wohnung des toten Wigfield. Es enthält Hinweise auf den Überfall auf Halston. Er erwähnt darin eine Anzahl Personen. Leider kennen wir nur ihre Initialen."

„Nun, wenn Sie es sagen, Chief Inspector", meinte Ormond und verschränkte die Arme vor der Brust. „Meine sind gewiss nicht darunter."

„Da irren Sie sich, Mr Ormond. Wigfield erwähnt in seinem Tagebuch jemanden, den er als D. O. bezeichnet. Und Sie heißen doch *Daniel* Ormond."

„Ich habe mit dieser abscheulichen Tat nicht das Mindeste zu schaffen. Wer auch immer mit D. O. gemeint ist, ich bin es nicht."

„Haben Sie ein Glück, Sir", sagte Phelps und blickte von seinen Notizen auf. „Dann werden Sie kaum in Gefahr sein."

Ormond lockerte seinen Hemdkragen, sah Swanson an und fragte irritiert: „Wie meint er das?"

„Was der Sergeant meint, ist, dass Sie rein gar nichts zu befürchten haben, wenn es nicht Ihre Initialen sind", erklärte Swanson mit ruhiger Stimme. „Sehen Sie, Gordon Wigfield, Anthony Albert Richardson und Miles Owen Unwin sind tot. Ihre Initialen standen im Tagebuch. Aber es gibt drei weitere. S. O., D. O. und I. N. Mit S. O. könnte Stephen Osbourne gemeint sein. Es steht zu befürchten, dass der Killer diese Liste nach und nach abarbeitet und nun bei den beiden letzten angekommen ist. Da es jedoch nicht Ihre Initialen sind, können Sie also ganz unbesorgt sein. Kennen Sie womöglich jemanden, auf den sie passen würden?"

„Nein. Nein, tut mir leid."

„Dann wollen wir Sie nicht länger aufhalten, Mr Ormond." Swanson stand auf, und Phelps tat es ihm gleich. „Wir werden in London zurückerwartet. Falls Ihnen doch noch etwas einfallen sollte, melden Sie sich bitte."

„Gut gemacht, Phelps", sagte Swanson, als sie wieder draußen auf der Straße waren. „Sie haben dem Mann eine Heidenangst eingejagt. Dieser Diamantenfritze hat etwas zu verbergen, das habe ich im Urin. Zumindest weiß er bedeutend mehr, als er bereit ist, uns zu sagen. Wir werden zusehen, dass man ihn im Auge behält." Er klopfte dem Sergeant auf die Schulter. „Kommen Sie – suchen wir die nächste Polizeiwache auf. Und dann die Post. Ich habe zwei Telegramme zu verschicken: eines an Greenland und eines an Lord Francis Hope. Und dann nichts wie zum Bahnhof."

„Wie Sie sehen, hängt alles mit jenem Überfall in Paignton zusammen", schloss Swanson, als er und Sergeant Phelps tags darauf in Frederick Greenlands Haus am Gordon Square am knisternden Kaminfeuer saßen. Archibald Horne war ebenfalls anwesend. Denn er und Greenland hatten die mögliche Wiedereröffnung des Geschäfts am Strand besprochen.

„Nachdem ich gestern Ihr Telegramm aus Torquay erhielt, sah ich mir noch einmal den Zettel mit dem Code an, den Sie mir gaben", sagte Frederick. „Wenn der Hope bei dem Überfall tatsächlich ausgetauscht wurde und es sich bei den Buchstaben um die Initialen der Räuber handelt, dann werden die Zahlen ohne Zweifel den Anteil darstellen, den jeder aus dem Verkauf des Steins erhielt. Und zwar von der Person, die Wigfield als ‚RM' bezeichnet." Er angelte den besagten Zettel vom Kaminsims und legte ihn auf das Beistelltischchen.

29. Dez. 1878:
The Devil's Wapping 9.00 PM. Von RM Franzose
2000,– pro ct in AU:
GW – SO – MOU – DO – AAR – IN
= 250/ooo – 250/ooo – 125/ooo – 125/ooo – 125/ooo – 125/ooo.

„Wenn man es auf diese Weise betrachtet, ist es fast offensichtlich", sagte Phelps und schlug sich mit der flachen

Hand gegen die Stirn. „Die Übergabe fand demnach am neunundzwanzigsten Dezember vor fünfzehn Jahren in Wapping statt."

„Im heutigen Prospect of Whitby", sagte Swanson, „das früher ‚The Devil's Tavern' hieß."

„Und der Käufer bezahlte in Gold", setzte Mr Horne hinzu. „2000,– pro Karat in AU."

„AU?" Phelps schob die Unterlippe vor. „Was ist das?"

„Oh, Aurum, Sir", erklärte Archibald. „Lateinisch für Gold. Hat sich so eingebürgert unter Goldschmieden." Er lächelte verlegen. „Mit ‚ct' ist offensichtlich das Karatgewicht gemeint."

„Wäre es sehr schwierig oder zweitaufwendig gewesen, den echten Stein gegen einen falschen auszutauschen?", fragte Swanson, während Phelps neben ihm den aufgeklappten Notizblock auf dem Knie balancierte.

„Nicht, wenn man es gelernt hat", sagte Archibald. „Kaum länger als eine Viertelstunde."

„Haben Sie eine Vorstellung davon, wie viel der Diamant wiegt?", fragte Swanson.

„So um die 44 Karat", meinte Frederick. „Eher mehr als weniger."

Swanson nickte langsam. „Also genug für jeden von ihnen, um ein neues Leben zu beginnen."

„Entschuldigen Sie die Frage, Mr Swanson, Sir", sagte Mr Horne und rückte nervös auf seinem Stuhl herum. „Wie kommt es, dass Sie uns in Ihre Arbeit einweihen?"

„Weil ich in diesem Fall auf die Hilfe von Fachleuten angewiesen bin", sagte Swanson. „Und weil Sie die einzigen Goldschmiede in London sind, denen ich halbwegs vertraue." Er lächelte.

„Das ist sehr schmeichelhaft. Und es beruhigt mich ehrlich gesagt etwas", sagte Mr Horne. „Aber was macht Sie so sicher?"

„Ganz einfach. Der Mörder verbirgt sich sehr wahrscheinlich hinter einer den beiden verbliebenen Initialen. Und FG und AH stehen nicht auf der Liste." Dann wandte sich Swanson wieder Frederick zu. „Wenn meine Theorie stimmt, und die Diamanten vertauscht wurden, würde sich das im Nachhinein denn feststellen lassen?"

„Sicher", sagte Frederick. „Zeigen Sie mir den Diamanten, und ich sage Ihnen, ob er eine Fälschung ist."

„Dann lassen Sie uns am besten gleich gehen", sagte Swanson und stand auf. „Statten wir Lord Hope einen Besuch ab und sehen uns den Stein an."

„Das wird ein verflucht langer Ausflug", meinte Frederick, die Stirn gerunzelt. „Lebt er nicht irgendwo in Surrey?"

„Auf seinem Landsitz bei Dorking. Aber keine Angst, Mr Greenland, es wird nicht lange dauern", sagte Swanson mit einem aufmunternden Lächeln. „Zufällig weiß ich, dass Lord Hope sich gegenwärtig in seinem Londoner Stadthaus in Mayfair aufhält."

Sir Francis Hope, 8. Duke of Newcastle-under-Lyne und Besitzer des Hope-Diamanten, empfing die vier Männer in einem kleinen, unbeheizten Esszimmer, wo er allein am Tisch saß und einen Imbiss verzehrte – geräucherten Hering mit Spiegelei und Brot.

Von einem waschechten Lord hatte sich Swanson anderes erwartet.

„Es tut mir leid, Sie so kurzfristig überfallen zu müssen", sagte er und stellte seine Begleiter vor.

„Nicht der Rede wert." Hope winkte ab. „Worum geht es? In Ihrem Telegramm erwähnten Sie nur, es sei sehr dringend."

„Wir ermitteln im Fall der getöteten Goldschmiede. Und ich habe einige Fragen an Sie."

„Ah, ja. Ich hörte davon. Die Sache mit dem versilberten Mann vor dem Wachsfigurenkabinett. Sehr amüsant." Er fuchtelte mit der Gabel, ehe er den Hering zerteilte. „Ich weiß nichts weiter darüber. Doch nur zu – fragen Sie."

Swanson lehnte am Kaminsims. „Sie sind im Besitz des berühmten Hope-Diamanten, ist das richtig, Sir Francis?"

„Ja. Meine Tante vermachte ihn mir", sagte Hope nicht ohne Stolz. Er betupfte sich die Mundwinkel mit der Serviette und legte das Besteck auf den Teller.

„Stimmt es, dass Sie versucht haben, den Stein vor ein paar Jahren zu beleihen?"

„Nun ja –"

„Steckten Sie in Geldschwierigkeiten?"

Hope richtete sich kerzengerade auf. „Ich wüsste nicht, was Sie das anginge."

„Wenn es um Mord geht", sagte Swanson und sah ihn sehr ernst an, „dann geht mich so gut wie alles an."

„Um Mord?"

„Es sind Menschen gestorben. Und wir nehmen an, es hat etwas mit dem Diamanten zu tun. Also, haben Sie ihn nun beliehen oder nicht?"

„Nein." Hope senkte Stimme und Blick, als er sagte: „Ich hatte einige Male ein ungünstiges Blatt beim Spiel. Daher wollte ich schon, aber ... ich konnte nicht. Mir waren die Hände gebunden." Er streckte sie vor, als könne er es damit beweisen. „Ich habe lediglich ein anteiliges Erbrecht an dem Stein. Nur wenn mein Cousin vor mir stirbt, geht der blaue Diamant in meinen alleinigen Besitz über."

„Könnte es sein, dass der Stein eine Fälschung ist?", fragte Sergeant Phelps.

„Eine Fälschung?" Hope lachte spöttisch. „Machen Sie sich nicht lächerlich, Mann!"

„Sie gaben ihn mehrfach aus der Hand, nicht wahr?"

„Bei ein, zwei Gelegenheiten ließ ich meine Frau ihn tragen, aber sonst war er immer sicher verwahrt in der Bank."

„Wir sprechen hier von der Überprüfung der Fassung

vor fünfzehn Jahren", sagte Swanson. „Als Sie den Diamanten in die Hände eines Goldschmieds gaben."

„Sie spielen offenbar auf den Überfall in Paignton an." Hope tupfte sich mit der Serviette den Schweiß von der Stirn. „Das war ein fürchterlicher Schock für uns. Es war pures Glück, dass er nicht für immer verloren ging."

„Haben Sie sich nie gewundert, weshalb die Räuber den Diamanten einfach so unbeachtet liegen ließen?", fragte er.

„Nein", antwortete Hope. „Ich hielt es für einen glücklichen Zufall – eine Fügung des Schicksals, wenn Sie so wollen."

„Ich halte nicht viel von Glück und Fügung und Schicksal", sagte Swanson. „Es muss einen Grund gegeben haben, weshalb man den Stein nicht anrührte."

„Tatsächlich?" Hope sah ihn ehrlich interessiert an. „Und welchen?"

„Der Überfall war eine Finte", sagte er. „Inszeniert nur zu dem einen Zweck, den echten Stein gegen eine Fälschung auszutauschen."

„Aber das ist ja unglaublich!"

„Finden Sie? Für mich klingt es absolut logisch." Swanson trat vor. „Nehmen wir einmal an, jemand hatte den Plan, den Hope-Diamanten gegen ein Imitat auszutauschen, ohne dass es irgendwer bemerkte. Was wäre da einfacher gewesen, als einen Überfall vorzutäuschen, den Stein auszutauschen und zur Ablenkung die Gold- und Silbervorräte mitzunehmen? Jedermann würde glauben, die Verbrecher hätten es nur auf leicht zu verkaufendes Edelmetall abgesehen gehabt."

„Aber es wurden Menschen ermordet", sagte Hope.

„Ein Unfall. Aber den nahmen die Räuber in Kauf", meinte Swanson. „Die Bank war zu sicher. Sie mussten den Stein an sich bringen, solange er sich in der relativ ungeschützten Goldschmiedewerkstatt befand. Und tatsächlich – niemand schöpfte Verdacht. Bis heute", setzte er hinzu.

Hope schüttelte ungläubig den Kopf. „Das ... das kann nicht Ihr Ernst sein."

„Doch, doch", versicherte Swanson. „Und sollte der Stein damals in Paignton tatsächlich ausgetauscht worden sein, wer, glauben Sie, hätte davon am meisten profitiert?"

„Ich habe nicht die geringste Ahnung."

„Tatsächlich nicht?" Swanson trat noch einen Schritt näher an Lord Francis Hope heran. Er senkte die Stimme, als er sagte: „Nehmen wir einmal an, Sie gaben damals den Auftrag, den echten Stein gegen eine Fälschung auszutauschen, solange sich der Stein nicht im Bankhaus hinter Schloss und Riegel befand – dann hätten Sie doch Gelegenheit gehabt, ihn unter der Hand zu veräußern, nicht wahr?"

Hope erbleichte. „Sie denken ..."

„Was ich denke, ist vollkommen irrelevant. Ich sammle lediglich die Fakten, Sir. Die Gedanken werden sich der Richter und die Geschworenen machen. Was ich weiß, ist, dass diese Morde und das Verschwinden des Diamanten in direktem Zusammenhang stehen. Wir fanden bei einem der ermordeten Goldschmiede ein Tagebuch. Darin ist eindeutig beschrieben, dass der Stein im Auftrag einer ganz bestimmten Person ausgetauscht worden ist."

„Und Sie denken, ich bin diese ganz bestimmte Person?"

„Der Gedanke liegt nahe, nicht wahr?"

„Aber ich habe rein gar nichts damit zu tun", entrüstete sich Hope. „Wissen Sie, wie alt ich damals gewesen bin?"

„Nein."

„Zwölf oder dreizehn. Es war mein Onkel, der den Diamanten vor fünfzehn Jahren zur Überprüfung der Fassung in jene Goldschmiede gab, nicht ich."

Das, dachte Swanson bei sich, schloss Sir Francis vermutlich aus dem Kreis der Verdächtigen aus. Aber ganz sicher war er sich nicht. Die heutige Jugend verrohte schließlich immer mehr. Er sah Hope direkt in die Augen und fragte: „Was taten Sie, um ihn zu beleihen? Und wann?"

„Das war vor ungefähr zwei Jahren. Und ich wusste ja gar nicht, dass ich ihn nicht beleihen durfte. Ich ließ eine Expertise über den Wert des Steins anfertigen und ..."

„Wohin gaben Sie ihn dazu?"

„Nirgendwohin", sagte Hope. „Jemand kam in die Bank. Seit der Sache damals in Paignton wollten wir kein Risiko mehr eingehen. Der Stein verblieb natürlich in der Bank und wurde dort von einem Gutachter bewertet."

„Wen beauftragten Sie?"

„Den renommiertesten, den wir finden konnten", sagte Hope. „Ein Mann aus Torquay. Mr Parr selbst empfahl ihn mir."

„Wie lautete sein Name?"

„Almond oder so ähnlich", sagte Hope. „Ich erinnere mich nicht genau."

„Könnte es Daniel Ormond gewesen sein?"

„Ja, ja, das ist der Mann."

Swanson und Phelps tauschten alarmierte Blicke.

„Es wäre sehr freundlich von Ihnen, wenn Sie uns jetzt zur Bank begleiten würden, Sir Francis", sagte Swanson.

Das Bankhaus Parr am Cavendish Square war ein imposantes Gebäude, das aus jeder Pore seiner beeindruckenden Coad-Steinfassade den Odem alten Reichtums verströmte.

„Sehr wohl, Mylord", sagte der steifrückige Angestellte, dem Lord Hope sein Anliegen, den Familienbesitz betrachten zu wollen, vorgetragen hatte. „Gentlemen – wenn Sie mir bitte folgen mögen." Sie taten es schweigend. Der Bankangestellte eilte voraus. Türen öffneten und schlossen sich wieder. Ein dunkler Gang folgte dem nächsten. Swanson bekam das Gefühl, sich im Labyrinth des Minotaurus zu befinden. Er konnte nur hoffen, dass der in der stickigen Luft der Katakomben schwer atmende Mann keinen Herzinfarkt erleiden würde. Ohne ihn würden sie aus diesem Gewirr von Gängen und Treppenfluchten nie im Leben wieder herausfinden. Dummerweise hatte er weder Kreide noch einen Bindfaden mitgenommen.

Der Tresorraum war dunkel und stickig. Der Bankbeamte, der ihnen die riesige Tür zu den Schließfächern geöffnet hatte, schwitzte und tupfte sich den Schweiß mit einem weißen Tuch von Hals und Nacken, als er die mächtige Tür wieder hinter ihnen zusperrte und sie bat, ihm zu folgen. Dann nahm er den klimpernden Schüsselbund und öffnete eines der Fächer. Darin lag auf einem kleinen hölzernen Sockel ein aus blauem Samt gefertigtes Säckchen, das von einer goldenen Schnur zusammengehalten wurde.

Der Bankangestellte öffnete es mit feierlicher Miene und entnahm ihm ein kunstvoll gearbeitetes Weißgoldcollier, in dessen Mittelteil der blaue Hope gefasst war – eingerahmt von zwölf lupenreinen, funkelnden Diamanten.

„Darf ich?“, fragte Frederick und streckte die Hand danach aus. Als Swanson ihm zunickte, zog er das Schleifpapier hervor, das er aus seiner eigenen Werkstatt mitgebracht hatte, und kratzte damit ein paar Mal über die blau funkelnde Tafel des Hope-Diamanten.

„Großer Gott!“, schrie Lord Francis Hope. „Was haben Sie getan, Sie Wahnsinniger? Sie haben ihn zerstört!“

„Diamanten, Mr Horne“, sagte Frederick gelassen und hielt den blauen Hope in der geschlossenen Faust in die Höhe, sodass die mit Brillanten besetzte Kette wie eine Schlinge herabbaumelte. „Was wissen Sie darüber?“

„Nun ..." Mr Horne sah verschüchtert von einem zum anderen. „Eine ganze Menge, denke ich. Was wollen Sie wissen. Dichte, Vorkommen, Kristallsystem ..."

„Die Härte würde mir für den Anfang vollkommen genügen", meinte Frederick.

„Ja nun – zehn natürlich auf der Skala von Mohs."

„Ah!" Über Fredericks Gesicht huschte das Lächeln des Triumphes.

Lord Francis Hope raufte sich die Haare. „Was soll all das Gerede noch!", schrie er. „Ich bin bankrott! Sie haben ihn zerstört! Ich kann Konkurs anmelden!"

„Das glaube ich nicht", sagte Frederick. „Denn was immer wir hier vor uns haben mögen, der berühmte blaue Hope-Diamant ist es mit Sicherheit nicht."

„Was?" Lord Francis starrte Frederick an, als sei der übergeschnappt.

Auch Swanson sah ihn fragend an, obwohl er schon ahnte, wie die Beurteilung ausgefallen war. „Hatte ich recht mit meiner Vermutung?"

„Das haben Sie, Chief Inspector. Dieses Schleifpapier, das ich benutzte, um damit die Oberfläche des Diamanten zu zerkratzen, ist aus Korund", sagte Frederick und sah in die Runde. „Ein Diamant ist der härteste natürliche Stoff. Ich möchte Sie nicht mit wissenschaftlichen Details langweilen, aber er ist um ein Hundertvierzigfaches härter als Korund und würde sich von diesem Schleifpapier nicht ritzen lassen."

„Damit ist also eindeutig bewiesen, dass es sich bei dem blauen Stein, der sich seit Jahren in diesem Schließfach befindet, nicht um den Hope-Diamanten handeln kann", sagte Swanson.

Lord Francis Hope war puterrot im Gesicht. „Und was, zum Teufel, soll das heißen?"

„Es heißt", sagte Frederick sehr ernst, „dass dieser Stein hier eine sehr geschickte Fälschung ist." Um es zu beweisen, fuhr er mit dem Schleifpapier über die anderen Diamanten – sie blieben unversehrt. „Sehen Sie."

„Das Collier hat dieses Bankschließfach seit Jahrzehnten nicht mehr verlassen; von den paar Malen abgesehen, an denen ich es herausnahm, um es ..." Mit einer Mischung aus Entsetzen und Unglauben blickte Hope Swanson an. „May. Sie wird es doch wohl nicht ..." Er schüttelte den Kopf. „Nein, nein. Unmöglich. Es war ja immer jemand dabei."

„Von welchen Malen sprechen Sie?", fragte Swanson. „Und wer ist diese May?"

„Meine Frau", sagte Hope. „Aber sie ist über jeden Verdacht erhaben."

Lord Francis Hope saß zusammengesunken im Büro des Bankdirektors in einem Sessel. Ein gebrochener Mann. Selbst Swansons Versicherung, er würde den blauen Diamanten zurückerhalten, wenn man den Namen des Käufers erst einmal herausgefunden habe, vermochte nicht, ihn zu beruhigen. Sogar den Tee, den man ihm anbot, ignorierte er. „Ich bin ruiniert", murmelte er immer wieder. „Bankrott. Vollkommen erledigt."

„Es ist ganz offensichtlich", sagte Swanson. „Sir Francis hat nichts mit der Sache zu tun. Wir hatten recht. Der Stein ist damals bei dem Überfall ausgetauscht worden. Und einer der beiden letzten Männer auf der Liste muss der Mörder sein."

„Aber, Sir", sagte Phelps, „das bedeutet ja, Daniel Ormond, der Diamantgutachter, ist unser Killer. Wenn er den Diamanten vor zwei Jahren in der Bank begutachtete, wie kann ihm da entgangen sein, dass es sich um eine Fälschung handelte."

„Wenigstens steckt er bis zum Hals mit drin, Phelps", sagte Swanson und nickte. „Er hat gelogen, was den Stein angeht. Ihm blieb ja gar nichts anderes übrig, als die

Echtheit des Diamanten zu bestätigen. Andernfalls hätte man sofort angefangen, Ermittlungen einzuleiten. Doch ihn jetzt damit zu konfrontieren, wäre nicht schlau. Denn wenn er nicht Mr Greenlands rabiate Methode anwandte, könnte er sich wohl noch immer damit herausreden, das Licht sei schlecht gewesen. Ganz sicher gehörte er zur Bande. Aber ob er auch Elias Gius ist, das können wir noch nicht mit Bestimmtheit sagen."

„Elias Gius?" Frederick sah Swanson ehrlich entgeistert an. „Ist das Ihr Mörder?"

„Wieso? Kennen Sie den Mann?"

„Selbstverständlich", sagte Frederick. „Streichen Sie zwei Buchstaben und Sie haben den Bischof von Noyon. Aber bevor Sie jetzt loslaufen, um ihn zu verhaften, muss ich Ihnen sagen: Der Mann ist seit dreihundert Jahren tot. Der heilige Eligius ist einer der beiden Schutzpatrone der Goldschmiede. Ihnen zu Ehren findet am ersten Dezember der große Ball in der Goldsmiths' Hall statt."

Der Ball, dachte Swanson. Konnte es ein, dass alles darauf hinauslief? Hatte der Killer aus diesem Grund den Namen eines der Schutzheiligen gewählt? Womöglich war das Fest der Schlüssel zu diesem verworrenen Fall. „Wenn das so ist, muss ich vor Ort sein", sagte er. „Wären Sie und Mr Horne eventuell bereit, mich dorthin zu begleiten?"

„Wenn ich recht habe, dann ist einer der beiden verbliebenen Männer unser Mörder", sagte Swanson eben, „Daniel Ormond oder der mysteriöse I. N." Zwei Stunden nach ihrem Besuch im Bankhaus Parr saßen sie nun im Horne'schen Wohnzimmer beisammen, tranken Mrs Hornes selbst gemachte Limonade und sprachen über den Ball, den die Goldschmiedeinnung am ersten Dezember in der Goldsmiths' Hall zu Ehren ihrer Schutzheiligen geben würde. „Aber um ihn zu überführen, können wir erst mal nichts weiter tun als abwarten. Und hoffen, dass er sich an unsere Theorie hält."

„Sie glauben", fragte Catherine Horne, „der Mörder wird zu diesem Fest gehen?"

„Das ist sehr wahrscheinlich, Mrs Horne", meinte Swanson. „Wir vermuten, er will dort seine letzten Opfer finden."

„Weshalb machen Sie es ihm dann so einfach? Wäre es nicht sicherer für alle Beteiligten, so weit wie möglich über das Land verstreut zu sein, als sie ihm in einem Raum quasi auf dem Silbertablett zu servieren?"

„Nun", meinte Swanson, „Sie vergessen, dass wir sie so alle viel besser beschützen können. Wenn wir wissen, wo sie sich aufhalten, können wir ein Auge auf sie haben."

„Ich weiß nicht, ob ich möchte, dass mein Mann an diesem Ball teilnimmt." Sie umschlang zärtlich seinen Arm und drückte sich an ihn. „Was, wenn der Mörder es auch auf ihn abgesehen hat?"

„Wir glauben, dem Täter geht es um eine ganz bestimmte Person", sagte Swanson. „Wahrscheinlich ein Mitwisser in einem lange zurückliegenden Verbrechen, den er um jeden Preis loswerden will. Wir haben ein paar Initialen, die darauf hinweisen. Die Ihres Gatten sind nicht darunter. Darum ist er auch nicht in Gefahr. Seien Sie unbesorgt."

Catherine Horne sah nicht sehr überzeugt aus. „Das Ganze gefällt mir nicht", sagte sie. „Erst neulich haben Sie meinen Mann fast umgebracht, Mr Greenland. Um ein Haar wäre er ertrunken."

„Und ich bin untröstlich deswegen", sagte Frederick. „Das können Sie mir glauben, Mrs Horne. Ich habe ihn in diese gefährliche Lage gebracht. Es wird nicht wieder geschehen."

„Ich passe schon auf mich auf, Liebes", sagte Mr Horne

beruhigend und schaute sie aufmunternd und tapfer an.

Sie schüttelte den Kopf, sodass ihre rotblonden Locken flogen. „Nein. Das ist mir zu gefährlich. Ich lasse es nicht zu."

„Sie können Ihren Gatten begleiten, wenn Sie wollen", sagte Swanson. „Wir würden Ihnen einen Tisch ganz in unserer Nähe geben."

Diese Aussicht schien sie etwas milder zu stimmen. „Angenommen, der Mörder wäre einer Ihrer beiden Verdächtigen und unter den Gästen", sagte sie, „wäre es da nicht sehr dumm von ihm, den Mord vor all den Leuten zu begehen? Ich meine –", sie stieß ein kleines Lachen hervor. „Er würde sich doch selbst verraten. Sie bräuchten nur noch hinzugehen und den, der übrig bleibt, zu verhaften."

Mr Horne errötete. „Cathy", sagte er, „bitte hör auf, dem Chief Inspector Ratschläge zu erteilen."

„Mr Swanson wird schon nicht gleich tot umfallen, wenn ihm eine Frau mal einen Denkanstoß gibt. Außerdem stimmt, was ich gesagt habe."

„Nun, Mrs Horne, im Grunde gebe ich Ihnen ja recht", meinte Swanson schmunzelnd. „Allerdings ist es wohl nicht ganz so einfach. Falls er nämlich ein Alibi für die Morde hat, wird's schon schwierig. Und man muss die Spuren berücksichtigen, die wir gefunden haben."

„Lavendelöl zum Beispiel, das er sich auf die Füße schmiert", warf Sergeant Phelps breit grinsend ein und fing sich dafür einen vernichtenden Blick seines Vorgesetzten.

„Lavendelöl?", fragte sie. „Hat eine Frau diese Morde begangen?"

„Wie kommen Sie darauf, Mrs Horne?", fragte Swanson.

„Ganz einfach", erwiderte sie. „Jede Frau reibt sich damit die Füße ein, damit sie schön geschmeidig bleiben. Ich auch. Ich habe nie von einem Mann gehört, der so etwas macht", fügte sie mit einem Lachen hinzu. „Ihr Mörder ist also offenbar eine Amazone."

Diesen Begriff hatte Swanson in letzter Zeit schon einmal gehört – er konnte sich nur nicht mehr erinnern wo. „Eine äußerst merkwürdige Bezeichnung."

„Finden Sie? Also, ich halte sie für sehr treffend", entgegnete sie. „Ich sage schon immer zu meinem Mann, dass man uns Frauen zu Unrecht unterschätzt. Alle Welt hält uns für unfähig, etwas anderes zu tun, als den Haushalt zu führen und zum Zeitvertreib Kissen zu besticken. Man wird ja schon komisch angesehen, wenn man für den Gatten die Zeitung kauft. Aber es wird sich einiges ändern. Jetzt haben wir bald das Wahlrecht und ..."

„Gott behüte", murmelte Phelps.

„Ja, aber so ist es doch", fuhr Catherine Horne fort. „In Neuseeland haben sie es schon. Es ist nur eine Frage der Zeit, bis wir es hier in Großbritannien auch haben."

„Gott behüte", murmelte diesmal Mr Horne und rieb sich dabei mit der Hand über den Mund, als wollte er die Worte noch im Keim ersticken.

„Sie sprachen von Amazonen, Mrs Horne", sagte Swanson. „Wen genau meinten Sie damit?"

„Die Feministinnen natürlich", sagte sie, stemmte die Hände in die Hüften und warf kämpferisch den Kopf in den Nacken. „Moderne Amazonen in einer modernen Zeit. Ich bin drauf und dran, mich ihnen anzuschließen."

„Cathy!" Mr Horne war einigermaßen aufgebracht. „Du wirst nichts dergleichen tun!"

Sie stieß ein glockenhelles Lachen aus. „Ach, Archie, du ewiger Träumer. Die Welt dreht sich weiter. Auch wenn du es nicht wahrhaben willst. Und für uns Frauen wohl ein bisschen schneller, wie es mir vorkommt. Ihr Männer solltet euch ranhalten, damit ihr den Anschluss nicht verpasst."

Mr Horne wurde die Sache langsam sichtlich peinlich, wie Swanson feststellte. Offenbar war ihm der Gedanke unangenehm, sie könnten den Eindruck gewinnen, er habe sein Eheleben nicht im Griff. „Hast du nicht in der Küche zu tun, Cathy?“, fragte er schließlich. „Oder irgendeine Handarbeit, mit der du dich zurückziehen kannst?“

„Die Küche ist blitzsauber. Und ich will mich auch gar nicht zurückziehen“, sagte Mrs Horne. „Ich habe es satt, dass man mir sagt, was gut für meine Ohren ist. Ich habe es satt, wie ein Kind behandelt zu werden. Und ich habe es ebenso satt, immer meinen Mann vorzuschieben, wenn ich mir mal eine Zeitung kaufen will.“

„Sie lesen in der Zeitung?“ Sergeant Phelps war schockiert. „Ich kann mir nicht vorstellen, wie Sie die ganzen politischen Zusammenhänge begreifen wollen, die ...“ Weiter kam er nicht, denn eine schallende Ohrfeige traf ihn.

„Das war für die Beleidigung, Sergeant.“ Sie sah ihn böse an. „Nicht nur meinetwegen – das war stellvertretend für das ganze weibliche Geschlecht. Sagen Sie, was denken Sie sich eigentlich? Wahrscheinlich gar nichts, hm? Nur weil ich eine Frau bin, soll ich weniger begreifen als Sie? Wissenschaftler haben inzwischen festgestellt, dass das weibliche Gehirn weit mehr wiegt als das der Männer. Und der liebe Gott hat es uns bestimmt nicht nur deshalb in den Kopf gesteckt, damit wir Kochrezepte nicht vergessen und uns beim Sticken nicht in die Finger stechen. Darüber sollten Sie einmal nachdenken, Sergeant.“ Catherine Horne erhob sich mit einem Lächeln, knickste und fragte zuckersüß: „Möchte noch jemand ein Glas Limonade?“

Mit offenen Mündern blickten sie ihr nach, als sie durchs Wohnzimmer schwebte und durch die Tür zur Küche verschwand.

FÜNFTER TEIL

Elias Gius

KAPITEL 10

Der Dezember kam. Und mit ihm der erste Schnee des Jahres.

Über die Fleet Street und den Strand spannten sich mit goldenen und roten Bändern durchzogene Tannengirlanden, und vor jedem zweiten Geschäft stand ein Geiger oder Trompeter, der versuchte, mit seinen Liedern so etwas wie Weihnachtsstimmung zu verbreiten. Ein geschickter Werbegag, um Kunden in die Läden zu locken. Neuerdings begannen sie schon Anfang November damit. Donald Swanson schüttelte den Kopf über das Treiben der Händler. Die schöne Festlichkeit ging immer mehr vor die Hunde. Irgendwann, da war er sich sicher, würden sie schon im Oktober damit anfangen. Er hoffte nur, dass er selbst es nicht mehr würde erleben müssen.

Die Hände tief in den Manteltaschen, schlenderte er die Nordseite des Strand in Richtung Charing Cross hinunter. Vorbei an Glöckchen klingelnden Spendensammlern und einbeinigen Bettlern, die sich der spendenfreudigen Jahreszeit entsprechend mit Hüten und Mützen in Übergröße ausgestattet hatten.

Drei Morde in nur vier Monaten, den Dezember schon mitgerechnet, und sie waren dem unheimlichen Elias Gius kaum einen Schritt näher gekommen. Jedes Juweliergeschäft, an dem Swanson vorüberkam, verursachte ihm Gänsehaut. Dieser Fall besaß eine makabre Faszination, nicht nur für die Presse. Auch er konnte sich dessen nicht gänzlich erwehren. Tod und Schönheit hatten nie dichter beieinander gelegen. Er würde wohl nie wieder Schmuck betrachten können, ohne an verbrannte Lippen zu denken und Füße, unter die man Hufeisen genagelt hatte.

Die Urnenbestattung von Miles Owen Unwin hatte vor einigen Wochen in aller Stille im kleinen Kreis auf dem Friedhof von Golders Green stattgefunden. Denn Gold, der

Ansicht schien zumindest Unwins Witwe zu sein, solle doch bitte schön bei Gold bleiben. Auch wenn der Mann versilbert worden war. Die wenigen Trauergäste, die sich neben Unwins Familie und seinen Angestellten in der zugigen kleinen Kapelle eingefunden hatten, waren zwei angesehene Geschäftsleute und ein Mitglied des Oberhauses – lediglich eine Handvoll Männer in schwarzen Anzügen und knallgrünen Schlipsen belegte die hinteren Sitzreihen mit Beschlag; und die benahmen sich ausgesprochen weibisch.

Mit diesen Gedanken im Herzen schlenderte Swanson in Richtung White Hall und Scotland Yard. Man konnte den Menschen nur vor den Kopf gucken, dachte er. Hoffentlich war es kein Fehler gewesen, Frederick Greenland und Archibald Horne ins Vertrauen zu ziehen.

Pünktlich um halb sieben trafen sich Swanson und Phelps mit Greenland und den Eheleuten Horne wie verabredet an einem Nebeneingang der Goldsmiths' Hall. Noch einmal bat er sie, während des Essens auf alles zu achten, was ihnen merkwürdig oder verdächtig vorkam.

Obgleich er zuvor schon hier gewesen war, um die Räumlichkeiten zu inspizieren und über die Sitzverteilung der Gäste zu wachen, war Swanson von der Pracht und der Eleganz des Gebäudes wieder aufs Neue beeindruckt. Eine breite Marmortreppe führte von der Vorhalle in den zweiten Stock und zu den drei Sälen hinauf, in denen das Festbankett stattfinden würde. Ein riesiger Kronleuchter aus geschliffenem Kristall hing von der hohen gewölbten Decke, die mächtige, reich verzierte Säulen stützten. Überall auf den Simsen und in Wandnischen standen kostbar aussehende und zum Teil vergoldete Statuen. Mrs Horne entschuldigte sich kurz, um die Räume für Damen aufzusuchen und ihre Nase zu pudern. Während sie auf halber Treppe warteten, nickte Swanson unauffällig einem seiner zahlreichen Kollegen zu, die sich in Zivil gekleidet unter die übrigen Gäste mischten und versuchten, nicht wie Polizisten auszusehen. Schließlich setzte sich das kleine Grüppchen wieder in Bewegung, und als sie an einer mannshohen, blattvergoldeten Statue vorüberkamen, stieß Frederick Swanson an und sagte: „Das, mein lieber Chief Inspector, ist St. Dunstan, unser Schutzheiliger. Und dort drüben auf dem Gemälde neben der Tür – das ist Eligius."

Das Bild zeigte einen Mann mit roter Mütze. Er saß an einem Tisch. Eine Waage, Edelsteine und Werkzeuge vor sich. Doch was Swanson am meisten erschreckte, war ein Weihrauchschwenker in seiner Hand und der abgeschnittene Pferdefuß am Rande des Bildes. „Was stellt der Pferdefuß dar?", fragte er.

„Angeblich war Eligius auch ein begnadeter Hufschmied. Der Legende nach kam eines Tages ein Fremder zu ihm, schlug einem Pferd das Bein ab und schmiedete es dem Tier wieder an", sagte Frederick. „Als Eligius es ihm gleichtun wollte, funktionierte es natürlich nicht. Und er sah ein, dass nur Gott allein zu solchen Taten fähig ist. Daraufhin fand er zum Glauben, ging ins Kloster und widmete sich der Goldschmiedekunst."

„Und weswegen verehrt man ihn?"

„Wie St. Dunstan wacht er über die Goldschmiede", sagte Frederick. „Zu seiner Zeit gab er den Armen, beschützte die Schwachen und bestrafte die Übeltäter, nehme ich an." Aus dem Saal kam das dezente Läuten einer Glocke. „Oh, es scheint loszugehen. Kommen Sie, Chief Inspector, sonst fängt man noch ohne uns an."

Die drei Säle waren prachtvoll geschmückt, die langen Tische mit den funkelnden Silberbestecken und dem kostbaren Porzellan bis auf den letzten Platz besetzt. Auch hier verströmten opulente Kristallleuchter dezentes elektrisches Licht.

Sie standen in der offenen zweiflügeligen Tür, als

Frederick fragte: „Haben Sie eigentlich schon einen Verdacht?"

„Wir haben die Gästeliste überprüft und unser Augenmerk auf diejenigen mit den Initialen DO und IN gerichtet", flüsterte er Frederick zu. „Fünf Personen kommen in Frage: Daniel Ormond, der Diamantgutachter, Dietherr Obermeier, ein Goldschläger aus Deutschland, und David O'Toole aus Irland – ebenfalls Goldschmied. Dann Ira Norton, ein Silberschmied aus Sheffield, und Isabell Nasic, eine Goldschmiedin aus Ungarn."

Auf keinen von ihnen traf die Beschreibung zu, die sie von Elias Gius hatten; vielleicht am ehesten noch auf die schwarzhaarige Schönheit aus Ungarn – doch der Bart fehlte. Isabell Nasic war eine rassige Frau. Sie trug ein bauschiges, tief dekolletiertes Rüschenkleid und zog sämtliche Blicke auf sich.

„Mrs Horne habe ich zwischen Norton und Ormond gesetzt", fuhr Swanson fort. „Ihren Mann neben O'Toole und Sie, Mr Greenland." Und als Frederick fragend in Richtung Ungarn blickte: „Sergeant Phelps wacht über Miss Nasic und den Deutschen. Ich selbst werde mal hier, mal dort sein. Immerhin verteilt sich dieses Fest auf drei große Räume."

„Wie, denken Sie, wird er es machen? Hier vor aller Augen?"

„Ich wünschte, ich könnte diese Frage bereits beantworten", sagte Swanson und machte sich auf den Weg zu Daniel Ormond, der an seinem Tisch stand und aus der Ferne Miss Nasic anstarrte. Swanson trat von hinten an den Diamantgutachter heran, legte ihm eine Hand auf die Schulter und sagte sehr leise: „Sie bewerteten den blauen Diamanten vor einigen Jahren für Lord Hope. Warum erwähnten Sie bei unserem Besuch nichts davon?"

„Ganz einfach – Sie haben mich nicht danach gefragt, Chief Inspector. Sie können sich vorstellen, wie wichtig

Diskretion in meinem Beruf ist. Wie schnell ist ein guter Ruf verloren."

„Oder das Leben, Mr Ormond", sagte Swanson, klopfte ihm auf die Schulter und ging. „Oder das Leben."

Archibald und Catherine Horne hatten ihre Plätze bereits eingenommen. Mr Horne saß seiner Gattin gegenüber und Frederick setzte sich zu ihm.

Während der Vorsitzende der Goldschmiedeinnung seine Begrüßungsrede hielt, wanderte Swanson durch die Räume. An den Ein- und Ausgängen der Goldsmiths' Hall hatte er je zwei Constables postiert, die sich jeden Gast, der das Gebäude betrat oder verließ, genauestens ansahen. Zwar bezweifelte er, dass Elias Gius es unter diesen Umständen wagen würde, abermals zuzuschlagen, aber man konnte nie wissen. Wenn er vorhatte, einen weiteren Mord zu begehen, würde es aller Wahrscheinlichkeit nach hier und heute geschehen. Verwegen genug war er. Swanson hatte alle ihm zur Verfügung stehenden Maßnahmen ergriffen, dies zu verhindern. Es wimmelte von Polizisten in Zivil, und draußen in einer Seitengasse stand versteckt ein Pferdewagen der Einsatzleitung, in dem Beamte des Yard noch einmal jede Einzelheit der Feierlichkeit bis ins Detail durchgingen. Sie überprüften die Gästeliste, das für diesen Abend engagierte Personal und sämtliche Redner des Abends. Inspizierten auch jeden Winkel des weitläufigen Gebäudes, um sicherzugehen, dass es niemandem gelang, dort eine Bombe zu verstecken. Wer nicht geladen war, kam nicht hinein. Und jeder Mann, der eine Kippa und einen schwarzen Bart trug, kleine Füße hatte und über eins sechzig groß war, wurde herausgewinkt und musste sich einer peinlichen Leibesvisitation unterziehen. Scotland Yard hatte ganze Arbeit geleistet. Es war eine absolut sichere Sache. Nicht mal einer Kopflaus wäre es möglich gewesen, die Goldsmiths' Hall an diesem ersten Dezember unbemerkt zu betreten.

Swanson durchwanderte die beiden kleineren Säle und kehrte schließlich in den großen Saal zurück, als um Viertel vor acht die Vorsuppe aufgetragen wurde.

Die Stimmung war ausgelassen. Man aß und plauderte, tauschte sich über die neuesten Entwicklungen auf dem Gold- und Edelsteinmarkt aus oder tuschelte hinter vorgehaltener Hand über Isabell Nasic, die gar nicht genug Arme hatte, um sich der großen Zahl aufdringlicher Verehrer zu erwehren.

Schlag acht Uhr verlosch unvermittelt das Licht.

Ein Raunen ging durch den Saal. Sie alle konnten den verzweifelten Schrei einer Frau hören. Dann fiel polternd ein Stuhl um, und die große Flügeltür krachte zu. Irgendwo rief jemand nach Streichhölzern. Warum zum Teufel gab es keine Kerzen auf den Tischen? Swanson konnte Archibald Horne nach seiner Frau rufen hören. Überall im Saal wurden Streichhölzer angerissen, während Swanson sich im schwachen Schein der kleinen Flämmchen den Weg in die Richtung bahnte, aus der der Schrei gekommen war.

Plötzlich sprang das Deckenlicht wieder an, und er registrierte vier Dinge gleichzeitig: Beinahe alle im Saal standen. Catherine Hornes Platz war leer, und ihr Mann suchte den Raum mit panischen Blicken nach seiner Frau ab. Auch Daniel Ormond war nirgends zu entdecken.

Dann fiel sein Blick auf die Leiche.

Ira Norton war vornübergekippt und lag mit dem Gesicht im Suppenteller. Swanson eilte an seine Seite und fühlte am Hals dessen Puls. Verdammt! Der Mann war mausetot. „Niemand verlässt den Saal!", rief er. Es gab einen allgemeinen Aufruhr. Überall Gekreische, als auch die anderen Gäste den Toten bemerkten. Sergeant Phelps und zwei seiner Kollegen versuchten die Leute zu beruhigen, die wild durcheinanderschrien. Allein die ungarische Schönheit saß seelenruhig an ihrem

Platz und schaute dem Treiben scheinbar gelassen zu.

Am Rücken der Leiche Ira Nortons war mit einer hufeisenförmigen goldenen Nadel ein zusammengefalteter Zettel angeheftet. Swanson zog die Nadel heraus, legte sie behutsam beiseite und faltete mit spitzen Fingern den Zettel auseinander.

Der Gerechtigkeit ist Genüge getan, Chief Inspector.
Lassen Sie mich gehen, oder sie wird sterben.
Elias Gius

„Mein Gott! Er hat sie gezwungen, ihr eigenes Todesurteil zu schreiben", rief Mr Horne, der Swanson über die Schulter geblickt und in dem dünnen, hastig hingeworfenen Gekrakel offenbar sofort die Handschrift seiner Frau erkannt hatte.

„Weit kann er nicht gekommen sein", meinte Swanson. „So, wie ich Ihre Frau kenne, Mr Horne, wird sie sich wohl kräftig gewehrt haben. Wir müssen Ormond so schnell wie möglich nach. Sie bleiben besser hier."

„Ich komme mit!", rief Horne.

„Nein." Swanson sah den jungen Goldschmied sehr ernst an. „Tut mir leid, aber das kann ich nicht zulassen." Er hob den Zeigefinger. „Sie bleiben bei Mr Greenland. Wenn Sie wollen, dass Ihrer Gattin nichts geschieht, halten Sie sich aus der Schusslinie. Sie sind viel zu aufgebracht, um hier eine Hilfe zu sein. Halten Sie sich zurück. Ich werde tun, was ich kann. Bitte vertrauen Sie mir."

Und damit eilte Swanson davon.

Archibald Horne wollte Swanson folgen, doch Frederick packte ihn am Ärmel und hielt ihn zurück. „Swanson hat recht", sagte er. „Wenn Sie sich in Ihrer aufgewühlten

Gemütslage einmischen, geht es womöglich schlecht für Ihre Frau aus."

„Aber ich kann sie doch nicht allein lassen", rief Archibald und plumpste wieder auf seinen Stuhl. „Sie muss schreckliche Angst haben. Was, wenn er sie umbringt?"

„Swanson wird wissen, was er tut", versuchte Frederick ihn zu beruhigen. „Kommen Sie, setzen Sie sich und trinken Sie einen Schluck zur Beruhigung." Er hielt ihm ein Brandyglas hin.

Archibald sprang auf. „Ich kann doch nicht seelenruhig hier sitzen bleiben und zusehen, wie jemand meine Frau umbringt!", rief er. Und noch ehe Frederick ihn aufhalten konnte, war Archibald auch schon losgerannt.

Swanson hastete über die Galerie, vorbei an einzelnen Gäste, die in den beiden anderen Sälen ihren Platz hatten und mit fragenden Gesichtern im Weg standen, und die Treppe hinunter, den Revolver in der Hand und immer zwei Stufen auf einmal nehmend. Vor ihm die Vorhalle, der sich ein endlos langer Korridor anschloss, welcher sich nach rechts und links erstreckte. Ormond war mit Mrs Horne nach rechts verschwunden, dessen war Swanson sich beinahe sicher. Geradeaus konnte er nicht, denn die Eingangstüren wurden bewacht. Links lagen die Toiletten und die Loge des Hausmeisters. Swanson rannte nach rechts und gelangte nach einer Ewigkeit an eine Tür. Sie war nicht verschlossen. Dahinter lag ein schmaler, düsterer Gang. Eine weitere Tür führte ihn in eine Art Lagerraum. Hier war es stockdunkel. Überall standen mit Tüchern bedeckte Möbelstücke. Vorsichtig ging er weiter, den Tranter Revolver vor sich haltend. Er hörte ein Geräusch neben sich und fuhr herum. Es war bloß eine Katze, die von einem Sessel heruntergesprungen war, sich vor ihm duckte und ihn anfauchte.

Swanson sah nach links und rechts. Er schlich geduckt weiter, achtete darauf, dass er sich im Schatten hielt, während das fahle Mondlicht durch die kleinen, verdreckten Fenster hereinfiel und die Durchgänge zwischen den verhüllten Möbelstücken und aufeinandergestapelten Kisten mit kaltem, schwachem Licht erfüllte.

Swanson gewahrte eine Bewegung links neben sich und wandte sich in diese Richtung. Er blinzelte. Trotz des fahlen Mondlichts sah er kaum die Hand vor Augen.

Ungeschickte Schritte in der Finsternis. Etwas fiel scheppernd zu Boden und zerbrach. Dann herrschte wieder gespenstische Stille.

„Ormond!", rief Swanson. „Kommen Sie raus! Das Spiel ist aus! Es hat keinen Zweck mehr, davonlaufen zu wollen." Er lauschte – nichts. Die Waffe in der Hand, riss Swanson ein Zündholz an, doch das Licht der Flamme blendete ihn mehr, als dass es die Umgebung erhellte. Er machte zwei weitere Schritte.

„Bleiben Sie, wo Sie sind!", rief Ormond. Panik schwang in seiner Stimme mit. „Kommen Sie nicht näher!"

„Lassen Sie Mrs Horne gehen!", rief Swanson in die Dunkelheit hinein. Ein heiseres Lachen war die Folge, und er glaubte, in der Finsternis vor sich eine Silhouette auszumachen. Fieberhaft überlegte er, wie er den Mann davon überzeugen könnte, seine Geisel freizugeben. Doch wie überzeugte man jemanden, der kalten Herzens mindestens vier Menschen ermordet hatte? An sein Gewissen zu appellieren schien ihm wenig sinnvoll zu sein. Er würde auf Zeit spielen müssen. „Kommen Sie schon, Ormond, ich weiß längst, dass Sie an dem Überfall auf die Goldschmiede in Paignton beteiligt waren."

„Ja", gab er schließlich zu. „Ich war dabei."

„Erzählen Sie mir davon", sagte Swanson. „Es ging von Anfang an um den Hope-Diamanten, nicht wahr?"

Eine Weile kam nichts. Dann sagte Ormond: „Hören

Sie, wir hatten damals alle kaum was zu beißen und kein Geld für eine eigene Werkstatt. Der Einzige von uns in Lohn und Brot war Stephen Osbourne. Als der uns dann erzählte, Halston hätte damit geprahlt, er würde den Hope bearbeiten dürfen ..." Er verstummte.

„Weiter. Sie haben nichts mehr zu verlieren."

„Wigfield kannte Raphael Mandelbaum, einen Sammler in London, der jeden Preis für den Hope gezahlt hätte. Wir dachten, wenn wir den Diamanten stehlen und austauschen könnten, würde sein Verkauf uns alle zu reichen Männern machen. Es wäre so einfach gewesen: das Geschäft überfallen, die Angestellten in Schach halten, während Unwin den Hope gegen das Imitat austauschen würde, das ich angefertigt hatte. Es hätte nicht länger als eine halbe Stunde gedauert." Ormonds schweres, hektisches Atmen war zu hören. „Wir hatten nicht vor, jemanden zu verletzen, schon gar nicht die Kinder – das müssen Sie mir glauben. O Gott, wenn Halston sich doch bloß nicht gewehrt und Unwin die Maske vom Gesicht gerissen hätte. Dann hätte Miles ihn niemals erstochen." Er hustete. „Richardson drehte dann vor Angst völlig durch und fing an, den Leuten die Schädel einzuschlagen. Da konnten wir doch gar nicht mehr anders. Wir konnten niemanden am Leben lassen." Ormond verstummte wieder, und Swanson bildete sich ein, er würde ihn schluchzen hören.

„Wie ging es weiter?"

„Es war furchtbar. Keiner von uns kam gut damit klar, aber Osbourne war danach überhaupt nicht mehr zu gebrauchen. Er war dermaßen hin, dass Norton und Wigfield sogar meinten, er sei ein unwägbares Risiko und wir müssten ihn aus dem Weg räumen. Wir zogen die Sache dann aber durch wie abgemacht. Mandelbaum bekam den Hope. Osbourne lehnte seinen Anteil ab, und wir teilten das Geld unter uns fünfen auf."

„Wo ist der Hope-Diamant jetzt?", fragte Swanson.

„Mandelbaum hat ihn noch immer", sagte Ormond.

„Doch das ist noch nicht die ganze Geschichte, Mr Ormond. Warum jetzt Ihre Kollegen? Was war Ihr Motiv, sie zu töten? Habgier? Die Angst, jemand könne nach all den Jahren doch noch reden?", fragte Swanson. „Wenn es Ihnen nur darum gegangen wäre, unliebsame Mitwisser auszuschalten, hätten Sie sich das ganze Brimborium mit dem Versilbern, den Hufeisen und das Theater mit dem Weihrauch sparen können. Was bezweckten Sie mit den Morden?"

Ein unverständliches Gemurmel war zu hören. Und plötzlich krachte ein Schuss.

„Nicht schießen!", schrie Ormond. „Um Gottes willen, nicht schießen!"

Das mochte ein Trick sein, dachte Swanson und duckte sich reflexartig. Keinen Augenblick zu spät. Und als Ormond zum zweiten Mal schoss, zielte Swanson auf das Mündungsfeuer und drückte ab.

Ein heiserer Schrei. Dann Stille.

„Mrs Horne?", rief Swanson. Nichts. „Sind Sie da? Geht es Ihnen gut?"

Im Foyer waren Frederick und Archibald Horne unterdessen dem Hausmeister in die Arme gelaufen.

„Was war denn das für ein Krach da oben?" Der Mann hatte die Fäuste in die Hüften gestemmt und sah sie mit gerunzelter Stirn an.

„Haben Sie meine Frau gesehen?", fragte Archibald. Seine Stimme überschlug sich fast. „Groß, rote Locken ..."

„Ja, ja", sagte der Hausmeister lahm. „Ich weiß, wen Sie meinen. Sie sind doch der junge Mann, wegen dem ich das Licht ausmachen sollte. Ihre Verlobte hat Sie mir vorhin gezeigt."

„Was? Ich verstehe nicht ganz."

„Kam vor dem Essen zu mir in die Loge und fragte, ob ich um acht mal kurz das Licht oben löschen würde. Sagte, sie wolle Sie mit dem ersten Kuss überraschen. Gab mir fünf Pfund. Und weil ich ein romantischer Mensch bin ..." Er zuckte die Achseln. „Sieht aus, als hätt's nicht ganz den erwünschten Erfolg gehabt."

Frederick schossen tausend Gedanken gleichzeitig durch den Kopf. „Wie lautet der Mädchenname Ihrer Frau, Mr Horne?", fragte er.

„Halston. Wieso?", sagte Archibald verdutzt. „Was tut das denn jetzt zur Sache?"

Großer Gott!, dachte Frederick. Grob stieß er den lethargischen Hausmeister an. „Wohin können sie gerannt sein, Mann, wenn nicht nach draußen?"

„Rüber ins Lager vielleicht", sagte der Mann kopfschüttelnd, sah sie an wie ein Schaf und wies mit einem Schulterzucken vage den Gang hinunter.

Frederick ergriff Archibald am Arm und zog ihn hinter sich her. „Kommen Sie, schnell! Wir haben keine Sekunde Zeit zu verlieren!"

Es raschelte in der dunklen Stille des Lagerraums. „Ich ... ich bin hier drüben."

„Mrs Horne!", rief Swanson. „Gott sei Dank, Sie leben! Wo ist Ormond?"

„Ich glaube, er ist tot", sagte sie matt.

Archibald Horne und Frederick Greenland langten in dem Augenblick bei Swanson an, als Catherine Horne mit Ormonds Pistole in der Hand aus der staubigen Düsternis ins Mondlicht trat und ein paar Meter vor ihm stehen blieb.

„Cathy!", rief Mr Horne, als er seine Frau erblickte, und wollte sie in die Arme schließen, aber Frederick hielt ihn zurück.

„Bitte legen Sie die Waffe weg, Mrs Horne", sagte er.

„Das ist Ormonds Pistole", sagte sie erstaunt. „Er hat mich gezwungen, mit ihm zu gehen."

„Hat er nicht", sagte Frederick.

Swanson starrte ihn verständnislos an. Was wurde hier gespielt?

„Catherine Horne ist Andrew Halstons Tochter, Chief Inspector", sagte Frederick. „Sie war es, die den Hausmeister darum bat, um acht Uhr das Licht in der oberen Etage zu löschen. Wir haben eben mit ihm gesprochen."

„Ist das wahr, Mrs Horne?" Swanson richtete seinen Revolver auf sie und sagte: „Nehmen Sie jetzt langsam die Waffe runter und legen Sie sie auf den Boden."

„Oh, das ist jetzt sehr unglücklich", sagte sie statt einer Antwort und hielt sich den Lauf der Pistole stattdessen an die Schläfe. „Ich dachte nicht, dass es so ausginge. Bitte bleiben Sie da stehen. Wenn Sie näher kommen, erschieße ich mich."

„Was redest du denn da, Cathy?", fragte Mr Horne und starrte wie hypnotisiert geradeaus. „Nimm bitte die dumme Pistole runter und lass uns nach Hause gehen."

„Ich fürchte, Ihre Frau wird nirgendwo hingehen", sagte Swanson, der seinen Revolver sinken ließ. Er fragte sich, warum Horne ihm nicht gesagt hatte, dass seine Frau die Tochter des Juweliers aus Paignton war. Dann fiel ihm ein, dass er ihm gegenüber Halstons Namen niemals erwähnt und dass Horne ihn hier vermutlich zum ersten Mal gehört hatte.

Archibald Horne sah völlig verzweifelt aus. „Aber das kann doch alles gar nicht wahr sein", flüsterte er.

„Mr Greenland hat recht, Archie", sagte sie schließlich, die Pistole nach wie vor an der Schläfe. „Andrew Halston war mein Vater. Kannst du dir vorstellen, wie das ist, auf einen Schlag den Vater und zwei der Geschwister zu verlieren?" Sie schien allein zu ihrem Mann zu sprechen. „Ich war schrecklich böse auf Daddy, weil er Colleen und

Adam mit zur Arbeit nahm und Ben und ich zuhause bleiben mussten. Mama kam an jenem Abend zu mir, nahm mich in den Arm und sagte, dass die drei nie mehr wiederkommen würden. Ich war noch zu jung, um das zu begreifen. Jahrelang war ich davon überzeugt, es sei meine Schuld gewesen, und sie würden nicht zurückkommen, weil ich so ein Theater gemacht hatte. Mama heiratete wieder. Aber sie war nicht glücklich. Ich konnte zusehen, wie sie von Tag zu Tag weniger wurde. Wir fanden sie eines Morgens in der Scheune – bei den Islandponys, die sie so geliebt hatte. Sie hatte sich an einem Zaumzeug aufgehängt. Der Arzt meinte, sie habe sich wahrscheinlich auf ihr Lieblingspferd gesetzt, das eine Ende des Zaumzeugs an dem Balken festgebunden und dann, mit dem anderen Ende um ihren Hals gelegt, das Pony zum Laufen angetrieben. Auch mein älterer Bruder nahm sich Jahre später das Leben." Sie betrachtete die Waffe. „Was für eine Ironie – dies hier ist die Pistole, mit der er sich erschoss."

„Das tut mir sehr leid", sagte Swanson. Sein Mitgefühl war aufrichtig. Trotzdem wollte er die ganze Geschichte erfahren. „Seien Sie vernünftig, Mrs Horne", sagte er so ruhig er konnte. „Legen Sie die Waffe weg und kommen Sie mit uns. Wir unterhalten uns im Yard und ich verspreche Ihnen ..."

„Nein, Chief Inspector." Sie schüttelte traurig den Kopf, schien ihm anzusehen, dass er im Begriff war, Versprechungen zu machen, die er nicht einhalten konnte. „Zwingen Sie mich nicht zu sterben, ehe ich Ihnen gesagt habe, weshalb ich es tat. Lassen Sie es mich erklären. Bitte."

Swanson sah ein, dass es keinen Zweck hatte, sie überreden zu wollen. Ihm blieb nichts anderes übrig, als ihrem Wunsch nachzukommen. Er sagte: „Der Polizei in Devon ist es nie gelungen, die Beteiligten des Überfalls zu ermitteln. Wie sind Sie dahintergekommen?"

„Eines Tages bekam ich einen Brief von einem gewissen Stephen Osbourne", sagte sie und wischte sich mit der freien Hand eine Träne aus dem Gesicht. „Es war ein sehr langer und trauriger Brief. Es stand alles darin. Die Namen der Mörder und der Name des Mannes, der den Hope-Diamanten von ihnen kaufte. Es war das Geständnis eines Todkranken, datiert und unterschrieben. Ich fuhr zu seiner Adresse, doch Osbourne war schon gestorben und begraben. Von da an hatte ich nur noch einen Gedanken: Ich würde meine Familie rächen. Monatelang suchte ich nach den Leuten und fand sie schließlich. Zuerst Wigfield. Ich kam vor etwa zweieinhalb Jahren als Kundin in sein Geschäft. Dort traf ich dann Archie und verliebte mich in ihn."

„Aber Liebling", sagte Mr Horne, der versuchte, das Unbegreifliche zu fassen, „du kannst nicht die Tochter dieses Andrew Halston sein. Deine Mutter heiratete wieder und deine Stiefeltern heißen Halston."

„Ach, Archie, du lieber guter Mann", sagte sie so mild, als spräche sie mit einem Kind. „Meine Stiefeltern sind eigentlich meine Tante und mein Onkel. Als meine Mutter starb, wusste ihr neuer Mann wohl nichts mit zwei fremden Kindern anzufangen. Er gab meinen Bruder und mich in die Familie meines Onkels. Und sie adoptierten uns."

Swanson hatte es bislang vermieden, sie zu unterbrechen, doch allmählich interessierte es ihn, wie sie es geschafft hatte, drei Männer auf diese beschwerliche Art und Weise zu töten. „Erzählen Sie mir von den Morden", sagte er. „Wie haben Sie es angestellt? Bekam Ihr Mann nichts davon mit?"

„Nein", sagte sie. „Unwin und Richardson erledigte ich, als ich angeblich bei meiner Stiefmutter in Devon Urlaub machte. Ich suchte zunächst Unwin in seiner Werkstatt auf. Er war allein. Als ich vorgab, mich für seine Experimente zu interessieren, fraß er mir praktisch aus der Hand. Ach, er war auf alles so stolz! Ich ließ mir erklären, was ich wissen musste, und setzte mein Vorhaben in die Tat um. Die Gravur entstand mehr aus einer Laune heraus, wenn Sie so wollen. Er hatte da diese Maschine, die er weiterentwickelt hatte, einen Omnigraphen – man musste nichts können, um sie zu bedienen. Allerdings war ich sehr stolz auf mich, als er so gut gelungen aus dem Ofen kam und ich ihn mit dem Flaschenzug in die Kiste hievte. Bei einem Trödler erwarb ich eine schwarze Perücke und einen falschen Bart. Ich trug ihn, als ich der Transportfirma den Auftrag zur Auslieferung gab. In der Nacht kehrte ich noch einmal nach South Norwood zurück, um die Frachtpapiere an der Kiste anzubringen."

„Dann erst fuhren Sie nach Lewes, um Richardson zu ermorden?", fragte Swanson.

„Na, na, Chief Inspector", sagte sie und schnalzte mit der Zunge, „ich fuhr hin, um ihn zu bestrafen. Das ist ein Unterschied. Es war ekelerregend. Sein Schädel brach wie ein faules Ei."

„Cathy!", rief Archibald entsetzt, „wie redest du?"

„Lass gut sein, Archie", sagte sie. „Jetzt ist es zu spät für Förmlichkeiten. Dummerweise wurde Richardson nicht gleich entdeckt. Daher heuerte ich zwei kleine Ganoven an, die ich in einem Pub in London traf."

„Warum sollte er unbedingt gefunden werden?", wollte Swanson wissen. „Weshalb überhaupt diese außergewöhnlichen Methoden?"

„Die Männer, die meine Familie auf dem Gewissen hatten, sollten vor Angst zittern", sagte sie. „Sich fragen, wann sie an der Reihe wären. Daher nahm ich in meiner Verkleidung als Elias Gius auch Kontakt zu Springer auf, denn von Wigfield wusste ich, dass sie Nachbarn waren. Ich versorgte ihn mit Informationen, und er sorgte im Gegenzug für die nötige Publicity."

„Um ein Haar wäre er als Tatverdächtiger festgenommen worden", sagte Swanson. „Haben Sie das gewusst?"

„Ja", sagte sie. „Das hätte mir auch sehr leidgetan. Daher riet ich ihm, sich ein Alibi zu besorgen."

Rufe und das schwere Getrampel eisenbeschlagener Stiefel erschollen, als Sergeant Phelps und eine Gruppe uniformierter Constables herangelaufen kamen. Swanson hielt sie mit einer Handbewegung zurück. „Es ist alles in Ordnung, Phelps", rief er. „Bleiben Sie mit Ihren Leuten, wo Sie sind, aber halten Sie sich raus." Sein Gespür für Menschen sagte ihm, dass Catherine Horne weder ihm noch Greenland ein Haar krümmen würde. Dann sagte er: „Erzählen Sie mir von Gordon Wigfield, Mrs Horne."

„Der widerliche Kerl hatte schon mehrfach versucht, mich zu verführen. Also ließ ich ihn in dem Glauben, er hätte Erfolg damit, und verabredete mich mit ihm in der Werkstatt. Nur war ich zu der Zeit schon wieder in London, und Archie war ja die ganze Zeit da. Also mischte ich ihm eines Abends ein wenig Laudanum unter die Erbsen. Als er auf der Chaiselongue eingeschlafen war, fuhr ich zu Wigfield."

„Rein interessehalber", sagte Swanson, „wie haben Sie es geschafft, Wigfield zu überwältigen und das Gold einzuschmelzen?"

„Ich ließ es ihn selbst tun", sagte sie lächelnd. „Eine Pistole kann ganz schön überzeugend wirken. Als er den Tiegel herausholen wollte, schlug ich ihn nieder und band ihn dann auf dem Stuhl fest. Das war das Schwierigste daran. Anschließend nahm ich den Tiegel aus dem Ofen und goss ihm das Gold in den Hals."

„Und Ira Norton?"

„Kurz vor acht vergiftete ich seine Suppe mit Zyankali aus Unwins Galvanikbetrieb. Den Zettel hatte ich selbstverständlich schon vorher geschrieben. Die Nadel nahm ich übrigens bereits aus Wigfields Werkstatt mit. Mir gefiel das Hufeisen, wissen Sie? Etwas problematisch war, Ormond davon zu überzeugen, mit mir den Saal zu verlassen."

„Was taten Sie?", fragte Swanson.

„Ich versprach ihm eine Überraschung, aber er wollte nicht mitgehen. Erst als ich ihm sagte, die Dame aus Ungarn würde gleich nachkommen, willigte er ein. Als wir hier ankamen, machte ich ihm klar, dass ich ihn erschießen würde, sollte er kein Geständnis ablegen. Wie ich gehofft hatte, folgten Sie uns. Während Sie mit ihm sprachen, Chief Inspector, stand ich hinter ihm und hielt ihm die Pistole an den Kopf."

„Demnach waren Sie es, die zuerst geschossen hat", stellte Swanson fest.

„Selbstverständlich. Sie mussten ihn ja in Notwehr erschießen. Hätte ich es getan, wäre alles aufgeflogen." Sie seufzte traurig. „Und nun ist es Zeit, mich zu verabschieden", sagte sie unvermittelt, hob den Arm ein Stück und presste die Mündung der Pistole noch fester an ihren Kopf. „Osbournes Geständnis finden Sie in meinem Nachtschränkchen, Chief Inspector."

„O Gott, Cathy nicht!", flehte Horne sie an. „Bitte nicht. Tu das nicht, bitte!"

„Ich habe fünf Menschen getötet, Archie. Auch wenn sie es mehr als verdient hatten", sagte sie. „Vor dem Gesetz bin ich eine Mörderin. Vergib mir. Ich liebe dich." Und noch ehe jemand sie daran hindern konnte, klappte sie das Monogramm des großen goldenen Ringes an ihrer Hand auf und goss sich den Inhalt in den Mund. Als sie die Pistole fallen ließ und mit einem Seufzer zu Boden sackte, waren die drei Männer bei ihr.

„Was hast du getan, Liebes?", fragte ihr Mann. „Warum hast du mir nie die Wahrheit über deine Familie gesagt?" Tränen liefen über seine Wangen, als er ihre Hand nahm und sie streichelte.

„Es ist zu spät, Liebling", flüsterte sie. „Ich liebe dich, Archie. Ich liebe dich so sehr. Vergiss das nicht." Swanson bemerkte, wie ein leichtes, kaum merkliches Zittern Catherine Hornes Körper durchlief, dann sank ihr Arm leblos herab. Aber ihre Augen waren noch immer auf ihren Mann gerichtet. Der Hauch eines Lächelns lag auf ihren Lippen.

Minutenlang standen sie so da. Ohne sich auch nur einen Millimeter zu bewegen. Und für eine Ewigkeit wagte keiner von ihnen zu sprechen.

Swanson war der Erste, der seine Stimme wiederfand. Er bat Frederick Greenland darum, zu Sergeant Phelps hinüberzugehen und den Polizeiarzt zu verständigen. Dann ging er neben Archibald Horne in die Hocke. Nach einer Weile streichelte er ihm über den Rücken, zog ihn mit sanfter Gewalt von der Leiche seiner toten Frau weg und legte ihm den Arm um die Schultern. „Kommen Sie, mein Junge", sagte er leise. Dann führte er ihn hinaus. Fort aus der Dunkelheit des Lagers, hinaus ins Foyer. Vorbei an den übrig gebliebenen Statisten einer schwarzen Komödie. Durch die entsetzt schweigende Menge, die sich vor ihnen wie von unsichtbarer Hand bewegt teilte. Begleitete ihn aus der trügerischen Pracht der Goldsmiths' Hall – hinaus ins Leben.

Epilog

Den Brief mit Stephen Osbournes unterschriebenem Geständnis fanden Scotland-Yard-Beamte noch am selben Abend an der von Catherine Horne bezeichneten Stelle. Mandelbaum, der Mann, der den Hope-Diamanten von den Verbrechern gekauft hatte, wurde festgenommen. Doch da man ihm keine Beteiligung an der Planung des Überfalls nachweisen konnte, erhielt er lediglich eine lange Haftstrafe. Der blaue Diamant kehrte in den Schoß der Hope-Familie zurück.

Einen Monat nach diesen Ereignissen wurde Archibald Horne zum neuen Werkstattleiter von Greenland, Grand & Wigfield ernannt. Er heiratete zwei Jahre später eine wohlhabende junge Lady namens Sarah Gardiner, die ihm im Laufe ihrer glücklichen Ehe zwei Söhne und eine Tochter schenkte. Soweit bekannt ist, wurden alle steinalt. Seine erste Frau vergaß er nie.

1901 veränderten sich das Empire und seine wichtigste Polizeiorganisation für immer. Die gute alte Königin, die nach eigenen Worten noch so viel zu erledigen gehabt hätte, starb in den frühen Morgenstunden des 23. Januar friedlich auf der Isle of Wight an Lungenentzündung, um ihrem geliebten Albert nachzufolgen und einem weniger keuschen König Platz zu machen. Und in New Scotland Yard wehte mit der Ernennung Edward Henrys zum stellvertretenden Leiter der Kriminalabteilung endlich mal wieder ein frischer, den Fortschritt mit sich bringender Wind durch die staubigen Flure alter Traditionen. Edward Henry setzte nicht nur im selben Jahr die Einführung des auf seinem Buch „Klassifizierung und Nutzung von Fingerabdrücken" basierenden Systems in England durch, sondern ließ 1904 auch das erste Telefon im Yard installieren und rekrutierte 1918 erstmals Frauen für den Polizeidienst.

Donald Sutherland Swanson betrafen all diese Neuerungen nur am Rande. Er wurde 1896 zum Superintendent befördert – etwas, mit dem niemand mehr ernsthaft gerechnet hatte (am wenigsten er selbst) – und zog sich nach einer langen, erfolgreichen Karriere 1903 endgültig in den wohlverdienten Ruhestand zurück. Er starb am 24. November 1924 in seinem Haus Presburg Road Nr. 3, New Malden, Surrey und wurde auf dem Friedhof von Kingston beigesetzt. Sein legendärer Tranter Revolver, von dem er sich zu Lebzeiten niemals trennte, wurde im Jahre 2004 von Goodman, Wesson & Associates über das Internet für 12.500 Dollar zum Kauf angeboten.

Was die Gentlemen Milsom und Fowler betraf, behielt der Chief Inspector wieder mal recht: Des Raubmordes an einem wohlhabenden Herrn für schuldig befunden und am 21. Mai des Jahres 1896 zum Tode verurteilt, wurden sie an einem schönen Junimorgen von James Billington im Newgate Gefängnis gehängt – eine bunt bemalte Kinderlaterne, die sie am Tatort vergessen hatten, war ihnen zum Verhängnis geworden.

Sir Arthur Conan Doyle heiratete nach ‚Touies' Tod seine Geliebte Jean Leckie und zog 1907 nach Crowborough, wo er sich mit zunehmendem Alter mehr und mehr dem Spiritismus verschrieb und am 7. Juli 1930 um acht Uhr dreißig morgens von dieser Welt abberufen wurde. Man begrub ihn, wie er gelebt hatte – aufrecht stehend –, im Garten seines Anwesens Windlesham Manor, ehe er 25 Jahre später (per Gerichtsbeschluss zur Umbettung gezwungen) auf dem Friedhof von Minstead, Hampshire, seine letzte Ruhe fand. Entgegen seinen Versprechungen meldete er sich nie aus dem Jenseits zurück.

Oscar Wilde nahm ein trauriges Ende. 1895 wegen gleichgeschlechtlicher Liebe zu zwei Jahren schwerer Zwangsarbeit im Gefängnis Reading verurteilt, ging er nach seiner Haftentlassung als gebrochener Mann ins Exil nach Frankreich. Und dort starb der Ästhet 1900 am letzten Tag des Monats November einsam und verarmt in einem schäbigen Hotelzimmer mit hässlicher Blumentapete. Er wurde nur 46 Jahre alt.

Die kleine Agatha Clarissa Miller aus Torquay wurde erwachsen, heiratete einen Offizier namens Christie und erlangte schließlich als Kriminalschriftstellerin Weltruhm.

Was allerdings mit Brian Springer geschah, ist ungewiss. Gerüchten zufolge änderte er seinen Vornamen, bestieg in Newhaven eine Fähre zum Kontinent und setzte sich nach Deutschland ab.

Und auch die Geschichte des Hope-Diamanten geht nach unserer weiter.

Lord Francis Hope, der Spieler, sah sich letzten Endes gezwungen, den blauen Hope zu veräußern, um dem bevorstehenden Bankrott zu entgehen: Er verkaufte und ging dann bankrott. Seine Frau May verließ ihn.

Ein kleiner Franzose namens de Hautville erwarb den Stein, besaß ihn drei Monate und gab ihn unter Tränen ab. In dieser Zeit war seine Frau in Paris von einem Autobus überfahren worden, sein ältester Sohn hatte aus Versehen zwei Flaschen verwechselt und war an einer Vergiftung gestorben; seine Tochter ertrank im Atlantik und sein Jüngster erblindete.

Der osteuropäische Fürst, der den Hope-Diamanten anschließend kaufte, schenkte ihn als Liebesbeweis seiner Mätresse, einer Tänzerin aus den Folies-Bergère. Nur einen Tag später erschoss er sie während eines völlig unbegründeten Anfalls von rasender Eifersucht.

Der Hope-Diamant wechselte daraufhin erneut den Besitzer. Der türkische Sultan Abdul-Hamid II. nannte ihn erst wenige Monate sein Eigen, als ein Putsch im Jahre 1909 seine Herrschaft ebenso unerwartet plötzlich wie unerwartet blutig beendete.

Es war mittlerweile 1911, als der Stein für 154.000 Dollar an Mrs Evalyn Walsh McLean ging, die Tochter eines Goldgräbers aus den USA, verheiratet mit dem Besitzer der Washington Post. Als moderne, aufgeklärte Frau hielt sie nichts von jenem unheilbringenden Fluch, der angeblich auf dem Hope lastete, und lachte schallend über die vermeintlichen Schauergeschichten, die ihn umgaben.

Mrs McLeans Sohn starb zuerst – ein Auto überfuhr ihn. Ihre Tochter schluckte, vom Leben und ihren kleinen Brüsten enttäuscht, eine Überdosis Schlaftabletten und trat ebenfalls vor ihren Schöpfer. Mr McLean, der Verleger, verlor darüber den Verstand, musste eines Morgens in eine weiße Zwangsjacke gesteckt werden und starb geifernd und kichernd in der Anstalt. Dem Fluch zum Trotz trug Mrs McLean den blauen Diamanten auch weiterhin. Ganz allein bewohnte sie fortan ihr großes, einsames Haus in Washington, bis sie 1947 im Alter von nur 61 Jahren verstarb – dem Alkohol verfallen und in geistiger Umnachtung.

Der mutige New Yorker Juwelier Harry Winston erwarb den Stein für 180.000 Dollar aus dem McLean-Nachlass und schenkte ihn 1958 der Smithsonian Institution in Washington.

Und dort ruht er nun, der Hope.

Und er wartet ...

Ende

Danksagung

Folgenden Menschen, die dieses Buch maßgeblich beeinflussten, möchte ich an dieser Stelle einmal ganz herzlich Danke sagen:

Meinem alten Lehrmeister Hans Nakath, der mir die Ausbildung zum Goldschmied in seiner mir damals verwunschen und zauberhaft anmutenden Werkstatt überhaupt erst ermöglichte. Christiane und Mario, von denen ich Unschätzbares erlernte und ohne die ich nie auch nur auf die Idee gekommen wäre, mich mit der Geschichte des Hope-Diamanten zu befassen. Dem führenden britischen Jack-the-Ripper-Experten Stewart Evans und seiner Frau Rosie, die uns mehr als einmal mit offenen Armen bei sich aufnahmen und die bei unseren Ausflügen in die britische Kriminalgeschichte weder mit ihrem Wissen noch mit ihrer Gastfreundschaft geizten. Joyce Dernley, der Witwe des letzten britischen Henkers Syd Dernley, die mir Einblick in die Papiere ihres Mannes gewährte, uns wie eine Mutter umsorgte und mithalf, mein kleines Museum für mich zu jenem Ort der Inspiration zu machen, der er heute ist. Dem „Obermedizinalrat" Dr. med. Rolf Theisen für kostenlose Nachhilfe in Latein und seine Versicherung, es sei ja immerhin nicht alles falsch gewesen. Und meiner Kollegin Cipriana Carriço, die die verschiedenen Versionen des Manuskripts noch vor dem Abgabetermin in Rekordzeit las, mich mit ihrem untrüglichen Gespür und Sachverstand auf diverse

Ungereimtheiten hinwies und mir damit einige Peinlichkeiten ersparte.

Ferner danke ich dem unvergleichlichen Uwe Sommerlad für seine kompetenten Tipps in Kleidungsfragen des ausgehenden 19. Jahrhunderts. Uwe ist nicht einfach nur ein großartiger Mensch und ein wandelndes Lexikon – er ist eine ganze, großartige wandelnde Bibliothek.

Und last but not least danke ich ganz herzlich Andrea, Merlin und Felix, meiner langmütigen Familie, die stets meine divenhaften Künstlerlaunen erträgt, über all meine Witze lacht – auch über die wirklich, wirklich schlechten – und die mir während des Schreibens immer wieder aufmunternd sagte: „Ja, Daddy, es hört sich wie ein richtiges Buch an ...“

R. C. M.